David Daniel
Herzblut

David Daniel wurde in Münster geboren und wuchs im Ruhrgebiet sowie am Bodensee auf. Er studierte Volkswirtschaftslehre und lebt seit mehr als zehn Jahren in Düsseldorf. Dort arbeitet er als Redakteur für eine Medienagentur. *Herzblut* ist sein erster Kriminalroman.

Für Patricia

Teil 1

Die Nacht des Vampirs

Prolog

Zum Sterben war Melanie eigentlich zu jung: Ihr Tag hatte mit Teddy Brumm im Arm begonnen, ein Geschenk von Tante Edda zum dritten Geburtstag. Nach dem Frühstück fuhr ihre Mutter sie zur Schule und munterte sie mittags nach einer Doppelstunde Mathe-Grundkurs zu Hause mit Fischstäbchen und Kartoffelecken wieder auf. Um Mitternacht torkelte Melanie zu Jon Bon Jovis *You Give Love a Bad Name* über die Tanzfläche und warf ihrem Gegenüber Blicke zu, schmutzige Blicke.

Der schmächtige Mann mit dem hübschen Gesicht lächelte, legte einen Arm um ihre schmalen Schultern und bugsierte sie aus dem überfüllten Saal. Sie schmusten sich den engen Korridor entlang zum Ausgang – weg von Rockmusik und schwitzenden Körpern.

Im Freien warteten einen laue Sommernacht und spärlich bekleidete Teenager, die Schlange standen. Deren Augen verrieten, dass jeder von ihnen hoffte, der klobige Türsteher würde als Nächstes ihnen Einlass zu Düsseldorfs angesagtester Rock-Party gewähren.

Das Paar zwängte sich durch Schultern und Arme. Helfende Hände schoben und drückten sanft, reichten sie nach hinten durch, bis beide hinaus auf den Gehweg gespuckt wurden. Melanie kämpfte mit dem Gleichgewicht. Scheinwerferlicht vorbeifahrender Autos schmerzte in ihren Augen. Ein Krankenwagen raste mit Blaulicht und ohrenbetäubendem Tatütata vorbei, ein Polizeiwagen folgte.

Das Mädchen kuschelte sich an seinen Partner und war froh, als die beiden nach wenigen Schritten den Rheinpark erreichten. Das Licht der Gas-Laternen gab nur vereinzelt die

Umrisse von Sträuchern, Bäumen und Wegen preis. Der Druck auf ihren Augäpfeln ließ ein wenig nach. Hier und da meinte sie Schatten zu erkennen, die eng umschlungen auf einer Parkbank saßen oder unter einem Baum standen. Weiter hinten leuchteten kleine, rote Punkte. Wie Glühwürmchen zuckten sie durch die Nacht. Dort rauchten ein paar Jugendliche. Sicher ließen sie auch eine Flasche Wodka kreisen, dachte Melanie. Je näher sie Hand in Hand dem Flussufer kamen, desto leiser wurde das Bum-Bum-Bum der Musik, und auch das Motorenrauschen der Autos ebbte ab.

Melanie blieb unvermittelt stehen, legte den Kopf in den Nacken und starrte in den Himmel. Ihr Zeigefinger schnellte nach oben: »Sieh mal! Der große Wagen.«

Er streichelte ihren Nacken, legte seinen Arm um ihre Schultern und schob sie weiter zum Ufer.

Das Mädchen gluckste und schmachtete ihren Prinzen an. Das Leben konnte so romantisch sein. Wie die Romane ihrer Mutter, dachte sie. »Liebst du mich?«, hauchte Melanie und versuchte erneut anzuhalten.

Doch er ließ es nicht zu. Er schien ein festes Ziel zu haben. »Da hinten ist es schön, mein Engelchen. Dort wird es dir gefallen«, flüsterte er.

»Ich liebe dich auch ganz wahnsinnig.« Sie erschnupperte sein herbes, männliches Deo, das sich mit Schweiß vermischt hatte, und fühlte sich in der Hauptrolle eines Musicals: bonbonfarben, süß und ein wenig klebrig – aber gut. Marshmallow-Liebe.

Ihr Arm wanderte vorsichtig um die Taille des Mannes, den sie so unglaublich cool fand! Er trug ein schwarzes Rüschenhemd und einen weißen Anzug – ein fleischgewordener Edward Cullen aus den Biss-Romanen von Stephenie Meyer, die sie allesamt verschlungen hatte.

Er zog sie den Kiesweg entlang zum Rhein hinunter. Sie folgte unschuldig wie ein Lamm auf dem Weg zur Schlachtbank. Gemeinsam verließen sie den Park und kletterten vorsichtig eine kaum begrünte Böschung zum Fluss hinunter. Unten erwartete sie der Rhein: düster und unheimlich.

»Das wird dir gefallen, Baby.« Melanies Begleitung hob die Stimme, um das Plätschern und Gluckern des Flusses zu übertönen.

»*Du* gefällst mir, Baby«, hauchte sie ihm ins Ohr und öffnete die oberen Knöpfe seines Hemdes.

Er drängte sie auf einen großen Felsblock direkt am Wasser. Bald lag sie auf dem Rücken, spürte die harte, kalte Unterlage. Gischt spritzte auf ihr glühendes Gesicht. Melanie stöhnte lustvoll auf, als er ihr schwarz-weiß kariertes Kleidchen hochschob. Sie zog wild seinen Kopf zu sich herunter und küsste ihn, wobei sie ihm die Zunge so tief wie möglich in den Hals steckte.

Sanft drückte er mit seiner Zunge dagegen und löste seine Lippen von ihren. »Du bist so schön«, sagte er laut.

»Nimm mich«, rief sie und schloss die Augen, ganz so wie die Frauen in Mutters Liebesromanen.

1. Kapitel

Ich öffnete vorsichtig erst das eine, dann das andere Auge, sah nach oben und blinzelte ein paar Mal. Die weiße Zimmerdecke blieb verschwommen. Meine Zunge fühlte sich pelzig an, und mein Atem war abgestanden wie Wasser in einem Tümpel. Etwas Unsichtbares drückte gegen meine Schläfen.

Ich schloss die Augen wieder und lauschte. Unverständliches Gemurmel eines Nachrichtensprechers drang aus der Nachbarwohnung durch die Wand herüber. Vier Stockwerke unter mir schlug eine Wagentür zu, gleich darauf heulte ein Motor auf, der die besten Jahre hinter sich hatte. Er wurde noch zweimal abgewürgt, bevor er ans Laufen kam. Klüpfers Vorkriegsmodell, dachte ich, während mir meine Nase den beißenden Gestank einer Auspuffwolke vorgaukelte. Dass er damit noch seine Stühle, Tische und Kommoden ausliefern durfte, war mir ein Rätsel. Das Ordnungsamt kümmerte sich doch sonst um jede Kleinigkeit. Warum nicht um des Schreiners alten Stinker?

Hätte ich zu diesem Zeitpunkt geahnt, was mir in den nächsten Wochen bevorstehen sollte, hätte ich keinen Gedanken an Klüpfer und das Ordnungsamt verschwendet. Vielmehr wäre ich aus dem Bett gesprungen und hätte Gegenmaßnahmen eingeleitet.

Ich blinzelte erneut. Durch die alten Holzfensterläden drang Sonnenlicht in Scheibchen und heizte mein Schlafzimmer auf. Staubkörner schwebten in den Strahlen. Wo ist deine Sonnenbrille, Horatio? Ich versuchte, mich aufzurichten. Doch ein stechender Schmerz in meinem Kopf warf mich zurück in die Kissen.

»Muuuuachhhch«, murmelte ich mit geschlossenen Augen.

Jemand lachte. Ich fuhr hoch, riss die Augen auf, zuckte wieder zusammen und presste meine Hände gegen die Schläfen. Eine Fremde stand neben meinem Bett und kleidete sich an. Mit dem Anmut einer Balletttänzerin rollte sie grobmaschige, schwarze Strümpfe über ihre endlos langen Beine. Es folgte ein kurzer, schwarzer Rock, der sich eng an ihre Taille schmiegte. Mein Blick wanderte rauf zu ihrem schwarz-weiß gestreiften Mieder, dann in ihr Gesicht. Sie grinste mich keck an und pustete sich eine rosafarbene Strähne aus der Stirn, die in krassem Widerspruch zu den langen, pechschwarzen Haaren stand. Traum oder Wirklichkeit?

Ich schloss die Augen wieder. Geliebte Dunkelheit, sei willkommen!

Im Treppenhaus bellte der kleine Kläffer von den Hagenucks. Ein fieses Stück Fell mit spitzen Zähnen, das nach allem schnappte, was sich bewegte.

Ich blinzelte erneut. Sie war noch da und beobachtete mich. Große Teddybäraugen, eine Stupsnase und ein breiter Mund, der lächelte. Sie erinnerte mich an eine amerikanische Filmschauspielerin, deren Mund angeblich so groß war, dass sie eine Banane quer hineinschieben konnte. Ich musste lachen, was wehtat. Dann stürzte die Erinnerung über mich herein: Party, Gin Tonic, zu viel getanzt und zu viel Geld unter die Leute gebracht.

Geld, das mir eine Düsseldorferin dafür bezahlt hatte, dass ich ihren Mann mit seiner Sekretärin in flagranti erwischte: die beiden im achten Stock des neuen, gläsernen Bürokomplexes am Graf-Adolf-Platz, ich auf der gegenüberliegenden Seite in einem Hotelzimmer – mit Fernglas, Digitalkamera und Teleobjektiv. Sie mit gespreizten Beinen auf seinem Schreibtisch und er ... na ja. Fast schon albern. Aber manchmal kann sich ein Privatdetektiv seine Fälle nicht aussuchen. Sie suchen ihn ... heim.

Mein Beruf war in vieler Hinsicht mit dem eines Waffenproduzenten vergleichbar: Ich lieferte nur die Munition. Wenn andere sich damit umbrachten, war das noch lange nicht meine Schuld. Das sagte ich stets meinen Kunden. Dennoch klebte gestern so viel Ekel an dem Geld, dass ich es schnell und für etwas Angenehmes ausgeben wollte.

Ich schlug die Augen endgültig auf.

»Hi, Baby«, begrüßte sie mich, »geht's denn?«

»Hmmmm.« Ich hielt meinen Kopf. Irgendwie drehte sich alles ein wenig. Baby hatte sie mich genannt, das sagte doch schon alles. Ich war stolz auf mich, denn irgendwie hatte ich diesen heißen Feger offenbar herumgekriegt.

Sie kramte in meiner Nachttischschublade und reichte mir eine Aspirin. Kannte sich gut aus für jemanden, den ich nicht kannte.

»Hast dich ganz schön übernommen, was?«

Ich war nicht sicher, ob sie den Alkohol meinte oder etwas anderes. Hatten wir ...? Ich konnte mich nicht erinnern. Aber mir gefiel ihre Stimme: tief und verrucht. Sicher rauchte sie wie ein Schlot, und im Trinken musste sie auch eine Klasse für sich sein, wenn sie so frisch an meinem Bett stand, während mich das Pochen in meinem Kopf in den Wahnsinn trieb.

Ich biss auf die Tablette und würgte die bitteren Stückchen herunter. »Wie viel Uhr?«, wollte ich wissen.

»Kurz nach sieben.«

Ich hustete und richtete mich halb auf. »So früh?«

»Ich muss weg.«

»Heute ist Samstag«, warf ich ein. Wer arbeitete schon am Samstag? Okay, Kassiererinnen, Verkäufer, Busfahrer, Privatdetektive. Sie konnte alles Mögliche sein. Friseurin! Sicher arbeitete sie in einem dieser Läden für junge Leute, wo man sich selbst die Haare schneiden und föhnen musste.

»Ich hab gleich Englisch«, unterbrach die Schöne meine Spekulationen.

Ich ließ meinen Kopf ins Kissen zurückfallen. Eine Lehrerin! Gott behüte. Die konnten anstrengend werden. Die Kids machten sie so kirre, dass sie zu Hause nur genervt waren. »Wo unterrichtest du denn?«, fragte ich mehr aus Höflichkeit als aus Neugierde.

Sie lachte. »Wer sagt was von unterrichten?«

Zunächst verstand ich es nicht. Dann setzte mein Herzschlag aus, um kurz darauf in den Schweinsgalopp überzugehen. Panik pur! Ich sah schon, wie Eltern mich anzeigten, die Polizei mich verhaftete, meine Nachbarn mit dem Finger auf mich zeigten und die Zellengenossen mich grün und blau schlugen und dabei »Kinderschänder!« riefen. Eine Schülerin! Wie viel Teenager war sie wohl? U-16, schrie es in meinem Kopf.

»Ist dir nicht gut?«, fragte sie. Ihr Blick drückte Sorge aus – und noch etwas: Zärtlichkeit. Und mit einem Mal flatterten in meinem Bauch Schmetterlinge.

Ich war verwirrt. Eben noch Angst, jetzt schon verliebt? Ich erinnerte mich, dass Forscher herausgefunden hatten, dass Angst ähnliche Hormone freisetzte wie Verliebtsein.

»Nee, alles in Ordnung«, stammelte ich. »War gestern … heftig.« Wie alt bist du denn, wollte jede Faser meines Körpers wissen. Bitte, lieber Gott, lass sie älter als 16 sein!

»Hast ganz schön gebechert.« Sie kicherte, während sie sich ihre halbhohen, schwarzen Convers anzog. »Ich bin dann mal weg. War schön mit dir!«

»Ja, fand ich auch«, hörte ich mich sagen. Wie alt ist sie denn, schrillte es in meinem Kopf. Frag sie, frag sie!

Sie beugte sich zu mir herunter, um ihren großen Mund auf meinen zu drücken. Ich zuckte zurück. »Ah, lieber nicht.«

Ihr Gesicht verdunkelte sich, und sie wirkte wie ein kleines Mädchen, dem man die Barbie weggenommen hatte.

»Ich hab noch nicht die Zähne geputzt«, sagte ich schnell und war ganz froh über das bisschen Einfallsreichtum.

Ein Lächeln huschte über ihr Gesicht – eines von diesen Lächeln, mit dem sie mich ganz nervös machte.

»Oh, du bist ja sooo süüüüüß.« Sie tätschelte meinen Kopf wie den eines Labradors, der erschöpft im Wohnzimmer auf dem Teppich vor dem Kamin liegt. »Ciao dann! Ich schaue heute Abend wieder bei dir vorbei, Alex.«

Sie zwinkerte mir zu und verschwand aus meinem Zimmer. Ich hörte, wie ihre Schuhe über das Laminat im Flur quietschten und wie Sekunden später die Tür ins Schloss knallte. Ihre Schritte hallten noch eine Weile im Treppenhaus nach. Dann war es still.

Ich schloss die Augen, lauschte dem leisen Surren meines Deckenventilators, der mehr zur Zierde als der Kühlung diente. Ein Baby weinte. Wie hieß das Mädchen von eben noch mal?

* * *

»Hallo? ... Rolf hier. Können Sie frei sprechen?«

Der Mann stand in einem dunklen Hauseingang, die rechte Schulter an die Wand gelehnt. Er hatte den Kopf in den Nacken gelegt und fixierte ein Dachgeschossfenster des gegenüberliegenden Hauses, während er das Handy mit der Linken gegen sein Ohr presste. Irgendwo schrie ein Baby. Am Ende der Straße bog gerade ein Fußgänger mit einem kleinen Pinscher um die Ecke. Rolf lauschte eine Weile dem Redefluss seines Gesprächspartners und krauste die Nase.

Dort hatte sich beißender Abgasgeruch eines alten Transporters festgesetzt.

»Ich stehe vor dem Haus, in dem die Kleine heute Nacht verschwunden ist. ... Weiß ich nicht. Aber eines kann ich Ihnen verraten. Sie haben keine Ahnung, womit sich die beiden so die Zeit vertrieben haben.«

Eine Weile flüsterte er die Geschichte ins Telefon und merkte, wie sein Gesprächspartner mit jedem Wort unruhiger wurde. Gut so, dachte Rolf, dann rollt der Rubel wenigstens. Schweigen kostet.

Als er endete, räusperte sich sein Auftraggeber zweimal und redete beschwörend auf ihn ein.

Rolf lauschte. »Ja, sind gegen vier Uhr heute Morgen hierher ...«

Plötzlich öffnete sich die Haustür gegenüber, und eine junge Frau mit rosa Strähnchen in den Haaren trat auf die Straße.

»Sie kommt gerade heraus.« Rolf sah auf seine Uhr. »Soll ich ihr folgen? ... Verstanden! Wie lange soll ich den Kerl denn beschatten? ... Rund um die Uhr? Das wird Sie aber eine Stange Geld kosten. Ich müsste schließlich alle anderen Aufträge ...« Über die Antwort musste er grinsen. »Alles klar. Ich melde mich, sobald es etwas Neues gibt.«

Er legte auf und schielte zu den Fenstern im obersten Stock. Die Läden waren noch zu, Licht brannte keines. Der Kerl würde wohl noch ein paar Stunden schlafen. Zeit genug …

* * *

Die aufgehende Sonne lugte hinter den Dächern der Reihenhaussiedlung hervor, in der sich noch nichts und niemand regte. Die erschöpften Schritte und das Keuchen eines Joggers waren die einzigen Geräusche. Der Mann lief die letzten Meter auf ein Haus zu. Er schlüpfte durch die Tür, legte den Schlüssel auf die Kommode und streifte die Schuhe ab. Auf verschwitzten Sportsocken schlich er ins Bad, wobei er sich aus T-Shirt, Hose und Unterhose pellte, die an seinem Leib klebten.

Als das Duschwasser auf sein schütteres Haar klatschte und sanft die Kopfhaut massierte, lächelte er und stellte sich vor, wie er diesen freien Samstag genießen würde. Brötchen aufbacken, Orangensaft pressen, Kaffee kochen, im Vorgarten ein Rose pflücken und alles auf einem Tablett nach oben tragen. Seine Frau würde strahlen, vor allem über die Rose. Nach dem Frühstück würde er das Tablett wegstellen, ihr das Nachthemd über den Kopf ziehen und zärtlich über den schwangeren Bauch fahren.

Das Klingeln des Telefons gehörte nicht zu seinen Phantasien. Das Geräusch verhieß nichts Gutes. Es bedrohte seine Wochenendpläne. Denn so schellte es nur, wenn es jemand vom Präsidium war – laut und unerbittlich.

»Scheiße«, murmelte er, stellte die Brause ab und griff nach dem Bademantel. Hoffentlich war Helena nicht wach geworden. »Scheiße«, fluchte er schon lauter, als er auf dem Weg zur Badezimmertür fast ausgerutscht wäre. Als er die Tür aufriss, sah er in das verschlafene Gesicht seiner Frau. Doch in ihrem Ausdruck war noch etwas: Ärger!

Er wollte etwas sagen, sich entschuldigen, versprechen, dass es dennoch ein schönes Wochenende werden würde. Sie drückte ihm mit einer brüsken Bewegung das Telefon in die Hand und wandte sich beleidigt ab. Während er sich den Hörer ans nasse Ohr hielt, sah er auf ihre zerzausten Haare, durch die er so gerne mit beiden Händen gefahren wäre.

»Hallo Chef?«, quäkte es aus dem Telefon. »Sind Sie das? Der Kriminaldauerdienst hat uns angefordert!«

Zehn Minuten später fuhr sein jüngerer Kollege Dieter Menz im Dienstwagen vor. Als der Kommissar die Tür öffnete, schlug ihm laute Musik entgegen.

»Morgen Chef!«

»Was ist das denn für ein Gejaule?«

»Feinster Rap aus den Staaten!«

Gröbster Dreck aus den Staaten, dachte Lohmeier. »Machen Sie das aus!«

Menz schaute ein wenig traurig drein und drehte die Musik leise. Dann legte er einen Kavaliersstart hin, dass es Lohmeier nur so in den Sitz drückte.

»Gemach Kollege! Es reicht, wenn andere sterben!«

»'tschuldigung!«

Der Kommissar inspizierte den Wagen und schnupperte. »Wonach stinkt es denn hier so?«

»Ich rieche nichts.«

Lohmeier klopfte auf die Polsterung zwischen seinen Beinen. Eine Staubwolke stieg auf und nahm ihm fast den Atem.

Menz sah zu ihm herüber. »Das bisschen Staub.«

»Gucken Sie auf die Straße! Es reicht ...«

»... wenn andere sterben!«

Lohmeier fühlte, wie ihm flau wurde. Wenn wir wenigstens einen Duftbaum hätten, dachte er, während sie unter Sirenengeheul am Medienhafen in den Rheintunnel brausten, um kurze Zeit später am anderen Ende der Altstadt wieder aufzutauchen. »Was erwartet uns denn?«

»Wie meinen Sie das, Chef?«

»Informationen, Menz! Wer ist tot, wo, wann ...«

»Keine Ahnung. Bei der *Rheinterrasse* ist eine Frauenleiche gefunden worden. Staatsanwaltschaft, Spurensicherung und der Doc sind verständigt. Mehr weiß ich auch nicht.«

»Warum ist das heute unser Job? Ich hatte dieses Wochenende keinen Dienst! Sie?«

Menz wandte den Kopf. »Nein, hatte ich nicht.«

»Auf die Straße sehen!«

»Sorry.«

»Da ist also wieder einer krank geworden – oder macht blau oder ist blau!« Er schlug mit der Faust so heftig und unerwartet gegen die Wagentür, dass sein junger Kollege vor Schreck zusammenzuckte.

»Hatten Sie denn was Wichtiges vor, Chef?«

Ob er was vorgehabt hatte? Ausschlafen, Radfahren, die schwangere Frau verwöhnen ... Erbost lugte der Kommissar zu seinem Kollegen hinüber. Menz trug eine Baseballkappe mit dem Audruck NYPD für *New York Police Department*, was Lohmeier aufregte. Er kam ja auch nicht im Schlafanzug zur Arbeit, bloß weil ihm das gefallen würde. »Müssen Sie ausgerechnet die Kappe der Konkurrenz tragen?«

»En-Wai-Pi-Di klingt halt besser als Pe-Pe-De-De«, lautete die Antwort zwischen zwei Kaugummikauern.

»Pe-Pe-De-De?«

»Polizeipräsidium Düsseldorf!«

* * *

Bunte, menschliche Kleckse hoben sich vom Grau des Betons ab. U-förmig umgab das Gebäude den Schulhof. Die offene Seite war mit einem hohen Gitterzaun verbarrikadiert, deren einziger Ausgang ein schmales, schmiedeeisernes Tor war, vor dem zwei Lehrkörper wachten.

Diffuses Stimmengewirr hallte von den Wänden. Schüler rannten, liefen und schlenderten über den Pausenhof. Die Gesichter strahlten mit dem Sonnenschein um die Wette und verrieten, dass man den kurzen Moment der Freiheit vom Unterricht ausnutzte. In einer Ecke spielte ein gutes Dutzend Jungs Fußball. Sie waren nicht älter als 14 Jahre und hatten ihre Pullover zu Torpfosten aufgetürmt.

Als Bettina das Schulgebäude durch die Flügeltüren verließ und die Treppen zum Pausenhof hinunterstieg, wurde sie von ihren Freundinnen umringt.

»Und?«

»Wie ist er?«

»Was habt ihr gemacht?«

»Ist er so gut, wie er aussieht?«

Das Trio schwarz gekleideter Mädchen mit Ponyfrisuren feuerte Fragen ab wie Maschinengewehrsalven.

Bettina blickte verschämt zu Boden und spielte eine Weile mit einer Haarsträhne. Während sie lächelte, hielten die andern Mädchen vor Spannung den Atem an. Dann sah sie auf: »Ich weiß gar nicht, was ihr meint.«

Gestöhne der Empörung. Steffi, ein kleiner Pummel mit Mondgesicht und Akne, schnaufte: »Ach, komm schon, sag jetzt: Hast du mit deinem …?« Sie verstummte mitten im Satz, als sie Kevin kommen sah.

Ihr Klassenkamerad mit der Tokio-Hotel-Frisur und den schwarz lackierten Fingernägeln schlenderte betont lässig auf sie zu, der Blick leer, als wolle er sagen: Was auf dieser Welt geschieht, geht mich nichts an. »Na, alles klar, Mädels?« Er sah in schweigende Gesichter. »Störe ich?«

Keine Antwort.

»Oh mein Gott«, er fasste sich theatralisch mit Daumen und Zeigefinger an sein Augenbrauenpiercing, dann fixierte er Bettina. »Du hast doch nicht etwas mit dem alten Casanova? Tinchen! Er könnte dein Vater sein!«

»Ach Quatsch«, brauste sie auf. »Er ist doch gar nicht so alt ...«

»... wie er aussieht«, vollendete Kevin. »Umso schlimmer, sag ich nur. Habt ihr zwei den Schwur der Liebe bei Kerzenlicht und Rotwein geleistet? Wurdet ihr – biblisch gesprochen – ein Fleisch und seid nun für immer in Sünde verbunden?«

Steffi gab ihm einen Klaps auf die Schulter. »Du Idiot. Hör auf zu schwallen und lass Bettina erzählen.« Sie griff beherzt nach der Hand ihrer Freundin und zog sie ein Stück weg. »Wie ist er denn nun so?«, fragte sie flüsternd, während sie die anderen im Auge behielt, die schief grinsten, sich aber nicht von der Stelle rührten.

Bettina kramte in ihrer schwarzen Umhängetasche und holte eine Getränkedose hervor. Mit lautem Zischen öffnete sie die Limonade und konnte spüren, wie ihr die Kohlensäure in die Nase stieg. Sie nippte schnell und lächelte verträumt. Mit einem theatralischen Augenaufschlag sah sie ihre Freundin an, bevor sie antwortete: »Er ist totaaaal süß!«

»Nein! Wahnsinn ...« Steffis Gesicht bekam einen entrückten Ausdruck. »Und du bist die ganze Nacht bei ihm geblieben?«

Bettina lächelte verschmitzt.

»Und? Habt ihr ...«, wollte Steffi wissen.

Bettina senkte die Stimme. »Ah, wer weiß!«

»Sicher nicht«, rief Kevin, der selbst auf die Entfernung alles gehört haben musste. »Der hat es bestimmt nicht mehr gebracht.«

»Jetzt lasst sie doch in Ruhe«, fauchte Steffi und zog Bettina noch ein Stück weiter weg.

»Komm sag schon!«

Bettina zog die Schultern hoch. »Nein, das bleibt unser Geheimnis. Nur so viel: Er war so niedlich, wie er da lag. Ein Gesicht wie ein Baby. Ich hatte das Gefühl, ich müsste ihn beschützen.« Sie spielte wieder mit einer Haarsträhne. »Da habe ich mich eben verliebt.«

»Verliebt!«, spuckte Steffi aus. »Du spinnst ja. In so einen alten Knacker?«

Die Schulglocke gab ihr lästiges Ding-Dong-Dong von sich. Doch das Geschrei und Gemurmel nahm kein bisschen ab. Niemand kehrte freiwillig in die Klassenräume zurück. Erst als die zwei Lehrer, die vor dem Schultor gestanden hatten, einzelne Schüler und Grüppchen aufforderten, bewegten sich mehrere Kinder missmutig in Richtung Haupteingang.

»Ja, in so einen alten Knacker«, gab Bettina trotzig von sich. »Wo die Liebe eben hinfällt.«

»... da wächst kein Gras mehr«, ergänzte Kevin zynisch, der sich mit den anderen langsam genähert hatte.

»... sondern nur noch Blümchen«, sagte Steffi.

»Muss ja ein toller Hecht sein«, fuhr Kevin fort, »wenn er unsere Prinzessin so sturzbesoffen schon nach ein paar Stunden für sich gewinnen konnte.«

Bettina lächelte vielsagend und schwieg. Sie trotteten nebeneinander ins Klassenzimmer zurück.

»Wo ist eigentlich Melanie?«, fragte Gabi plötzlich mit verschnupfter Nase. Sie war ein großes, dürres Mädchen, das die eine Hälfte des Jahres mit Allergien kämpfte und die andere mit Erkältungen.

»Die wird sich noch von ihrem Kater erholen«, antwortete Kevin. »So wie die gestern Abend gesoffen hat, muss ihr noch die ganze nächste Woche schlecht sein.«

»Hatte die nicht auch einen Typen am Start?«, wollte Steffi wissen.

Kevins Miene verfinsterte sich, und er wandte sich ab.

Bettina zuckte mit den Achseln. »Hatte nicht jede von uns einen Typen an sich kleben? Wahrscheinlich hat sie sich ein paar Drinks ausgeben lassen, ist dann nach Hause und hat vergessen, dass heute Samstag ist, nicht Sonntag. Wäre nicht das erste Mal.«

Noch während sie abfällig über ihre Freundin redete, wunderte sie sich über den Schauer, der ihr über den Rücken lief.

* * *

Das Mädchen lag ausgestreckt auf dem Rücken zwischen groben Felsblöcken am Ufer des Rheins. Die Hände waren über dem Bauch gefaltet und hielten eine rote Rose. Als ob ein Künstler sie für ein exzentrisches Fotoshooting drapiert hätte, dachte Lohmeier. Nur die schmale aber tiefe Wunde rund um ihren schlanken Hals und zwei nahe beieinanderliegende Einstiche passten nicht ins Bild. War sie mit einer Schlinge erwürgt worden? Aber was hatten die punktförmigen Verletzungen zu bedeuten? Drogen? In den Hals gespritzt? Armes Ding! So jung, dass sie eine Freundin seines Sohnes sein könnte. Vielleicht war sie das sogar.

Er wandte sich beunruhigt ab und sah sich um. Der Staatsanwalt hatte sich nur kurz blicken lassen und dem Kommissar zugeworfen: »Lohmeier, Sie haben frei Hand!« Jetzt kraxelte er den felsigen Abhang hinauf, dessen Gras eingetreten und wegen der anhaltenden Dürre vertrocknet und gelb war. Auf halber Höhe kam er an zwei in schwarzen Anzügen gekleideten Männern vorbei, die auf dem Boden hockten und warteten. Zwischen ihnen stand ein Sarg.

Lohmeier zog die Stirn in Falten. Die Herren vom Bestattungsinstitut würden dort noch eine Weile ausharren müssen, bevor sie die Tote in die Pathologie bringen konnten, dachte er. Bisher fehlte noch jede Spur von Schlüther, dem Gerichtsarzt. Und solange der die Leiche nicht in Augenschein genommen hatte, würde sie niemand auch nur anfassen dürfen.

»Menz!«

»Kommissar?«

»Sehen Sie die Handtasche des Mädchens?«

Der Kollege schüttelte den Kopf. »Hat der Mörder wohl mitgenommen.«

»Warum hätte er das tun sollen?«, fragte der Kommissar irritiert.

»Raubmord?«

Lohmeier verdrehte die Augen. »Und bahrt die Leiche auf wie bei einer Beerdigung?«

»Ein Andenken?«

Der Kommissar ignorierte den Kommentar und ließ den Blick über die braune Brühe gleiten, die zu seiner Linken vorbeischoss. Der Rhein hatte trotz der Hitze noch erstaunlich viel Wasser, was die Strömung unberechenbar und schnell machte.

»Wann ist sie gestorben?«

»Sorry, keine Ahnung! Nachts vermute ich mal, oder zumindest nach halb elf. Wäre logisch, denn so lange ist es im Sommer hell. Sonst hätte sicher jemand was gesehen und die Polizei gerufen.«

»Sie glauben nicht ernsthaft, heute würde noch jemand die Polizei rufen?«

Menz zuckte mit den Achseln. »Bei der Welle von Attacken in U-Bahnen sind die Bürger verunsichert. Es wird doch dauernd im Fernsehen gesagt, man soll nicht eingreifen, sondern die Polizei rufen. Bei Dunkelheit aber hätte vom Wasser her niemand etwas bemerkt. Und das andere Ufer ist zu weit weg.«

Lohmeier seufzte. Wo Menz recht hatte, hatte er recht. Leider. »Wer hat die Kollegen verständigt?«

»Glauber heißt der Mann, hat hier nach herumliegenden Flaschen gesucht. Die Streifenhörnchen haben seine Adresse aufgeschrieben und ihn nach Hause geschickt.«

Der Kommissar wandte sich ab und beobachtete eine Weile schweigend, wie die Leute von der Spurensicherung den Abhang durchkämmten, jeden Dreckklumpen umdrehten und hinter jeden Grashalm schauten. Wo blieb der Doc?

Menz starrte auf die Tote. »Der Mörder hat sie so platziert, als wolle er uns etwas mitteilen. Was glauben Sie, Chef? Ein Serientäter?«

»Eine Serie beginnt mit zwei oder drei Toten! *Ein* Todesfall ist noch keine Mordserie«, brummte Lohmeier.

»Vor mehr als 80 Jahren gab es in Düsseldorf einen Serientäter namens Peter Kürten, Chef.«

»So'n Quatsch!«, Lohmeier machte ein wegwerfende Handbewegung. »Der ist doch längst tot!«

»Ich meinte auch nur, dass es in Düsseldorf schon mal einen Serientäter gegeben hat.«

»Und alle paar Wochen gewinnt mal einer im Lotto Millionen. Dennoch ist es unwahrscheinlich, dass man jemals gewinnt, auch wenn man sein Leben lang spielt«, gab der Kommissar gereizt zurück. Ihm gefiel ganz und gar nicht, was Menz da andeutete.

Oberhalb der Böschung kam Bewegung in die Menge aus Streifenpolizisten und Schaulustigen. Die Gruppe teilte sich, und es erschien ein kleiner Mann in einer Strickjacke, die seinen Wohlstandsbauch kaum bedeckte. Auf dem Weg den felsigen Abhang herunter kämpfte er mit dem Gleichgewicht wie ein Sumoringer auf einem Drahtseil. In der Linken trug er eine ausgebeulte Ledertasche, die er zum Balancieren weit von sich weghielt. Einige Male geriet er ins Rutschen und griff nach verdorrten Grasbüscheln, die er sofort ausriss.

Schlüther sah mit grüner Strickjacke im Hochsommer grotesk aus, und dass Lohmeier nicht schmunzelte, lag nur daran, dass er den Mediziner schätzte. Schlüther war einer der wenigen, die keinen Stuss redeten.

Sie nickten sich zu wie alte Bekannte, tauschten aber weiter keine Höflichkeiten aus. Während der Arzt die Tasche abstellte, auf die Knie plumpste und die Tote untersuchte, schaute der Kommissar zu. Das Mädchen sah seltsam aus: Die langen, schwarzen Haare waren wie ein Helm geschnitten und hatten weiße Strähnen. Ihre Kleidung war sommerlich leicht, ein einfaches, schwarz-weiß kariertes Kleidchen. An den Füßen trug sie schwarze, halbhohe Schuhe der Marke Convers. Genau solche hatte sein Sohn auch.

»Punkerin«, murmelte Lohmeier vor sich hin.

»Emo«, verbesserte Menz, der ebenso wie sein Chef dem Arzt bei der Arbeit zusah.

»Wie der Vogel?«

»Emo, mit O am Ende. Ist ursprünglich ein Subgenre des Hardcore-Punk, auch Emocore genannt. Zeichnet sich durch Gefühle wie Verzweiflung und Trauer aus und durch die Beschäftigung mit zwischenmenschlichen Themen. Ist heute aber eher eine Jugendbewegung, die sich vor gut zehn Jahren aus der bisherigen Hardcore-Szene herausgebildet hat. Eigener Kleidungsstil, andere Musik, ziemlich depri und melancholisch.«

»Depri?«

»Deprimierend. Traurig, dunkel, düster, Todessehnsucht. Wie damals bei Goethes Werther.«

»Goethe? Emo?«, der Kommissar kniff die Augen zusammen. »Haben Sie zum Frühstück Brockhaus gehabt?«

»Wikipedia, Chef!« Er wedelte mit seinem flachen Handy. »Steht alles hier drin.«

»Wir sind nicht bei *Wer wird Millionär*! Die wichtigen Fragen müssen Sie klären. Die wichtigen!«

Sein junger Kollege sah ihn ergeben wie ein Dackel und einfallslos wie ein Schaf an.

»Folgendes könnten Sie mir mal beantworten«, fuhr der Kommissar fort: »Wie heißt die Kleine, wo wohnt sie, was hat sie gemacht vor ihrem Tod, wer waren ihre Freunde? Sind die Eltern informiert? Gibt es Zeugen? Können Sie das auch alles in ihrem Handy nachlesen?«

Bei jeder Frage zuckte Menz zusammen und zog den Kopf ein wenig mehr ein.

»Was stehen Sie dann hier noch rum?«, herrschte Lohmeier ihn an. »Dalli, dalli, finden Sie es raus. Ehrliche Polizeiarbeit. Fragen Sie die Schaulustigen da oben. Klopfen Sie die Angestellten der *Rheinterrasse* ab. Da finden regelmäßig Partys statt. Wahrscheinlich war sie dort gestern Abend tanzen.«

Menz sah seinen Chef überrascht an.

»Mein Sohn geht da manchmal hin!«, antwortete der Kommissar knapp und bedeutete seinem Kollegen mit einer lapidaren Handbewegung, sich an die Arbeit zu machen.

Der kraxelte brav den Abhang hoch und tauchte oben in die Menschenmenge ein.

»Blödmann! Emos.« Lohmeier schüttelte den Kopf und drehte sich zum Gerichtsmediziner um, der gerade seine Ledertasche zuklappte und grinste.

»Tja, wir Alten geraten mehr und mehr ins Hintertreffen! Ist nicht unsere Welt: Computer, Internet, Mobiltelefone.«

Der Kommissar grummelte. Er fand nicht, dass er mit Ende 40 zu alt war für diese Welt. »Haben Sie was Brauchbares, Doktor?«

Schlüther wackelte mit dem Kopf. »Der Todeszeitpunkt liegt nach ersten Schätzungen so etwa zwischen einer Stunde vor und einer Stunde nach Mitternacht. Die Ursache dürfte Ersticken durch Strangulierung mit einer Schlinge oder einem Draht sein. Der Täter ist dabei ziemlich brutal vorgegangen.«

»Hat sie sich gewehrt?«

»Nein. Zumindest gibt es weder Abwehrverletzungen, noch hat sie den oder die Täter gekratzt – soweit ich das auf den ersten Blick sehen kann. Der Fundort ist mit hoher Wahrscheinlichkeit auch der Tatort. Details nach der Obduktion. Da wäre allerdings noch eine Sache ...«

»Das heißt, der Täter hat sie überrascht, weshalb sie sich nicht wehren konnte«, dachte Lohmeier laut, »Wenn sie hier auch gestorben ist, wie hat der Mörder sie dann hierher gelockt?«

Der Arzt zuckte mit den Achseln. »Keine Ahnung. Ich kann Ihnen später sagen, wie viel Alkohol und anderes Zeug die Kleine im Blut hatte. Den Rest müssen Sie selbst herausfinden. Hmm, noch was...«

»Entweder hat sie ihren Mörder gekannt und ist mit ihm bis zu diesem Ort gegangen«, fuhr der Kommissar fort, ohne den Mediziner ausreden zulassen, »oder er hat zufällig ein Mädchen erwischt, das nachts Sehnsucht nach dem Rauschen des Flusses hatte. Obwohl? Mitten in der Nacht, so nah am Rhein? Ich glaube eher, sie kannten sich. Natürlich kannten sie sich! Ein Freund oder eine Freundin vielleicht.« Er unterbrach seine Überlegungen, weil er merkte, das Schlüther noch was auf dem Herzen hatte. »Ist noch was?«

»Ich weiß nicht recht, was es zu bedeuten hat ...«

»Kommen Sie, Schlüther, raus damit.«

»Eins ist komisch.«

»Machen Sie es nicht so spannend!«

Der Doktor schielte haarscharf an Lohmeier vorbei, als er weitersprach. »Sie ist gebissen worden, nachdem sie bereits tot war.«

»Gebissen? Wo? Von was? Einem Hund?«

Schlüther sah zu Boden, der bei seiner Größe recht nah war, und trat eine Weile von einem Fuß auf den anderen.

Der Kommissar schnaubte ungeduldig. »Los doch, ich beiße nicht ...«

»Es ist mir ein wenig unangenehm. Sie glauben sicher, ich hätte auf meine alten Tage nicht mehr alle Tassen im Schrank ...«

Oder einen zu viel gebechert, ergänzte Lohmeier in Gedanken.

»... aber es sieht aus wie die Bissspuren eines Vampirs!«

2. Kapitel

Natürlich bekam ich kein Auge mehr zu, nachdem mich das Mädchen verlassen hatte. Wie alt war sie? Was hatten wir getan? Und vor allem: Warum kribbelte es so schön in meinem Magen? Das waren keine Angst und keine Panik.

Ich quälte mich aus dem Bett und lief schlaftrunken barfuß in die Küche. Die Fliesen unter meinen Sohlen kühlten mein erhitztes Gemüt. Zwei Tassen Kaffee taten mir gut. Ich setzte mich an den Küchentisch und überflog die Schlagzeilen der Regionalzeitung vom Freitag, die ich gestern ungelesen neben den Stapel ungeöffneter Briefe gelegt hatte. Die Kanzlerin verkündete, die Krise des Euro sei noch nicht vorbei, der Finanzminister versprach Einsparungen und drohte zugleich mit Steuererhöhungen, ein anderer Politiker brachte die Rente ab 70 ins Spiel. Na fein, dachte ich.

Ich blätterte zum Regionalteil. Streit um die Eröffnung einer neuen Kita, Streit unter den Händlern auf Düsseldorfs beliebtestem und teuerstem Dauermarkt, wo Feinschmecker bekamen, was das Herz begehrte. Und erneut ein Streit: Jugendliche hatten in einer Kleinstadt in der Nähe einen Obdachlosen, der in einem alten Auto auf einem Parkplatz hauste, totgeschlagen, weil er sie »halt irgendwie gestört« hatte.

Ich seufzte, faltete die Zeitung zusammen und warf sie in den Korb mit dem Altpapier. Vielleicht würde eine Dusche gut tun.

Die elektrische Zahnbürste wühlte sich durch meinen Mund, während das Wasser meinen Körper hinabfloss. So langsam kam ich zu mir.

Wie konnte ich dieses Küken mit den pinken Haarsträhnen aufreißen und mich auch noch in sie verlieben? Die wurden auch immer merkwürdiger. Was die an einem doppelt so alten Mann fand. Gut, ich sah nicht aus wie viele meiner verheirateten Exkollegen, die bei der ersten Schwangerschaft solidarisch mit der Frau an Gewicht zugelegt, es dann aber nicht mehr entsprechend zurückgebildet hatten, sondern schon mal gleich fürs nächste Kind dick geblieben waren. Aber die Falten um die Augen bekam man damit nicht weg, das hätte selbst ein Teenager sehen müssen. Aber, Himmel, jetzt war es zu spät.

Die dritte Tasse Kaffee kippte ich runter, während ich mich trockenrieb. Ich wollte für ein paar Stunden ins Büro – der Fluch des Selbstständigen: alles selbst machen, und zwar ständig. Schnell in Jeans und T-Shirt und raus.

Auf dem Weg nach unten schnappte ich mir den vollen Müllsack, den meine Nachbarin in den Hausflur gestellt hatte. Eine liebenswerte Rentnerin, deren geschwollene Knie ihr das Laufen verleideten.

* * *

»Hallo? ... Rolf hier. Können Sie frei sprechen? … Gut ich warte.«

Er tigerte durch das WC des Internet-Cafés, in dem er schon seit einer Stunde saß und die muffige Luft einatmete, die nach Staub, Männerschweiß und Teppichkleber roch.

Auf der Toilette stank es noch übler, sodass selbst der penetrante Geruch der WC-Steine, die im einzigen Pissoir einen kleinen, gelben Hügel bildeten, den Mief nicht überdecken konnten.

»So, ich habe ein paar Infos. Haben Sie Stift und Zettel? … Er heißt Alexander Herz. Ist 'n Schnüffler, private Ermittlungen ... Ja, das habe ich auch gedacht.« Er wechselte das Handy vom linken ans rechte Ohr. »War nicht immer Detektiv. Hat früher einen gut gehenden Kunsthandel betrieben. Dann wurde er verklagt, weil er einem Kunden eine Fälschung angedreht hatte. Dafür war er sogar im Bau.«

Rolf sprach noch eine ganze Weile mit dem Teilnehmer am anderen Ende der Leitung über Alexander Herz.

Ein übergewichtiger Teenager mit fettigen, halblangen Haaren wankte heran, stellte sich an das Pissoir und warf Rolf einen bösen Blick zu. Der Detektiv ignorierte das, ebenso wie er das »nicht mal in Ruhe strullen kann man hier« überhörte.

Als der Dicke die Toilette verließ, wollte Rolf gerade von seinem Auftraggeber wissen: »Was soll ich jetzt tun?« Er lauschte angestrengt. Die Verbindung war nicht gut, sodass er das Telefon an das eine Ohr presste, während er mit der anderen Hand das freie Ohr zuhielt.

* * *

»... die Bissspuren eines Vampirs«, echote Lohmeier und sah Schlüther scharf an. War der Doktor von Sinnen?

Der Mediziner trat dicht an den Kommissar heran. »Ich bin nicht betrunken«, haucht er. »Es gibt am Hals der Toten zwei Vertiefungen, die nicht von einer Gabel oder zwei Nadeln kommen. Dazwischen gibt es weitere Druckstellen. Das sieht auf den ersten Blick genauso aus wie ein Gebiss, nur eben mit zwei besonders langen Zähnen, die viel tiefer in den Hals eingedrungen sind.«

Sein Atem roch nach Knoblauch und Magensäure, sodass Lohmeier die Luft anhielt, ein wenig auf Distanz ging, den Kopf wandte, als würde er nachdenklich über den Rhein sehen. Erst dann atmete er wieder tief ein.

Wie gut die Luft tat, an diesem frühen Sommermorgen, so frisch und kühl wie ein gerade gezapftes Alt vom Fass nach einem Tag voller Hektik und Sorgen. Er hatte schlecht geschlafen und war gereizt. Seit Wochen kühlte es sich nachts erst sehr spät richtig ab. Lohmeier lag mit offenen Augen auf dem Rücken und hörte dem Schnarchen seiner schwangeren Frau zu, deren Körper das kleine Schlafzimmer zusätzlich aufheizte wie ein Kohleofen im Winter. Er hatte auch heute Nacht wieder versucht, unauffällig so weit weg wie möglich von ihr zu liegen. Doch sobald er die Matratzenkante erreicht hatte, tastete seine Frau im Schlaf nach ihm, seufzte kurz und schmiegte sich an ihn, ihre glühende Hand auf seiner nackten Brust.

»Hmmm, Doktor. Ich schätze Ihre Arbeit, aber ein Vampir? Das ist doch Quatsch!«

»Ich meine ja auch nicht, dass es ein echter Vampir ist, wie in den Filmen.«

»Sie glauben, der Täter hat sich so ein Plastikding in den Mund gesteckt und das Mädchen gebissen? Warum?«

»Ende der 1920er-Jahre gab es mal einen Peter Kürten, der in Düsseldorf etliche Frauen den Hals aufgeschlitzt haben soll. Er hatte den Spitznamen Vampir, weil er angeblich auch deren Blut getrunken hatte.«

»Das weiß ich selbst!« Lohmeier fuhr sich durch das lichte Haar. Wenn es tatsächlich so war, wie der Doktor vermutete, suchte er nach einem kranken oder verwirrten Geist. Das gefiel ihm ganz und gar nicht. Es machte ihn nervös und gereizt. Menz' Theorie vom Serientäter spukte durch seinen Kopf. Er schob ihn beiseite: Was nicht sein durfte, konnte nicht sein.

»Ich denke, es werden noch mehr Frauen sterben«, sagte der Arzt und nickte dreimal, als wolle er seinem Satz Gewicht verleihen.

»Ein Serientäter?« Lohmeiers Blut kam in Wallung.

»Warum nicht?«

»Weil zu einer Serie eine Serie gehört«, sagte Lohmeier gedehnt, wie jemand, der um seine Fassung ringt, aber Angst hat, dass er es nicht schaffen wird. »Der Täter, der das Mädchen erdrosselt hat, hat sie zurechtgemacht, weil er sie kannte. Er hat die Tat bedauert. Vielleicht war es ein Unfall. Ich wette, dass wir den Täter unter den Freunden oder im näheren Umfeld der Kleinen finden. Irgendwelche unreifen Teenager, die zu viel Vampir-Romantik im Blut haben.« Er spürte, wie sich der Schalter umlegte und es kein Halten mehr gab. Die Ader an seinem Hals trat hervor. Er würde gleich laut werden. Wo war eigentlich Demenz? »Aber dafür müssen wir erst einmal wissen, wie die junge Frau heißt, die hier getötet wurde! – Menz«, brüllte der Kommissar, »herkommen!« Das tat gut, mal Dampf ablassen. Er spürte, wie er schlagartig ruhiger wurde.

Die in Weiß gehüllten Männer der Spurensicherung um ihn herum hielten inne und linsten herüber. Auch die beiden Anzugträger des Beerdigungsinstituts, die Streifenpolizisten und die übrig gebliebenen Gaffer glotzen ihn an. Sein Assistent löste sich aus der Menschentraube am oberen Rand der Böschung und kam mit einem aufgeschlagenen Notizblock den Abhang heruntergestolpert. Die anderen gingen wieder zu dem über, was sie vorher gemacht hatten. Gaffen, Beweise sammeln, absperren.

Lohmeier wandte sich an Schlüther. Sein Tonfall war beinahe wieder normal. »Gut, Doktor, lassen Sie uns beide in Ruhe über diese Bissspuren nachdenken und morgen noch einmal dazu telefonieren. Aber bitte reichen Sie mir vorher so schnell wie möglich den Bericht der Obduktion herein.«

Der Mediziner wandte sich ab und kletterte den Abhang hoch.

Lohmeier gab den beiden Bestattern ein Zeichen. »Sie können die Leiche in die Pathologie bringen.« Dann wandte er sich seinem Kollegen zu. »Was haben Sie für mich?«

* * *

Ich stand in meinem Büro im GAP-Center an der Nespresso-Kaffee-Maschine und konnte mich nicht entscheiden: Sollte ich eine dunkle Kapsel nehmen, die für einen starken Kaffee sorgte, der zwar gut schmecken aber meinen Blutdruck nicht gerade senken würde. Oder sollte ich lieber eine rote Variante wählen – koffeinfrei?

Die Maschine hatte ich mir zugelegt, nachdem ich im Kino gesehen hatte, wie George Clooney für die eleganten Modelle und die edlen Farben der Kaffee-Kapseln Werbung machte. So etwas musste ich auch haben – koste es, was es wolle, oder zumindest was ich gerade noch bezahlen konnte.

Ich entschied mich für eine schwarze Kapsel mit dem starken Saft der Bohne, den ich als Latte Macchiato in ein schlankes, hohes Glas laufen ließ. Die Milch sollte den Koffein-Effekt schmälern. Wenn ich gewusst hätte, was gleich zur Tür hereinschneite, hätte ich ohnehin besser einen Johanniskraut-Tee zubereitet.

Meine Gedanken wanderten wieder zu dem unbekannten Mädchen der vergangenen Nacht. Ich versuchte mich zu erinnern, kam aber nicht weit. Am frühen Abend hatte ich mich im Breidenbacher Hof mit einer Klientin getroffen. Sie betrat die dunkle Capella Bar als elegante, selbstsichere Erscheinung in hübschem Dior-Kostüm und mit modischer Frisur. Doch schon beim Setzen verschwand sie förmlich in dem Stuhl. Als ich ihr die Fotos mit ihrem Mann und dessen Sekretärin zeigte, presste sie die Lippen aufeinander und kämpfte mit den

Tränen. Zehn Minuten später verließ sie den Raum wie ein Häufchen Elend – und mit meinen Taschentüchern. Ich trank ihren Kaffee, den sie nicht mal angerührt hatte.

Auf dem Weg nach Hause durch den Hofgarten wurde der Umschlag mit meinem Lohn schwerer und schwerer. In meiner Wohnung angekommen tauschte ich den Anzug gegen eine schicke Jeans und ein modisches Hemd. Stunden später stand ich mit meinem vierten Gin Tonic in der Hand an der Theke in der *Rheinterrasse* und schaute süßen Frauen beim Tanzen zu. Filmriss! Komisch. Das passierte mir sonst nie nach ein paar lausigen Longdrinks.

Ich stellte mich mit dem Kaffee ans Fenster. Der Duft stieg mir direkt in die Nase, ein Geruch, der für mich nur noch übertroffen wurde von dem Anblick der perfekten Bläschen der aufgeschäumten Milch. Der erste Schluck war ein Genuss – bitter und mild zugleich.

Mein Blick wanderte über die Dächer der Friedrichstadt bis runter nach Unterbilk in den Medienhafen, wo der Funkturm in den blauen Himmel ragte und die Glasfenster des Restaurants im Obergeschoss das Licht der Sonne spiegelten. Wie schön Düsseldorf doch war, dachte ich und versumpfte in melancholischen Erinnerungen: Die Stadt, die mich aufgenommen hatte wie einen verlorenen Sohn, die mir ein Zuhause gegeben hat, nur um mich zu Schlimmem zu verführen. Hier roch es nach Geld und Prunk, nach Protz und Prahl.

Es hatte eine Zeit gegeben, in der ich mit einer kleinen Kunsthandlung schnelles Geld gescheffelt und es noch schneller wieder ausgegeben hatte: im Victorian oder La Terrazza mit Essen und Wein. In angesagten Bars im Medienhafen mit Champagner und Cocktails. Ich lachte am lautesten von allen und streichelte aufregend gekleidete Frauen an unverschämten Stellen. Tja, das war einmal.

Es klopfte. Verwundert zog ich die Augenbrauen hoch. Kundschaft?

* * *

Lohmeier saß am späten Nachmittag in seinem Büro, die Beine ausgestreckt auf dem alten Schreibtisch. Er starrte die Decke an und versuchte sich zu konzentrieren. Die Hitze in dem unklimatisierten Raum war unerträglich, doch was ihn wirklich irritierte war die Stille. Er horchte: Da war das Surren der Lüftung eines alten Computers. Nur ab und zu wurde es von dem aufheulenden Motor eines vorbeifahrenden Autos übertönt. An diesem Samstag war nur eine Notbesetzung im Präsidium.

Er vermisste das Gemurmel und das Klackern von Schuhen, das sonst von den Gängen und aus dem Großraumbüro herüberdrang. Die Geräusche von geschäftigem Treiben, ein spitzes Lachen, das Klappern von Fingern auf Tastaturen. All das fehlte ihm und erinnerte ihn daran, dass er an seinem freien Wochenende einen Todesfall bearbeiten musste.

Er fragte sich, was seine Frau machen würde. Dann fiel ihm ein, dass ihre Eltern vorbeikommen wollten. »Mal wieder nach dem Rechten sehen«, wie der Alte seine Kontrollbesuche mit Donnerstimme ankündigte. Danach lachte er stets, als hätte er einen Scherz gemacht. Doch Lohmeier wusste, dass Dr. Karl-Theodor Brecklinghausen diesen Satz in vollem Ernst aussprach. Der Richter a. D. wollte sich vergewissern, dass sein Hochzeitsgeschenk, das lichtdurchflutete Reihenhaus in einem schicken Düsseldorfer Vorort, noch so gepflegt aussah wie vor 18 Jahren, als er es seiner Tochter geschenkt hatte. Vielleicht war es doch ganz gut, dass er einen neuen Fall bearbeiten musste. Und schließlich hatte er seine Zeit nicht vergeudet, sondern war in den vergangenen Stunden einige Schritte vorangekommen.

Lohmeier und Menz waren vom Tatort direkt zum Schillergymnasium gefahren. Menz hatte bei seinen Befragungen herausbekommen, dass das tote Mädchen dort in den Unterricht ging. Er fragte in der *Rheinterrasse* das Personal, das dort am Samstagmorgen die nächste Veranstaltung vorbereitete.

»Oh mein Gott, die kenne ich«, sagte eine Frau Anfang vierzig und hielt sich die Hand vor den Mund.

»Wie heißt das Mädchen denn?«

»Das weiß ich nicht. Aber sie geht mit meiner Tochter Bianca zu Schule.«

»Da sind Sie sich sicher?«

»Ja, ganz bestimmt. Ich habe sie schon ein paar Mal auf dem Pausenhof mit ihrer Clique gesehen. Fünf oder sechs junge Leute aus der Emo-Szene.«

»Sie kennen sich mit Emos aus?«, fragte Menz mit einem skeptischen Unterton.

»Natürlich. Ich bin hier Eventmanagerin. Wenn ich aktuelle und vergangene Strömungen in der Jugendkultur nicht kennen würde, wäre ich wohl fehl am Platz.«

»Welche Schule?«

»Schillergymnasium.«

Eine halbe Stunde später parkte Menz den Dienstwagen direkt vor dem schmiedeeisernen Zaun. Lohmeier drehte das halb geöffnete Fenster hoch, kletterte aus dem Fahrzeug und atmete ein paar Mal tief, um die Übelkeit zu vertreiben, die Menz' Fahrstil verursacht hatte. Sie gingen durch das Tor, überquerten den Schulhof und gelangten ins Hauptgebäude.

Menz wies nach links. »Dort ist der Verwaltungstrakt!«

»Sie waren schon mal hier?«, fragte der Kommissar verwundert.

»Steht da drüben«, gab Menz zurück und deutete auf ein Hinweisschild.

Seite an Seite eilten die Beamten durch lange, lichtarme Gänge, in denen es nach Bohnerwachs und abgestandenem Schweiß roch. Angstschweiß wie kurz vor Prüfungen, dachte Lohmeier.

»Dort vorne«, rief sein Kollege plötzlich. »Das Zimmer des Direktors.«

Der Raum war spärlich möbliert: Tisch, Bürostuhl, Besucherstühle, die aussahen wie ausrangierte Holzstühle aus einem Klassenzimmer der 80er Jahre, Aktenschränke und eine weiße Gardine vor dem Fenster, die einem den freien Blick auf den Schulhof nahm.

»Sie wünschen?«, fragte ein dürrer Mann in den Fünfzigern, dessen Halbglatze glänzte, als wäre sie noch am frühen Morgen liebevoll poliert worden.

»Sind Sie der Direktor des Schillergymnasiums?«, fragte Lohmeier.

»Doktor Manuel Ötting!«

»Kriminalpolizei! Wir müssen mit Ihnen reden«, sagte Menz und zückte seine Dienstmarke.

»Nehmen Sie doch Platz, meine Herren.«

Als Menz dem Direktor die Fotos von der Toten auf seinem Handy zeigte, wurde dieser bleicher und bleicher. Entweder übergibt er sich gleich oder er fällt in Ohnmacht, dachte Lohmeier und wartete. Vergebens.

Der Direktor atmete einmal tief ein und sagte dann: »Das ist Melanie Langener, zwölfte Klasse. Was ist mit ihr?«

»Sie ist tot!«, sagte der Kommissar.

»Ein Unfall?«

»Eher nicht.«

Stille. Alle drei starrten auf den kleinen Bildschirm von Menz' Handy mit dem Foto von Melanie und hingen ihren Gedanken nach. Lohmeier dachte an seine schwangere Frau und dass es ein Mädchen werden würde – zerbrechlich wie Esspapier, schutzlos wie ein Laubblatt im Herbstwind. Ein Opfer wie Melanie? Niemals. Das würde er nicht zulassen.

»Sie war ein so liebes Mädchen«, sagte der Direktor mehr zu sich selbst als zu den Beamten und riss den Kommissar damit aus seinen Gedanken.

Es klopfte und eine Frau in den Vierzigern steckte den Kopf zur Tür herein. »Brauchen Sie mich noch?«

Noch bevor Lohmeier wusste, ob sie vielleicht ihn gemeint hatte, antwortete der Direktor: »Nein, Sie können gehen, Frau Gehrig. Bis morgen.«

Der Kopf verschwand und eine Welle süßlichen Parfüms kitzelte den Kommissar. Er drückte sich schnell die Nase zu, um nicht niesen zu müssen.

»Ich kann es gar nicht fassen«, fuhr der Direktor fort. »Und dann auch noch ein Gewaltverbrechen!« Er öffnete die oberste Schublade seines Schreibtischs und holte eine Flasche Killepitsch und ein Gläschen hervor.

Menz und Lohmeier sahen erstaunt zu, wie das Glas mit Düsseldorfs bekanntestem Kräuterschnaps volllief, zum Mund geführt wurde und der Inhalt im Rachen des Mannes landete, der Chef über 33 Lehrer und 700 Schüler war.

»Auf das arme Ding! Und darauf, dass sie nicht hat zu sehr leiden müssen! Ahh, das tut gut!« Die Blicke der Kriminalbeamten schienen ihm peinlich, und er deutete auf das Gläschen: »Ist für absolute Notfälle. Da brauche ich das zur Beruhigung meines sensiblen Magens, wissen Sie? Ich nehme an, Sie wollen nichts – sind im Dienst, oder?«

Menz nickte eifrig, während Lohmeier sich besorgt fragte, wie viele Notfälle es an dieser Schule gab.

Der Direktor hatte ihnen die Namen von Melanies Mitschülern gegeben und es arrangiert, dass man sich in einem freien Klassenzimmer in Ruhe unterhalten konnte – von Polizei zu Schüler. Was hatte er von den sichtlich geschockten Kids erfahren? An dem Jungen und den vier Mädchen, die sie am Vormittag befragt hatten, waren dem Kommissar zunächst die schrill gefärbten Haare, die stark geschminkten Gesichter und die schwarze Kleidung aufgefallen, die hier und da von Karomustern durchzogen war. »Emos« hatte Menz ihm zugeraunt, bevor sie mit ihren Fragen begannen. »Ja, das war mir schon klar«, hatte Lohmeier erwidert.

Die Teenager gingen alle in die zwölfte Stufe des Gymnasiums, hatten unterschiedliche Fächerkombinationen, waren jedoch in ihrer freien Zeit oft zusammen. Alle beschrieben Melanie als nette, intelligente und liebenswerte Freundin, die gerne las und eine gute Schülerin war.

»Was ist gestern Abend passiert?«

Sie seien am Vorabend gegen 22.30 Uhr gemeinsam auf eine Party in der *Rheinterrasse* gegangen und hätten getanzt und getrunken.

»Und Melanie?«

Auch Melanie hätte getanzt und getrunken. Schon recht bald wurde sie von einem Schönling angemacht. Mit dem sei sie dann auch gegen Mitternacht nach draußen gegangen.

»Könnt ihr den Mann beschreiben?«

Sie beschrieben ihn als schmächtig, mittelgroß, dunkle, halblange Haare, weißer Anzug mit schwarzem Rüschenhemd.

»Geht es noch ein wenig genauer?«

Es ging: hübsch und tanzte geil, womit Lohmeier nichts anzufangen wusste. Er bat Menz, einen Phantomzeichner zu rufen. Dann fragte er weiter.

»Habt ihr den Mann noch mal gesehen, nachdem er mit Melanie rausgegangen war?«

Hatten sie nicht.

»Und ihr habt euch nicht gewundert, dass Melanie nicht mehr zurückgekommen ist?«

Verschämtes Lächeln. Einer sah auf seine Schuhspitzen. Sie hatten gedacht, Melanie würde mit ihm rummachen, sei vielleicht sogar mit ihm nach Hause gegangen.

»Rummachen?«

Sex! Sie sei noch Jungfrau gewesen und habe es »voll darauf angelegt«, dazuzugehören.

Der Kommissar sah jeden in der Runde an, doch nur die mit den pinkfarbenen Haarsträhnen erwiderte seinen Blick. Der Junge, der Kevin hieß, blickte zu Boden und presste die Lippen aufeinander. Lohmeier fragte sich, ob das etwas zu bedeuten hatte. Er folgerte, dass diese Kids schon Sex hatten – alle bis auf Melanie. Er würde Doc Schlüther nachher fragen, ob die Tote vor Kurzem Geschlechtsverkehr hatte. Dann dachte er an seinen Sohn, der gerade 15 Jahre alt geworden war. Er musste unbedingt ein Vater-Sohn-Gespräch führen. Oder zuerst seine Frau fragen, ob da noch Bedarf bestand. Vielleicht hatte sie ja schon mal mit ihm darüber gesprochen ...

»Hatte Melanie eine Handtasche?«

Schulterzucken, fragende Gesichter. Es konnte sich keiner erinnern. Das fand Lohmeier merkwürdig. Soweit er das kannte, erinnerten sich andere Frauen immer, ob eine Freundin eine Tasche bei sich trug, wie sie aussah und was sie kostete. In seinem Notizblock vermerkte er neben den Namen und den Adressen der Schüler die Beschreibung des Mannes.

Anschließend drückte er jedem ein Visitenkärtchen in die Hand.

»Danke für die Mithilfe. Gleich kommt noch ein Kollege von uns und erstellt mit euch ein Phantombild. Ruft uns an, wenn euch sonst noch etwas einfällt.«

Lohmeier nahm die Füße vom Schreibtisch und setzte sich normal hin. Auf einem DIN-A4-Blatt notierte er, was sie bisher hatten: Melanie Langener, stranguliert am Rheinufer in der unmittelbaren Nähe unterhalb des Veranstaltungszentrums *Rheinterrasse* aufgefunden. Merkwürdige Bissspuren am Hals, eine Rose in der Hand. Teenager und Mitglied einer Clique von Jugendlichen, die sich schräg anzogen, feierten und sich magisch vom Tod angezogen fühlten. Das Wort Emo schrieb er in Großbuchstaben und unterstrich es ein paar Mal, als ob er es sich damit besser einprägen wollte. Er würde am Abend seine Frau fragen, die kannte sich mit so etwas besser aus. Oder seinen Sohn?

Als er sich am Schreibtisch sitzend die Szene noch einmal vorstellte, konnte sich Lohmeier kaum an Einzelheiten erinnern. Er sah die Gesichter der Jugendlichen nicht vor sich, keine besonderen Merkmale – nur eine Gruppe schwarz gekleideter, junger Leute mit weiß geschminkten Gesichtern, auch der Junge – ein surreales, kariertes Schwarz-Weiß-Foto auf dem wie nachträglich die Haare koloriert worden waren: Pink, Blau, Grün.

In Erinnerung geblieben war ihm der Flunsch, den dieser Kevin gezogen hatte, und das Mädchen, das ihm bei der Frage »Rummachen« direkt in die Augen gesehen hatte. Sie hatte als Einzige einen dunklen Teint, der von einem ausländischen Elternteil stammen konnte. Ihre mandelförmigen Augen, die Energie und Lebenslust ausstrahlten, passten so gar nicht in das Konzept der Emos, wenn Lohmeier das richtig verstanden hatte.

Alle Kids schworen, dass sie nur mit dem Leben und nichts mit dem Tod ihrer Freundin zu tun hatten. Der Kommissar würde sich auf die Jagd nach dem Mann im Rüschenhemd machen.

War das der Täter? Vielleicht. Doch spürte er, dass die Kids ihm nicht die Wahrheit sagten. Waren sie in den Tod ihrer Mitschülerin verwickelt? Das sagte ihm sein Bauch. War vielleicht ein romantisches Rollenspiel, gespickt mit jugendlicher Schwärmerei aus Todessehnsucht und Vampirmysterium, aus dem Ruder gelaufen?

3. Kapitel

Sie war eine lebendig gewordene Männerphantasie. Wespentaille, ein eng anliegendes, rotes Kleid, tiefer Ausschnitt und, wie ich nach dem ersten Blinzeln feststellte, ohne BH.

Ich bemühte mich, ihr ins Gesicht zu sehen, und wurde geblendet von den wasserstoffperoxidierten, kurzen Haaren – eine vollbusige Annie Lennox mit hohen Wangenknochen. Sicher war sie eine dieser Slawinnen oder Russinnen, die hier einen alten, reichen Herrn geehelicht hatten.

»Sind Sie Alexander Herz, der Privatdetektiv?« Ihre Stimme war melodisch, und sie sprach mit einer hiesigen Einfärbung – definitiv eine geborene Düsseldorferin.

»Ja.« Was Besseres fiel mir nicht ein.

Sie stand ein wenig unschlüssig in der Tür – wie eine Katze, die nicht wusste, ob sie sich streicheln lassen oder weglaufen sollte. »Sie haben doch geöffnet, oder?«

»Natürlich.« Wenn ich schon samstags mal im Hause war und überraschend Besuch bekam, konnte ich mir auch anhören, worum es ging.

Ihr Blick schätzte zunächst mich – Jeans und T-Shirt – und dann den Raum ab. Wir befanden uns im zehnten Stock. Die Aussicht auf das Viertel Friedrichstadt war atemberaubend und der einzige Grund, warum ich dieses sonst unpraktische Büro angemietet hatte. Durch das viele Glas ging mir Stellfläche verloren. Die meisten Akten und Bücher sammelten sich deswegen in meiner Privatwohnung. Hier bewahrte ich nur das Nötigste in einem Regal auf, das links von meinem Schreibtisch an der Wand stand, gleich neben dem Stehtisch mit der Kaffee-Maschine.

»Nehmen Sie doch bitte Platz«, forderte ich sie auf und wies auf den Besucherstuhl am Schreibtisch. »Ich habe Ihren Namen nicht ganz verstanden«, ergänzte ich.

»Ich habe ihn gar nicht genannt«, sagte sie kokett, während sie die Hüften schwingend durch den Raum glitt.

Die Dame war rund herum gut ausgestattet, stellte ich fest. So wie sie lief, hatte sie mal gemodelt und glaubte, dass diese affige Gehweise mit Ende 30 genauso entschuldbar war wie mit 18. Egal, mich konnte sie damit nicht beeindrucken. Ich interessierte mich mehr für ihr Handtäschchen. Genau das gleiche Modell hatte ich neulich noch beim Bummel über die Königsallee in einem Schaufenster bewundert. Allerdings nicht, weil sie mir so gut gefiel, sondern weil ich vermutete, der Dekorateur des Schaufensters hätte sich beim Preisschild vertan: 8.000 Euro für eine Handtasche! Jetzt hoffte ich, es sei eben dieses Modell. Denn dann dürfte sie zumindest Geld genug haben, um mich auch bezahlen zu können. Das war in Zeiten ständiger Finanz- und Wirtschaftskrisen nicht mehr so sicher.

»Darf ich Ihnen einen Kaffee anbieten, Frau ...?«

»Cordeli ... Ich heiße Claudia Cordeli.«

Der Name löste eine Erinnerung aus, die ich aber nicht greifen konnte. Es wollte mir nicht einfallen, in welchem Zusammenhang ich ihn schon mal gehört hatte.

Sie warf einen geradezu sehnsüchtigen Blick auf die kleine Kaffeetasse, die ich noch immer in der Hand hielt.

»Schön, Frau Cordeli! Espresso, Latte Macchiato, koffeinfrei. Was darf es sein?«

Sie begutachtete die Kaffee-Maschine, erkannte offensichtlich das Modell und lächelte so aufrichtig erfreut wie eine Dreijährige, wenn man ihr einen Lutscher schenkt. »Einen Volluto, schwarz bitte, keinen Zucker.«

»Sehr gerne.« Ich nahm eine goldene Kapsel, gab sie in die Vorrichtung, stellte eine Tasse ein und drückte den Knopf. Leise presste die Maschine Wasser durch die Kapsel, das in einem feinen, schwarzen Rinnsal in der weißen Tasse landete.

Ihr Blick schweifte wieder neugierig durch das Büro und blieb an einer gerahmten Schwarz-Weiß-Aufnahme der Sagrada Familia hängen. »Haben Sie das Foto geschossen?« Ihre Stimme drückte Überraschung aus.

»Ja.« Schon vor einiger Zeit hatte ich meine Liebe für antike Gemälde an den Nagel gehängt und dafür mit dem Fotografieren begonnen.

»Schön!«

»Danke.«

Ihr Blick wanderte weiter zu einem Foto des Colosseum, ebenfalls Schwarz-Weiß, und blieb an der dritten Aufnahme hängen. Mit dem Zeigefinger deutete sie auf die Skulpturen eines Bullen und eines Bären.

»Und wo ist das?«

»Die Börse in Frankfurt.«

»Ach so.« Sie schien enttäuscht. Wahrscheinlich war ihr nach Barcelona und Rom der Finanzplatz Frankfurt zu piefig.

Ich brachte ihr den Kaffee und setzte mich gegenüber an meinen Platz, während sie die Beine überschlug und die Tasse am äußeren Henkel zwischen Daumen und Zeigefinger nahm. Den Kleinen spreizte sie so weit wie möglich ab, als sie das Getränk zum Mund führte, der vor rotem Lippenstift nur so leuchtete.

Mühsam unterdrückte ich ein Grinsen. Sie hatte Zeit, zu viele schlechte Filme zu sehen, was dafür sprach, dass sie das Geld ihres Mannes mit vollen Händen ausgab, statt es selber verdienen zu müssen.

»Was kann ich für Sie tun, Frau Cordeli?«

Sie setzte die Tasse und beugte sich vor. Mein Blick wanderte ungewollt von ihren Augen zu ihrem Dekolleté. Ihr war es nicht aufgefallen oder sie hatte es sich nicht anmerken lassen. Cordelis Stimme war nun nur noch ein Flüstern, als fürchtete sie, mein Büro wäre vom Bundesnachrichtendienst oder der CIA verwanzt: »Helfen Sie mir! Es geht um Leben und Tod!«

* * *

Wann immer Lohmeier Angehörige begleiten musste, um einen Toten zu identifizieren, fühlte er sich dumpf und hilflos. Natürlich würde er das nicht zugeben. »Der Herr gibt es, der Herr nimmt es«, sagte er den Neuen im Job mit einem Achselzucken, wenn sie ihn fragten: »Kommissar, wie werden Sie damit fertig?«

Doch im Fall Melanie war ihm die Identifizierung besonders nah gegangen. Die Tote war nur wenig älter als sein Sohn, ihre Mutter so alt wie seine Frau. Er musste sich zusammenreißen, um sie nicht in den Arm zu nehmen.

Frau Langener war eine Alleinerziehende mit verhuschtem Wesen. Männer würden sie auf der Straße nicht wahrnehmen. Dabei hatte sie sehr schöne Hände, fand Lohmeier. Und ihre Augen waren von einem intensiven Grün, das nun durch heftiges Weinen matt und leblos wirkte.

Statt »Das ist meine Tochter« zu sagen oder zu nicken, gaben ihre Knie nach, und Lohmeier konnte sie gerade noch auffangen und auf einen Stuhl bugsieren. Eine Psychologin, die er vorsichtshalber angefordert hatte, kümmerte sich sofort um das Häufchen Trauer.

Auch Schlüther sah betroffener drein als sonst, bevor er den Kommissar ein wenig zur Seite zog. »Bisher kann ich Folgendes bestätigen: Tod durch Strangulation, ungefähr gegen Mitternacht.«

»Können Sie mir sagen, ob sie kurz vor dem Tod Geschlechtsverkehr hatte?«

»Nein. Sie hatte noch nie Sex.«

»Jungfrau?«

Der Doc nickte.

»Was ist mit den Bissspuren?«

»Eindeutig. Post mortem.« Er kam noch näher an Lohmeier heran: »Was vielleicht wichtig ist. Es gibt ältere Schnitte mit einem scharfen Gegenstand am Unterarm, quer zur Schlagader ...«

»Selbstmordversuch?«, fragte der Kommissar.

Schlüther nickte wieder.

Lohmeier nahm die Füße vom Tisch, stand auf und ging ein paar Schritte in dem engen Büro umher. Das Phantombild war dar. Der Kommissar verstand nun auch, warum Rüschenhemd von Melanies Freunden als »hübsch« beschrieben worden war. Mit dem Gesicht hätte der Kerl ihn auch aus einem dieser Modeprospekte anschauen können, die seiner Tageszeitung beilagen. Was wollte so einer von einem beinahe noch minderjährigen, unreifen Teenager?

Der Kommissar rief Menz zu sich, der auf dem Gang am Automaten einen Kaffee zog.

»Chef?«

»Schicken Sie das Phantombild an alle Dienststellen, geben Sie eine Fahndung raus und legen Sie es danach der Presseabteilung auf den Tisch. Die sollen das in jede Zeitung und ins Regionalfernsehen bringen.«

»Was sollen die schreiben?«

»Die werden schon ein paar passende Worte finden, ist ja schließlich ihre Aufgabe.«

Menz starrte eine Weile zu Boden.

»Was ist denn noch?«, wollte Lohmeier wissen.

»Also, ich dachte nur ... Vielleicht könnten wir denen wenigstens die Richtung vorgeben. Also nicht, dass die schreiben, »wegen Mordes gesucht« oder so. Sondern nur, irgendwie »wird dringend als Zeuge gesucht«?«

»Ah«, Lohmeier nickte, »guter Vorschlag, Menz. Sagen Sie denen das.«

»Eh, was genau?«

»Na das, was Sie eben gesagt haben. Das mit dem Zeugen und so.«

Die Augen des jungen Kollegen funkelten vor Freude. »Okay, Chef, gerne. Bin schon weg.«

Lohmeier lächelte, als sein Mitarbeiter zur Tür lief. Manchmal war der Demenz sogar zu was gebrauchen. Ihm fiel die Theorie ein, die Menz auf dem Weg zur Schule im Auto von sich gegeben hatte: »Selbstmord, Chef. Die Kleine könnte sich am nächsten Baum aufgehängt haben. Ihre Freunde finden sie und bahren sie am Ufer auf – symbolisch sozusagen.«

»Und die Bissspuren?«

»Romantische Spinnerei mit künstlichen Vampirzähnen. Die Kids fanden es so cooler. Vielleicht haben sie die Kleine sogar bei ihrer Selbsttötung begleitet.«

»Beihilfe zum Selbstmord?«

»Eher eine Art Euthanasie.«

Der Kommissar hatte das für absurd gehalten – nicht nur, weil ihm von Menz' Fahrweise wieder schlecht geworden war. Lohmeier wollte nicht glauben, dass Melanie sich umgebracht hatte. Auch wenn die Schnitte, auf die Schlüther ihn in der Pathologie hingewiesen hatte, einen Selbstmordversuch nahelegten. Dennoch zweifelte der Kommissar: Die Schlinge war wohl aus Draht. Den hätte die Kleine nie genommen, allein der Anblick tat schon weh, und dann erst um den Hals ... nein! Wenn Selbstmord, dann nur in der Badewanne mit einer Schachtel Tabletten. Aber Lohmeier bekam die schneidende Stimme nicht aus seinem Kopf, die beharrlich behauptete: »Demenz hat recht!«

* * *

Im Hofgarten hielten sich an diesem heißen Nachmittag nur wenige Leute auf. Ein Radfahrer fuhr den Kiesweg am großen Teich vor dem Steigenberger Hotel entlang. Er klingelte aufgeregt, als eine alte Dame seinen Weg kreuzte, die ihren Hund an einer alten Kastanien pinkeln ließ.

Bettina und ihre Freunde saßen auf einer abschüssigen Wiese und starrten auf den Teich zu ihren Füßen. Enten und Schwäne dümpelten träge von der Mittagssonne auf dem Wasser. Es war heiß, keine Wolke am Himmel, und es roch moderig.

»Scheiße, Scheiße, Scheiße«, fluchte Kevin leise durch eine verstopfte Nase. Tränen liefen über sein Gesicht. »Wie konnte das passieren?«

Er bekam keine Antwort.

Lediglich Bettina zuckte mit den Achseln und wischte sich mit einem Finger durch die Augen. Ihr Make-up war verlaufen, der schwarze Lidschatten hatte Flecken auf ihren Wangen hinterlassen. Sie schnäuzte in ein Taschentuch.

»Es ist so sinnlos«, sagte sie und starrte aufs Wasser, in dem sich die gegenüberliegenden Bäume und der Himmel spiegelten. Sie erinnerte sich, wie Melanie noch vor ein paar Stunden neben ihr getanzt hatte. Das war für immer vorbei. Unvermittelt dachte sie an Alexander Herz, an seine dunklen Augen, die sie beim Tanzen die ganze Zeit angesehen hatten.

Er war der erste Mann, der ihr nicht dauernd auf die Brüste glotzte, sondern überwiegend ins Gesicht. Ihr wurde warm bei dem Gedanken, und sie wunderte sich, dass sie für einen nahezu Unbekannten so viel empfand. Bettina wusste nicht einmal, wie er sich nüchtern gab. Vielleicht war er ein Langeweiler, schoss es ihr durch den Kopf.

Nein, wohl kaum. Sie hatte sich am frühen Morgen in seiner Wohnung umgesehen und war lange vor dem Bücherregal im Wohnzimmer auf- und abgelaufen, das eine ganze Wand einnahm. Unzählige Bücher über Kunst und Malerei, neben Goethe, Schiller und Böll, Dutzende Bücher über Digitale Fotografie und ein ganzes Board mit Gedichtbänden: Rilke, Eichendorf, Neruda. Dumm war er nicht, wenn er das tatsächlich alles gelesen hatte. Langweilig konnte er allerdings trotzdem sein.

»Wir hätten besser aufpassen müssen«, jammerte Steffi.

»Woher hätten wir denn wissen sollen, dass sie in Gefahr ist? Man sieht das den Typen doch nicht an, dass sie einen töten wollen«, flüsterte Bettina. Sie hatte ein schlechtes Gewissen. Was wäre gewesen, wenn sie und Alex nicht schon vor Mitternacht die Party verlassen hätten? Dann hätte auch sie vielleicht so etwas wie Gefahr gespürt. Andererseits war Melanie alt genug, um auf sich Acht zu geben, versuchte sie sich vergeblich einzureden.

»Ein bisschen merkwürdig war der Kerl schon, mit dem sie auf der Tanzfläche rumgemacht hat«, wandte Kevin ein.

Bettina fuhr wütend herum: »Und warum hast du das dem Bullen vorhin nicht gesagt?«

»Weil der es nicht hören wollte«, ereiferte sich Kevin.

»Ach, ja?«

»Ja! Der hat seine Verdächtigen schon.« Wütend riss er ein Stück Gras aus dem Rasen und warf es in den Teich.

»Die wären?«

»Steffi, du, ich, einer von uns eben.«

Steffi sprang auf: »Du spinnst! Warum sollten wir Melanie umbringen?«

»Es geht nicht um unsere Gründe, sondern darum, dass der Kriminalkommissar voreingenommen ist. Schon wie der uns angesehen hat.«

»Da ist er kaum der Einzige«, sagte Bettina.

»Aber während andere uns nur schräg finden, beschimpfen und verprügeln wollen«, sagte Kevin, »hält er uns für schuldig. Ob wir Alibis hätten, hat er gefragt. Wir waren doch alle zusammen.«

Bettina lachte bitter auf: »Zumindest bis ich mit Alex gegangen bin.«

»Und danach auch nicht«, sagte Steffi kleinlaut.

»Was meinst du?«, wollte Bettina wissen.

»Kevin zum Beispiel ist den beiden doch hinterhergegangen.«

»So 'n Quatsch! Ich bin nur auf Toilette. Nie könnte ich Melanie was antun. Im Gegenteil! Ich habe sie ...«, er stockte, und als er weitersprach, flüsterte er: »... nicht umgebracht.« Kreidebleich stand er auf und lief Richtung Teich, blieb aber nach ein paar Metern stehen.

»Nein, es könnte Bettina gewesen sein«, fuhr Steffi fort. »Wir haben nur gesehen, dass sie mit ihrem Neuen kurz nach Mitternacht raus ist. Nicht, was sie danach gemacht hat.«

»Spinnst du? Warum sollte ich Melanie was antun?«

»Geliebt hast du sie nicht gerade!«

»Du doch noch viel weniger!«

»Das ist gar nicht wahr. Dir hat es doch immer gestunken, dass sie so anhänglich war und dass wir sie mitschleppen mussten und überhaupt ... seit dieser Geschichte ...«

»Sei still!«

Steffis Gesicht lief rot an, doch sie schwieg. Bettina wusste nicht, ob ihre Freundin sich nur schämte, weil sie die anderen verdächtigt hatte, oder ob sie wütend war.

Kevin drehte sich um und kam zur Gruppe zurück. »Steffi, was soll das?«, mischte er sich ein. »Traust du etwa einem von uns den Mord an Melanie zu?«

* * *

»Es geht um Leben und Tod!«, wiederholte Claudia Cordeli.

Na wenn's weiter nichts ist, bist du bei mir richtig, Schätzchen, dachte ich, während auch ich mich vorbeugte und ebenfalls die Stimme senkte: »Wie kann ich Ihnen dabei dienlich sein?«

»Ich wurde bestohlen!«

»Aha?« Das schien mir nun doch eher langweilig. Ich lehnte mich in meinem Sessel zurück und zog die linke Augenbraue hoch, während ich sie mit einem Gesichtsausdruck ansah, der irgendwo zwischen streng und entsetzt angesiedelt sein sollte. Die Perle war zum Schießen.

»Ja! Bestohlen!« Frau Cordeli machte eine Pause. »Ein Ölbild im Wert von drei Millionen Euro!«

Als ob sie mich mit einer Nadel in den Oberschenkel gestochen hätte. Nun hatte sie meine Aufmerksamkeit. Ich konnte noch immer schnell rechnen: Bei einem Finderlohn von zehn Prozent waren das 300.000 Euro, da hätte ich den Laden für sechs Jahre dicht machen können, um mich an irgendeinem Strand zu sonnen. 365 Tage im Jahr mal sechs machte genau 2.190 Sonnentage, wenn ich die Schaltjahre mal außer Acht ließ. Allerdings nur, wenn ich das Geld irgendwie schwarz erhalten würde.

»Was soll ich dafür tun?«

»Ich möchte, dass Sie mir das Gemälde wiederbeschaffen.«

»Das klingt, als wüssten Sie, wer es war?«

»Vor drei Jahren habe ich den Max Liebermann bei einem Kunsthändler in Düsseldorf erstanden. Mit Expertisen und allem Drum und Dran. Vor einigen Wochen besuchte mich ein Freund, der Direktor eines kleinen aber exquisiten Museums in Frankreich ist. Er zweifelte die Echtheit des Bildes an. Ich habe daraufhin einen Experten beauftragt, sich den Liebermann anzusehen. Er teilte mir seine Einschätzung telefonisch mit: Das Gemälde sei eine Fälschung. Natürlich habe ich gleich den damaligen Verkäufer damit konfrontiert.«

»Und?«

»Er wollte einen eigenen Gutachter beauftragen und sich bei mir melden. Nur einen Tag später wurde bei mir zu Hause eingebrochen. Was, glauben Sie, wurde gestohlen?«

»Schöner Mist!«

»Der Liebermann ist weg! Die Polizei sagt, sie könne wegen des Betrugs nichts tun, weil das Beweisstück fehlt. Und die Einbrecher können sie auch nicht schnappen, weil die geschickt waren und keine Spuren hinterlassen haben.«

»Ungeheuerlich«, kam aus meinem Mund.

»Man hat mir gesagt, dass Sie ein Spezialist für Kunstgegenstände sind und sich gut auskennen in der Szene.«

Das war eine wahrlich schmeichelhafte Bezeichnung für einen, den sie zwei Jahre ins Gefängnis gesperrt hatten, weil er angeblich wissentlich einem Kunden eine Fälschung angedreht hatte. »Darf ich fragen, wie Sie gerade auf mich gekommen sind?«

Sie wich meinem Blick aus und sagte nur: »Eine Empfehlung eines guten Freundes.«

»Hat der Freund auch einen Namen?«, fragte ich vorsichtig.

»Natürlich ... aber ich möchte ihn gerne für mich behalten. Nur zu Ihrer Beruhigung: Es ist eine angesehene Persönlichkeit der Düsseldorfer Gesellschaft.«

Das beruhigte mich keineswegs, und ich überlegte, ob ich nachbohren sollte, entschied mich aber dagegen. Unglücklicherweise zählte für mich damals nur, dass ich einen lukrativen Auftrag in Aussicht hatte.

»Ich zahle Ihnen 200 Euro am Tag plus Spesen, wenn Sie nach Beweisen suchen, die den Kerl überführen. Sie bekommen 10.000 Euro extra, wenn Sie etwas Brauchbares finden und 300.000 Euro, wenn ich auch noch mein Bild zurückerhalte – egal wie.« Sie lächelte mich an.

Ich blinzelte ein paar Mal und musste mich räuspern. »Egal wie?«

»Ja, solange die Beweise vor Gericht für eine Verurteilung standhalten natürlich. Ich will, dass dieses Schwein, pardon, dieser Betrüger dafür bestraft wird.«

»Verstehe.«

Frau Cordeli zog einen Umschlag aus der Tasche und legte ihn auf den Schreibtisch. »Hier sind 2.000 Euro für die ersten zehn Tage. Einverstanden?« Sie reichte mir ihre Hand und grinste wie eine listige Bäuerin beim Kuhhandel auf dem Wochenmarkt.

Ich zögerte. Sie wirkte bisher wie ein naives Blondchen, das sich auf ihr Dekolleté verließ. Was, wenn ich mich in ihr irrte? Ich wusste nichts über die Frau, außer dass sie mir arglos eine große Menge Geld in die Hand drückte. Zu viel Geld, um es auszuschlagen. Mein Gewissen beruhigte ich, indem ich mir schwor, nachher ein paar Erkundigungen über Frau Cordeli einzuziehen. Ablehnen und das Geld zurückgeben konnte ich immer noch. Ich schlug ein.

Sie erhob sich kokett und schwänzelte schneller zum Ausgang, als ich ihr hätte vorauseilen können, um die Tür aufzuhalten.

»Ach, eine Frage noch, Frau Cordeli.«

Sie drehte sich theatralisch um. »Ja?«

»Wie heißt Ihr schlimmer Kunsthändler, dem ich auf den Zahn fühlen soll?«

Ich beobachtete, wie ihr unnatürlich aufgesetztes Gesicht einen entspannten Ausdruck bekam. Es schien, als ob sie nur auf diese Frage gewartet hatte. Ihr linker Mundwinkel zuckte. Oder war das Einbildung?

»Narkov. Nicolas Narkov.«

Mir wich das Blut aus dem Gesicht, dann machte mein Herz einen Sprung. Ich merkte, wie ich auf der Stelle zu schwitzen begann.

* * *

»Hallo? ... Rolf hier. Können Sie frei sprechen?«

Er spürte den Druck auf der Blase und presste die Knie zusammen. Der dunkle Hauseingang, der ihm bereits am Morgen als Deckung gedient hatte, war erneut sein Standort. Von hier behielt er die Wohnung von Alexander Herz im Auge. Dieser war jedoch nicht zu Hause. Inzwischen hatte der Mann, der sich Rolf nannte, einen Rentner mit Hund, eine Frau mit Einkaufstüten und ein paar Jugendliche beim Rumlümmeln beobachtet. Nun wurde es wieder Zeit, seinem Auftraggeber zu berichten.

»Es ist einiges passiert. Heute Morgen ist er in sein Büro am Graf-Adolf-Platz gefahren, dann kam 'ne halbe Stunde später so eine blonde Schnecke zu ihm ... Woher ich das weiß?«

Er lachte dreckig. »Ich habe halt so meine Quellen, wenn Sie verstehen, was ich meine. ... Nein, keine Ahnung, was die Frau von ihm gewollt hat.«

Er trat von einem Bein aufs andere und sehnte sich das Ende der Unterhaltung herbei. Eine Weile sprach sein Auftraggeber.

»Sie wollen seine Wohnung verwanzen? Das ist ein ziemlich hohes Risiko. Unbemerkt reinkommen und das Equipment später wieder rausholen ... Ein Risikozuschlag?« Er grinste. »Ich melde mich, wenn ich die Wanzen installiert habe.«

* * *

Lohmeier bekam so langsam einen Büro-Koller. Die Finger seiner rechten Hand trommelten ohne erkennbaren Rhythmus auf der Tischplatte, die andere Hand versuchte sich mit dem Spiel an der Verschlusskappe eines Textmarkers. Er musste seine Frau anrufen und wusste bereits, dass sie kein Verständnis haben würde. Wie konnte er der Jagd nach Mördern frönen, statt den Samstag mit seiner schwangeren Frau und seinen Schwiegereltern zu verbringen? Dienst war Dienst und Schnaps war Schnaps, so war das Leben, hätte er antworten können. Doch das würde sie verletzen. Lohmeier fühlte sich hilflos, und das machte ihn wütend.

Mit einem Seufzen legte er den Stift beiseite und wählte. Beim zweiten Klingeln hob sie ab. Hatte sie neben dem Telefon gelauert?

»Liebling, ich habe einen neuen Fall. Ich komme heute Abend erst später nach Hause.« Rausgewürgt, rausgeschleudert, losgeworden.

»Markus, es ist Samstag! Mama und Papa sind da und haben schon nach dir gefragt!« Ihre Stimme war ein einziger

Vorwurf. Er hasste es, wenn sie so mit ihm sprach. Aber das Schlimmste war, wenn sie damit auch noch recht hatte, er es aber nicht zugeben durfte.

»Ich kann nichts dafür«, antwortete er gereizt. »Dienst ist Dienst und Schnaps ist Schnaps.« Nun hatte er es doch gesagt! »Oder glaubst du, ich würde gerne hier herumhängen, statt bei dir zu sein?«

»Du willst bloß Papa aus dem Weg gehen!«

»Das bildest du dir ein!«

»Ich kenn dich. Und Papa kennt dich auch. Hat gleich gesagt ›Drückt sich der Herr Kommissar wieder?‹«

Lohmeier schnaufte wütend, sagte aber kein Ton.

»Markus?«

»Mhh.«

»Liebst du mich noch?«

»Natürlich!«

»Seit ich schwanger bin, haben wir kaum noch Sex!«

»Helena!«

»Ich will endlich mal wieder Sex, guten, harten Sex, mit dem Mann, dessen Tochter ich im Bauch trage.«

»Es geht halt im Moment nicht«, sprach er leise ins Telefon, obwohl außer ihm niemand im Büro war. Den Kollegen Menz hatte er schon vor Stunden zu den Eltern der Freunde von Melanie geschickt, um deren Alibis zu überprüfen.

»Du liebst mich nicht mehr«, heulte sie auf.

»Das ist doch quatsch!« Jetzt flüsterte er beinahe. »Du hast einfach nur mehr Lust, seit ihr zu zweit seid.«

Er wusste, dass er flunkerte. Aber er konnte ihr schlecht sagen, woran es wirklich lag. Dafür schämte er sich, auch wenn er das sich selbst gegenüber nicht zugeben würde. Er mochte es nicht, dass die vormals so schlanke Figur seiner Frau, auf die er so stolz war, nun immer fülliger wurde.

»Du drückst dich vor deinen ehelichen Pflichten!«

»Meine Pflichten bescheren uns in den nächsten Wochen ein weiteres Familienmitglied!«

»Das wären dann fast neun Monate ohne Beischlaf! «

»Wir haben in den ersten Monaten ganz normal weitergemacht.«

»Weil du nicht wusstest, dass ich schwanger war!«

Lohmeier wischte sich Schweiß von der Stirn. Helena war in den vergangenen Monaten launisch geworden. Und er wurde immer gereizter. Reichte es denn nicht, dass er einen Mord am Hals hatte? Musste sie auch noch privat Stress machen?

»Wusste ich wohl!«

»Woher denn?«

»Ich fühle so was.«

»Du fühlst nicht mal mehr Begierde. Wenn du an deine Frau denkst, gehst du lieber am Wochenende arbeiten. Du bist gefühllos! Außerdem wollten wir heute den Bugabu kaufen.«

»Helena ...« Sie hatte den Hörer aufgeschmissen.

Zicke, dachte der Kommissar. Den blöden Kinderwagen konnten sie auch noch ein anderes Mal kaufen. Und was bitte hatte das mit ihrem Sexleben zu tun? Hoffentlich fand sie bei einem Kilo Eiscreme wieder zu ihrer guten Laune.

Zehn Minuten später saß er mit einem Plastikbecher billigen Automatenkaffees wutschnaubend am Schreibtisch. Schon dreimal hatte er die Hand zum Hörer ausgestreckt und im letzten Moment wieder zurückgezogen. Er vermisste sie, auch wenn sie ihm manchmal auf den Wecker ging. Schließlich rief er an, um ihr zu sagen, dass er sie liebe, »von hier bis zum Mond und wieder zurück«. Doch sie hob nicht ab.

Der Kommissar presste die Lippen aufeinander und den leeren Plastikbecher zu Brei: Zicke!

Die Bürotür schwang auf. Menz war zurück.

»Chef!«

»Was?«

»Wir haben eine neue Spur!«

* * *

Narkov – den Namen hatte ich lange nicht mehr gehört. Der vermeintliche Freund aus alten Tagen, dem ich die bitterste Lektion meines bisherigen Lebens verdankte. Er war damals Kunsthändler gewesen – wie ich. Wir hatten uns auf einer Messe kennen gelernt, festgestellt, dass wir beide aus Düsseldorf kamen und seither einander Aufträge und Kunden zugeschustert, sofern das möglich war. Narkov war auf Ikonen spezialisiert. Irgendwann erzählte ich ihm bei einem Cocktail, dass ein Kunde von mir gerne mal ein Nolde-Gemälde seiner exklusiven Sammlung expressionistischer Maler hinzufügen würde.

»Das ist erstaunlich«, hatte Narkov gesagt, »ich wollte dir nämlich gerade von einem Sammler erzählen, der an mich herangetreten ist, weil er einen Nolde verkaufen will! Für eine kleine Provision könnte ich vermitteln.«

Wir freuten uns beide ausgiebig über diesen Zufall, und arglos tappte ich in die Falle. Ich traf den Verkäufer, wurde mit ihm einig. Er lieferte Expertisen und das Bild, Narkov kassierte eine üppige Provision, und ich verkaufte das farbenfrohe Frauenbildnis für einen stolzen Preis an meinen Kunden.

Kurze Zeit darauf kam dieser erbost zu mir. »Der Nolde ist eine Fälschung!« Ich bestritt das, verwies auf die Expertisen und beauftragte zur Sicherheit einen eigenen Gutachter. Und es kam das böse Erwachen. Der Kunde zeigte mich an und forderte sein Geld zurück. Woher sollte ich die 1,9 Millionen Euro nehmen? Alleine 1,5 Millionen Euro hatte ich dem Verkäufer gezahlt, 150.000 Euro waren schwarz an Narkov gegangen.

Ich versuchte den Anbieter zu erreichen. Kein Anschluss unter dieser Nummer. Die Villa am Rheinufer, in der ich ihn ein paar Mal getroffen hatte, stand plötzlich leer, und Gernot Kiesler war wie vom Erdboden verschluckt. In Panik rief ich Narkov an: »Schöne Scheiße. Dein Kunde hat uns verarscht! Das Bild ist eine Fälschung. Jetzt ist er untergetaucht!«

»Welcher Kunde?«

So endete die ehemalige berufliche Freundschaft zu Narkov. Vor Gericht bestritt er, dass er mir einen Verkäufer vermittelt und Provision eingesteckt hatte. Vielmehr zeigte er mich wegen Verleumdung an. Peanuts. Denn das Problem war mein eigener Kunde. Ich hatte nicht genug Geld, um ihn zu bezahlen. Die Vermögenshaftschutzversicherung war wertlos, weil ich angeblich versucht hatte, zu betrügen. Ich wurde verurteilt und landete im Gefängnis.

Als das Urteil fiel, hätte ich schreien können. Im ersten Jahr hinter Gittern schmiedete ich Pläne, Narkov umzubringen – mit dem Beil, mit dem Messer, mit der Pistole, im Swimmingpool ersäufen oder einfach bei einer guten Gelegenheit über den Haufen fahren. Mit der Zeit und der Hilfe eines Freundes nahm ich langsam Abstand von meinen Plänen.

Am Ende kam ich raus und versuchte nie wieder etwas über die beiden Männer in Erfahrung zu bringen, die mir Jahre meines Lebens gestohlen hatten. Weder wo sie wohnten, noch was sie machten, noch wo sie verwundbar waren. Ich hielt mich komplett raus.

Bis heute!

Ich schlenderte zu meiner Bürotür, und als ich sie von innen abschloss, stieg mir der Hauch eines Parfums in die

Nase. Ihres Parfums: Claudia Cordeli, die mysteriöse Unbekannte. Mechanisch legte ich eine weitere schwarze Kapsel in die Kaffeemaschine, schloss den Deckel, drückte auf den Knopf und sah zu, wie Milchschaum und Kaffee nacheinander in meine Tasse liefen. Dann setzte ich mich wieder in meinen Bürostuhl und kramte das Croissant heraus, das ich mir morgens auf dem Weg zum Büro in aller Eile gekauft hatte. Während ich kaute, gab ich den Namen Claudia Cordeli in die Suchmaschine meines Internetbrowsers ein.

Eine halbe Stunde später wusste ich, was ich wissen musste: Die Cordeli war die dritte Frau und Witwe eines vor sieben Jahren an einem Herzinfarkt gestorbenen Stahl-Industriellen. Er hatte ihr schlappe 350 Millionen Euro Vermögen und eine Stieftochter hinterlassen, von der es nur ein nichtssagendes Kinderfoto gab. Seit ein paar Jahren war meine neue Klientin fleißig in der Düsseldorfer High Society unterwegs, Karnevalsverein, Aids-Gala, Wohltätigkeitsbasare. Was man so machte, wenn man Geld hatte und jeden Tag shoppen nicht mehr befriedigte. Das reichte mir. Ich schaltete den PC aus und wischte die Krümel vom Tisch, die mein Croissant hinterlassen hatte.

Dann starrte ich aus dem Fenster, während ich an meinem mittlerweile kalten Getränk nippte. Die Cordeli war unterm Strich eher langweilig. Doch der Auftrag, den sie mir gegeben hatte, war eine echte Herausforderung. Narkov schien immer noch im Geschäft zu sein. Aber ein Betrüger und Lügner war er offensichtlich geblieben. War das hier meine Chance, nach Jahren Rache an ihm zu nehmen? Oder würde die Suche nach seiner Schuld alte Wunden aufreißen? Ich hatte kein gutes Gefühl bei der Sache.

4. Kapitel

So, Menz, *wir* haben also eine neue Spur«, sagte Lohmeier mit einer gehörigen Portion Sarkasmus. »Da freuen *wir* uns aber.«

Dem Kollegen fiel die Spitze seines Chefs offenbar nicht auf. Er plapperte munter weiter, wobei er die Hände heftig aneinanderrieb, als sei ihm kalt, was nicht sein konnte, denn im Büro waren es an die 30 Grad. Lohmeier, der sein Jackett vor Stunden und sein Hemd vor Kurzem an die Garderobe neben der Tür gehängt hatte und nun im T-Shirt dasaß, begann nur bei dem Anblick von Menz zu schwitzen.

»Ich habe noch einmal die Alibis der Kids bei ihren Eltern überprüft ...«

Holzkopf, dachte Lohmeier, natürlich hast du das.

»... und dabei ist eines der Emo-Mädchen nach Hause gekommen. Eine Steffi Gabler.«

Menz ließ sich in den Stuhl vor Lohmeiers Schreibtisch fallen und nahm die NYPD-Kappe ab. Zum Vorschein kamen krause, nicht mehr ganz frisch gewaschene Haare.

»Sie hat mir erzählt, dass sie und Melanie von so einem Typen auf der Party angemacht wurden, und am Ende hätte der Kerl mit ...«, er blätterte in seinem Notizblock, »ah, hier, mit Bettina rumgemacht.«

Der Kommissar sah in leuchtende Augen, und es tat ihm ein bisschen leid, dass er seinen Kollegen oft so unsympathisch fand. Dabei machte der nur begeistert seine Arbeit. Doch Streber und Klugscheißer hatte Lohmeier schon in der Schule nicht gemocht. »Aha.«

»Sie erinnern sich?«

»Kommen Sie zur Sache!«

»Auf jeden Fall kam der Mann dieser Steffi merkwürdig vor, und entweder kann er den Mörder näher beschreiben, oder ...«

»Oder was?«

»Oder er ist selbst der Mörder! Er hat die Party vor den anderen mit dieser Bettina verlassen! Die Gabler hat es zwar nicht direkt gesagt. Aber man konnte spüren, dass sie es dem Kerl zugetraut hätte.«

Lohmeier verdrehte die Augen. »Wir haben schon einen Tatverdächtigen, Menz!«

»Wir sollten uns zur Sicherheit aber alle Möglichkeiten offen halten und nach weiteren Verdächtigen suchen.«

»Wenn er mit dieser Bettina weg ist, wie soll er da der Mörder sein?«

»Wir wissen nicht, ob sie – falls beide tatsächlich zusammen waren – sich draußen vor der *Rheinterrasse* getrennt haben und der eine oder der andere Melanie später nachgegangen ist und sie umgebracht hat. Vielleicht haben sie den Mord sogar zusammen begangen?«

»Aha.« Wenn Augen Blitze der Begeisterung aussenden könnten, dachte Lohmeier, könnten sie ganz Düsseldorf mit Menz' Energie versorgen.

Pause.

Der Kommissar spürte den erwartungsvollen Blick. »Und welches Motiv sehen Sie bei den beiden, Menz? Einzeln oder zusammen? Und haben sie den Begleiter von Melanie auch gleich umgebracht? Oder glauben Sie, der hätte sich vorher aus dem Staub gemacht?«

Der Angesprochene schaute erst den Kommissar an, sah dann zum Fenster hinaus. Lohmeier wartete, schwitzte und schwieg auch dann noch, als Menz anfing, auf dem Stuhl herumzurutschen. Endlich zuckte der mit den Schultern. »Keine Ahnung, Chef. Müssen wir noch herausfinden.«

Lohmeier seufzte. »Wir sollten diesem Mann mal auf den Zahn fühlen«, sagte der Kommissar und erhob sich. »Wenn er auch nicht der Mörder ist, hat er vielleicht etwas beobachtet.«

Auch Menz kletterte aus seinem Stuhl.

»Wissen Sie wenigstens, wie er heißt und wo er wohnt?«, fragte Lohmeier.

Menz trat von einem Bein auf das andere. »Äh, Alex, heißt er. Steht wohl für Alexander.«

»Und weiter?«

»Sorry, mehr weiß ich noch nicht.«

Der Kommissar verdrehte erneut die Augen und sah zur Zimmerdecke. Herr, gib den Menschen Verstand, betete er und holte sein Notizbuch hervor.

»Rufen Sie diese Bettina an und fragen Sie, wie ihr neuer Freund heißt.«

»Und die Nummer ...«

»... hier.« Er reichte dem jungen Kollegen sein Notizbuch. »Ganz oben.«

Menz wählte und lauschte eine Weile. »Teilnehmer ist vorübergehend ...«

»Gut, dann fahren wir zu der *Rheinterrasse* und fragen die Angestellten, ob sie vielleicht auch den Nachnamen unseres Alex kennen. Ich wollte mir den Laden so oder so mal in Ruhe ansehen.«

* * *

Als ich kurz vor sechs aus der U-Bahn stieg und die Nordstraße entlanglief, waren nur noch wenige Menschen unterwegs. Ich passierte die Bäckerei, deren Croissants mir beim

Start in den Arbeitstag halfen, die kleine Apotheke, in der man mir Taschentücher schenkte, wenn ich Kopfschmerztabletten besorgte, den Supermarkt für meine täglichen Einkäufe, die Buchhandlung, in der ich Romane und Gedichtbände bestellte, die mir im Büro das Warten verkürzten, die Konditorei, in der ich ab und zu Kuchen holte, wenn mir mal wieder nach Sacher zumute war, und den Schneider, der mir im Laufe der Jahre schon so manchen Hemdknopf gratis angenäht und so manchen Hosenbund angepasst hatte.

Am *Café Florian* bog ich rechts in die Parkstraße und links in die Gneisenaustraße. Nur noch ein paar Meter, und ich hätte es geschafft.

»Hey, Alex!«

Ich fuhr herum: Da war sie wieder, mein personifiziertes, schlechtes Gewissen, meine Fleisch gewordene Erinnerung, dass ich in die Jahre gekommen war und mich wegen meiner eigenen Unanständigkeit schämen sollte. Wenn ich richtig Pech hatte, war sie der Grund, für den man mich erneut ins Gefängnis sperren würde, wenn jemals herauskam, dass wir miteinander geschlafen hatten. Falls wir miteinander geschlafen hatten. Und mich ihre Eltern anzeigen würden natürlich. Und ...

»Hallo«, sagte ich. Mehr wollte mir nicht einfallen, und die Schmetterlinge in meinem Bauch waren aufgescheucht. Obwohl mir die Konsequenzen Angst einjagten, machte mein Herz doch einen Sprung vor Freude. Verdammter Mist!

»Kann ich reinkommen?« Sie sah müde aus, nein eher fertig. So rot wie ihre Augen waren, hatte sie geweint.

Mein Zögern nahm ihr den letzten Mut, sie ließ die Schultern hängen, zog den Kopf ein und trottete davon. Das gab mir einen Stich.

»Klar kannst du reinkommen. Aber nur, wenn du mir noch einmal deinen Namen nennst!« Hatte ich das wirklich gesagt? Ich war ein unverbesserlicher Rüpel – und bekloppt. Nun halste ich mir auch noch freiwillig das Problem auf. Klar, wo das enden würde. Verdammt! Sie trug immer noch das aufreizende Korsett von heute Morgen.

Sie dreht auf dem Absatz um, warf sich mir an den Hals und fing an zu weinen. Gut zehn Minuten standen wir so, sie heulte mein Hemd voll, ich hielt sie im Arm. Als eine Nachbarin vorbeikam und irritiert guckte, schnitt ich ein paar Grimassen und hoffte, sie würde meine Pantomime verstehen, die sagen sollte: Das ist meine Nichte Eva, sie hat eine Sechs in Mathe geschrieben, und ihr ist deswegen der Freund abgehauen, und der Onkel Alex muss sie trösten.

Ihr Blick gab mir jedoch zu verstehen, dass sie die stille Erklärung meinerseits nicht verstanden hatte. Oder ganz und gar falsch verstanden hatte? Alter, geiler Bock macht mit einer von ihm abhängigen Minderjährigen auf offener Straße Schluss – sollte sich was schämen der Mann. Pfui Teufel!

Bevor noch weitere Herrschaften aus dem Haus oder der Nachbarschaft uns so sahen, bugsierte ich das schniefende Häufchen Elend durch den Hausflur die schmalen Treppen hinauf in meine Dachgeschosswohnung. Ihre Schuhe quietschten auf den Steinstufen, dann über meinen Fußboden und ruhten erst, als ich ihre Trägerin sanft in die Kissen meines Sofas im Wohnzimmer drückte.

»Was trinken?«

Mit weinenden Teenies kannte ich mich nicht aus. Schon mit heulenden Frauen kam ich nicht zurecht, aber die waren wenigstens volljährig, und ich konnte eine gewisse Lebenserfahrung voraussetzen. Aber dieses Rotz und Wasser heulende Etwas machte mich ganz hilflos.

»Hast du ein Bier?«, schniefte sie.

Bist du denn schon älter als 16, schoss es mir durch den Kopf. Doch statt zu fragen verschwand ich in der Küche, holte ihr eine Flasche eisgekühltes Schumacher Alt, mixte mir einen Gin Tonic und trug beides ins Wohnzimmer.

Sie starrte eine gerahmte Nah-Aufnahme eines Saxofon-Spielers an. »Wo ist das?«

»Jazz-Schmiede.« Ich reichte ihr die Bierflasche und setzte mich neben sie. Ihr Blick verriet, dass meine Antwort ihr nichts sagte. »Ein Jazz-Klub in der Nähe der Universitätskliniken. Sie haben da dienstags immer Jam-Session. Also jeder, der will, kann auf die Bühne.«

»Und das Bild hast du gemacht?«

»Ja.« Ich konnte den Stolz in meiner Stimme nur schwer verhehlen.

»Es ist schön. So harmonisch!« Sie schwieg einen Moment, dann schluchzte sie und Tränen folgten.

Ich konnte nicht anders und strich ihr zärtlich die rosafarbene Haarsträhne aus der Stirn, bevor ich ihr ein Taschentuch reichte. Sie versuchte ein Lächeln, stellte die Flasche auf den Couchtisch vor sich und putzte die Nase.

Gut, so langsam ging's.

»Okay, erzähl mal, warum du so traurig bist.«

»Bettina!«

»Wegen Bettina?«

»Nein, ich heiße Bettina. Du wolltest doch vorhin meinen Namen wissen.«

»Bettina, richtig. Jetzt erinnere ich mich.« Tat ich nicht. Aber ich schwor mir, dass ich den Namen nicht so schnell vergessen würde.

Was ich nicht ahnte, war, dass ich mich den verdammten Rest meines Lebens jeden Tag an den Namen erinnern sollte.

»Okay, Bettina, ich bin Alex.«

»Weiß ich doch. War gestern ja nicht halb so besoffen wie du.«

Peinliches Schweigen.

»Sorry«, war alles, was ich zustande brachte.

»Egal, ist schon gut. Du bist süß!«

»Okay, danke. Also, was ist dein Problem?«

»Meine beste Freundin ...«

Verliebt, schwanger, vom Freund verlassen? Was kann ein Teenager schon für Probleme haben, dachte ich.

»Sie ist tot.«

Ich sah sie eine Weile stumm an. Schließlich nahm ich sie in den Arm und hielt sie fest, bis keine Tränen mehr kamen.

»Woran ... ich meine, wie ist sie gestorben?«, musste ich fragen, auch wenn ich mir so jämmerlich dabei vorkam.

»Sie wurde gestern Nacht umgebracht.«

Ich traute meinen Ohren nicht.

»Und ich weiß, wer ihr Mörder ist«, ergänzte sie.

* * *

Die Beamten mussten eine Ewigkeit an die Tür der *Rheinterrasse* klopfen, bis ihnen jemand öffnete. In dem dunklen Spalt konnte Lohmeier nur einen Mann mit Vollbart erkennen, dessen Mund sich bewegte und mit slawischem Akzent sagte: »Wir haben geschlossen. Kommen Se später vorbei.« Die Tür fiel ins Schloss, noch bevor die Polizisten etwas sagen konnten.

Erneut klopften sie. »Polizei, aufmachen!«

Einige Fußgänger blieben neugierig stehen. Menz wurde mit jedem weiteren Zuschauer leiser, Lohmeier lauter.

Endlich wurde die Tür wieder geöffnet, zwar nur einen Spalt, doch der reichte dem Kommissar, um seinen Fuß reinzuschieben.

»Kriminalpolizei«, rief er, hielt dem Bärtigen seinen Ausweis unter die Nase und drängte nach vorne, »wir haben da ein paar Fragen.«

Der Mann wich zurück und gab den Weg frei. »Hätten Se doch gleich gesagt, dass Se nur ein paar Fragen haben.« Er winkte ihnen. »Kommen Se, kommen Se.«

Die drei marschierten einen schmalen Flur entlang, dessen Fenster mit Vorhängen abgedunkelt waren.

»Wie heißen Sie?«, fragte Lohmeier scharf.

»Ich bin Akim, habe deutschen Pass!«

»Und weiter?«

»Einfach nur Akim. Meinen Nachnamen können Se eh nich aussprechen.«

Der Bärtige ging durch eine Flügeltür. Sie betraten eine große Halle, an deren Ende eine Bar stand, über der die einzigen Lampen hingen, die ein wenig Licht spendeten. Der slawische Deutsche verschwand wie selbstverständlich dahinter, wischte mit einem Lappen über die Theke, ließ ihn in der Spüle verschwinden und zauberte drei Gläser hervor.

»Was trinken die Herren?«

Sie schüttelten den Kopf und nahmen auf zwei rot gepolsterten Hockern Platz. Menz zückte sein Notizbuch und starrte erwartungsvoll in die Runde.

»Es geht um den gestrigen Abend«, begann Lohmeier, »waren Sie hier?«

»Bei den Partys immer! Mit zwei wachen Augen hinter der Bar.« Er lachte.

Menz stimmte mit ein.

Lohmeier nicht. »Erinnern Sie sich an eine Gruppe junger Leute mit schwarzen Klamotten und bunt gefärbten Haaren?«

Akim sah sie fragend an wie ein Hund, dessen Napf von Herrchen nur spärlich gefüllt wurde und der gar nicht glauben will, dass das schon alles sein soll. Er drehte sich zu dem verspiegelten Regal in seinem Rücken um und holte eine Flasche Wodka hervor. »Das war 'ne Rock-Party, Mann. Da sahen viele so aus.«

»Eines der Mädchen ist ein heißer Feger, dunkler Teint, rosa Strähnchen, Dekolleté«, ergänzte Menz und formte mit den Händen Brüste.

Akim zeigte ein breites Grinsen. »Ja, klar. Die hat mit so 'nem Kerl rumgemacht, das man neidisch werden musste. Keine Ahnung, was Se an dem gefunden hat. War locker Ende 30 der Typ.« Er goss einen gehörigen Schluck in jedes der drei Gläser.

»Kennen Sie den Mann?«, hakte der Kommissar nach.

»Nein.« Eine schnelle Bewegung mit dem rechten Arm, und Glas Nummer eins war leer. »Hat er was verbrochen?«

Lohmeier legt eine Aufnahme des toten Mädchens auf den Tisch. »Erinnern Sie sich an diese?«

»Tot?«, fragte Akim erschrocken.

»Wie kommen Sie darauf?«

»Die ist so blass, und im Fernsehen sind die auf den Fotos immer tot, wenn die Polizei kommt und Fragen stellt. Welche Polizei sind Se noch mal?« Das zweite Glas wurde in einem Zug geleert.

»Wir sind hier nicht im Fernsehen«, blaffte Lohmeier. »Kennen Sie sie?«

»Ist ja gut, Mann, ich überlege.«

Mach hin, ich muss heute noch nach Hause zu meiner Frau, dachte der Kommissar grimmig.

»Klar, die war auch eine von der Gruppe.«

»Haben Sie gesehen, dass sich noch jemand an die jungen Leute herangemacht hat?«

»Hier und da haben mal ein paar Jungs mit den Mädels geflirtet.« Der dritte Wodka verschwand in Akims Schlund.

»So, Sie haben also nichts gesehen und nichts gehört und eigentlich auch nichts gesagt«, fing der Kommissar Streit an, denn er glaubte dem Bart kein Wort. »Wie die drei Affen, was?«

»Hören Se mal ...« Augen, die gefährlich funkelten, starrten den Kommissar an.

»Dabei sind Sie doch so wachsam, wenn es um die Titten Ihrer Kundschaft geht.« Lohmeier stieg das Blut zu Kopf.

»Was ist denn mit Ihnen ...«

»Vor allem wenn die weichen Apfelbrüstchen noch minderjährig sind! Das gefällt Ihnen. Da läuft der Speichel, was?« Seine Halsschlagader trat hervor.

»Meine Kundschaft ist volljährig!«

»Und morgen kommt der Weihnachtsmann und bringt den Osterhasen mit!« Lohmeier hatte sich in Rage geredet. »Entweder Sie sagen mal was Hilfreiches, oder der Laden bleibt zu, weil am Freitag Minderjährigen Alkohol ausgeschenkt wurde!«

»Se drohen mir?«

»Ich mach's sogar wahr!« Lohmeier nestelte Handschellen hervor und ließ sie auf den Tresen krachen. »Also?«

Akim hob besänftigend die Hände »Okay, okay. Der Typ, der mit der scharfen Perle. Der schmiss mit Geld um sich. Laberte was von einem erfolgreichen Auftrag. War ein PI.«

»Ein was?«

»PI, Chef«, sagte Menz mit dem Tonfall eines Politiklehrers, der seinen Achtklässlern erklärt, wer die Bundeskanzlerin ist, »das steht für Private Investigator. Ist so was wie ein Privatdetektiv.«

»Ein Privatschnüffler, der mit Geld herumschmiss? Was Besseres haben Sie nicht?«

»Ich schwöre beim Leib ...«, setzte Akim an.

»Ihr Leib interessiert mich nicht«, unterbrach ihn Lohmeier, »ich will einen Namen, oder der Laden hier wird geschlossen!«

Lohmeier und Menz fuhren zurück zum Präsidium und schwiegen sich an. Akim hatte ihnen keinen Namen nennen können. Die Befragung hatte nicht das gebracht, was sie sich vorgestellt hatten, und so hing jeder seinen Gedanken nach.

Lohmeier dachte an seine Frau und bekam ein schlechtes Gewissen. Es war nicht richtig gewesen, sich um den Besuch der Schwiegereltern zu drücken. Er hätte die Ermittlung Ermittlung sein lassen sollen und zumindest für einen Kaffee zu Hause aufkreuzen können. Dann hätte der Herr Richter a. D. auch nichts zu beanstanden gehabt, und Helena wäre entspannter gewesen. Andererseits, Karl-Theodor hätte was anderes zu meckern gefunden, Lohmeiers Beruf, sein Aussehen, der Garten, die Erziehung des Jungen ...

»Menz, Sie wissen doch sonst immer alles. Wo bekomme ich Blumen?«

»Im Blumenladen, Chef.«

Lohmeier schnaufte. »Es ist Samstagabend«, sagte er gedehnt.

»Ich weiß.«

Die Arglosigkeit in Menz' Stimme überzeugte den Kommissar, dass sein Kollege keinen bösen Hintergedanken hatte. Sonst wäre er ausfällig geworden.

»*Heute* brauche ich die Blumen! Jetzt gleich!«

Ein Anflug von Erkenntnis huschte über das Gesicht seines Kollegen. »Ach so.« Er überlegte einen Moment, bevor er sagte: »Am Flughafen. Ankunftsterminal. Da ist ein Blumenladen, der bis spät abends aufhat.«

Auf dem Weg im Taxi zum Flughafen machte sich der Kommissar Gedanken über den Strauß, den er seiner Frau mitbringen wollte. Etwas Buntes, passend zum Sommer? Oder lieber Rosen, für »innige Liebe«? Als der Wagen hielt, war er der Entscheidung noch nicht näher als bei der Abfahrt vom Polizeipräsidium.

Im Ankunftsbereich wusste er kurz nicht, wohin er gehen sollte. Ein Herr am Infostand wies ihm den Weg nach rechts. Der Blumenladen lag zu seiner Linken und hatte nicht viel Auswahl: fertig gebundene, bunte Sträuße und etliche rote Rosen, mal einzeln, mal im Dreierpack, umgeben von Grün. Er griff zu einem Strauß und wollte sich schon an die Kaugummi kauende Frau an der Kasse wenden, als sein Blick auf das Preisschild fiel: 27,80 Euro.

Lohmeier glaubte zunächst an einen Irrtum, legte den Strauß zurück in den kleinen Wasserbehälter und griff nach dem daneben. Doch auch dort sprangen ihn die 27,80 Euro an.

Er kannte sich mit Blumen nicht aus. Das letzte Mal, dass er seiner Frau welche geschenkt hatte, lag lange zurück. Doch diese Preise konnten unmöglich normal sein.

Dann halt ein paar Rosen, dachte er. 9,50 Euro kostete ein einzelnes Exemplar in Folie.

»Kann ich Ihnen helfen?«, rief die Frau gelangweilt von der Kasse herüber.

Lohmeier schüttelte den Kopf und stand eine Weile unschlüssig herum. Sein Blick fiel auf eine Stewardess in einer blauen Uniform, die den Gang heruntereilte und eine Plastiktasche mit dem Logo eines Supermarktes trug.

Als er eine weitere Person mit der gleichen Tüte unter den Wartenden entdeckte, verabschiedete er sich flüchtig.

Weiter links oben entdeckte er den Supermarkt. Die hatten bestimmt Blumen. Hatten sie nicht, wie ihm die Kassiererin erklärte, »sonst würde die im Blumenladen da unten ja kein Geschäft mehr machen, bei den Preisen. Aber wir haben Pralinenschachteln im Angebot«, sagte sie augenzwinkernd.

Zufrieden stieg der Kommissar kurz darauf erneut in ein Taxi und ließ sich nach Hause chauffieren. Von den Pralinen mit Schnaps würde er auch etwas haben, dachte er noch und vergaß darüber, dass Helena seit beinahe neun Monaten schwanger war und seither keinen Tropfen Alkohol anrührte.

* * *

»Du kennst den Mörder deiner Freundin?«, fragte ich besorgt und ungläubig.

»Ich habe ihn gesehen«, rief sie, »zumindest glaube ich, dass er es ist.«

»Erzähl!«

»Gestern Abend auf der Party war da so ein Typ, mit schwarzem Rüschenhemd. Der hat Melanie angesprochen.«

Ich nippte an meinem Gin Tonic. »Und wieso ist das der Mörder?«

»Wer sollte es sonst sein?«

Meine Süße hatte eine bestechende Logik, der jeder Staatsanwalt so sicher folgen würde wie ein Börsenprofi dem Aufruf der Bildzeitung, jetzt noch schnell in Aktien zu investieren. Was nun? Mit Gewissheit gesehen hatte sie ihn offensichtlich nicht. »Kannst du den Mann beschreiben?«

Sie presste die Lippen zusammen und spielte eine Weile mit einer Haarsträhne, bevor sie antwortete: »Er war groß, hatte dunkles Haar und trug einen hellen Anzug und sah sehr gut aus.«

Wir suchten also einen Mann mit Mund, Nase und Augen. »Ist dir noch was aufgefallen?«

»Nein, aber Kevin meinte heute Nachmittag, er habe ihn für schwul gehalten.«

Wer war Kevin? »Warum das?«

»Er hatte so eine weibliche Art, sich zu bewegen wie Bruce Darnell«.

Ich sah sie verständnislos an. »Wie wer?«

Sie winkte ab. »Egal. Nicht männlich halt, verstehst du?«

Ich nickte. Sie meinte wahrscheinlich abgespreizter Finger, schwingende Hüften und neckische Handbewegungen. Klischee! »Und?«

»Er hat sich an Melanie rangemacht.«

»Hmm. Sonst noch was Auffälliges?«

»Nein. – Doch, er trug ein schwarzes Rüschenhemd. Ach Mann, die andern haben ihn viel besser in Erinnerung. Die Polizei hat sogar ein Phantombild erstellen lassen, das ihm total ähnlich sieht. – Aber ich hatte nur Augen für dich.«

Wir grinsten uns an. Ich beugte mich zu ihr rüber und küsste sie. Nein, nein, nein, schrie mein Verstand. Genießen, hauchte mein Herz.

Nach einigen Minuten schloss Bettina wieder nahtlos da an, wo wir unterbrochen hatten: »Hast du ihn denn nicht gesehen?«

Wahrscheinlich, aber ich erinnerte mich nicht und zuckte nur mit den Schultern.

»Ausländer?«

»Weiß ich nicht«, sagte Bettina.

»Der Anzug war mit Sicherheit hell?«, wollte ich wissen.

»Ja.«

»Gut, dann fragen wir mal in der *Rheinterrasse*, ob sich jemand an den Typen erinnern kann.«

Sie griff nach meiner Hand und drückte sie. »Danke. Du bist toll!«

Ich fühlte mich ein bisschen heldenhaft. Meine freie Hand fuhr ihr über das Haar. »Ist vielleicht am besten, ich gehe da alleine hin«, hörte ich mich sagen. Schwachsinn, wie sollte ich den Typen mit Nase, Mund und Augen alleine erkennen oder einer dritten Person beschreiben?

»Kann ich nicht mitkommen?«

Onkel Alex, ergänzte ich die Frage im Geiste und war hin und her gerissen. Sie war so zerbrechlich, und ich würde sie nur ungern bei der Recherche dabeihaben. Gleichzeitig fand ich sie so begehrenswert, dass jede Minute ohne sie ein graue Minute wäre, im Gegensatz zu den bunten, wenn sie dabei war.

Ich druckste herum: »Da ist eine Sache, die ...«

Sie legte mir die Hand auf den Mund und lächelte mich an. Ich befreite mich sanft. Es gab da etwas zu klären, hier und jetzt: Ich wollte nicht ins Gefängnis wegen Unzucht mit einer Minderjährigen. Doch ich fand die richtigen Worte nicht. Hör mal, wie alt bist du eigentlich? Oder: Bist du denn schon Ü-16?

Ihre Augen blickten mich eine ganze Weile intensiv an, so als wollte sie meine Gedanken lesen. »Alex, du musst mich nicht vor der Welt beschützen. Ich komme mit.« Sie machte eine Kunstpause und zwinkerte mir zu: »Immerhin werde ich in ein paar Wochen 19.«

Nicht nur ein Stein fiel von meinem Herzen, sondern gleich das ganze Erzgebirge. Sie war volljährig, schon seit fast einem Jahr! Sie bekam den dicksten Kuss ihres Lebens von mir.

Nach einer Ewigkeit schob sie mich lachend weg. »Du bist unmöglich! Und dass ich mich in dich verliebt habe, als du so betrunken vor dich hingelallt hast und glücklich warst wie ein kleines Kind, ist kein Grund, dich andauernd kindisch aufzuführen!«

Sie war in mich verliebt, ich in sie – ein Bergdoktorroman gepaart mit Rosamunde Pilcher, und das alles in Düsseldorf, wie zuckerwattig! Ich schämte mich ein wenig.

Sekunden später lagen wir uns wieder in den Armen und ich schalt mich im gleichen Moment einen Idioten. Sie war ungeachtet ihrer Volljährigkeit halb so alt wie ich, ging noch zur Schule. Was würden ihre Eltern sagen?

Als sie mich küsste, waren mir Mami und Papi herzlich egal.

* * *

»Hallo? ... Rolf hier. Können Sie frei sprechen?«

Er saß in einem beliebten Café für ältere Damen, aß eine Schwarzwälderkirschtorte und spürte, dass er nicht in dieses Milieu passte. Schon mehrfach hatte sich die eine oder andere Oma auf ihrem Stuhl umgedreht, die Augen zusammengekniffen und ihn gemustert. Er wusste, dass er besser woanders seinen Kaffee trank, wenn er nicht auffallen wollte. Und »nicht auffallen« war der oberste Grundsatz seiner Arbeit, eigentlich sogar seines Lebens.

Doch an keinem anderen Ort in der Stadt gab es eine so vorzügliche Schwarzwälderkirschtorte: nicht zu viel Kirschwasser, nicht zu wenig und vor allem keine abgestandene Sahne, der richtige Anteil Biskuit.

»Ich wollte Ihnen nur sagen, dass ich die Wohnung verwanzt habe«, flüsterte er.

»Wo ich bin? ... In einem Café in der Innenstadt. ... Nein, lauter geht es nicht. Machen Sie sich keine Sorgen. Die Kleine ist bei ihm. Ich höre das Gespräch mit.«

Er schwieg eine Weile.

»Ja, ich bin ja nicht blöd. Sie bekommen die Bänder. Aber eines könnte Sie interessieren. Die Kleine sagte vorhin, sie wisse, wer der Mörder von einer Freundin von ihr sei. Ich kann mir darauf keinen Reim machen. Sie?«

Er merkte, wie sein Gesprächspartner vor Spannung die Luft anhielt, dann bellte er etwas ins Telefon.

»Ehrlich, mehr wusste sie nicht«, gab er kleinlaut von sich. »Der Typ hat dunkle Haare und trug einen hellen Anzug. Das war alles, was sie gesagt hat. Also im Prinzip nichts, womit irgendwer was anfangen könnte. Warum interessiert Sie das so sehr?«

Teil 2

Zwei sind noch keine Serie

5. Kapitel

Am Sonntagmorgen saß Lohmeier in der Küche, während Helena ihm Rührei mit Speck machte. Der Tisch war nur für zwei gedeckt. Ihr Sohn durfte ausschlafen. Es roch nach frischen Brötchen, nach Kaffee und Sommer. Versöhnungsfrühstück mit seiner Frau, nach der unschönen Kabbelei am Vortag. Er konnte zwar nichts dafür, dass seine Dienststelle ihm den Mord an Melanie Langener aufgehalst hatte, aber er wusste auch, dass Helena das anders sah.

Er blätterte die Sonntagszeitung durch und ärgerte sich, als er auf einen Artikel mit der Überschrift *Vampir tötet in Düsseldorf junge Schülerin* stieß. Weil dem Journalisten offensichtlich handfeste Informationen fehlten, ließ er ein paar Schaulustige vom Tatort zu Wort kommen und bezog sich für den Rest des Artikels auf den Serienmörder Peter Kürten, der Ende der 1920er Jahre seinen Opfern angeblich den Hals aufgeschlitzt hatte, um ihr Blut zu trinken.

Als das Telefon klingelte, faltete Lohmeier die Zeitung zusammen und legte sie auf den Tisch. Helena warf ihrem Mann einen bösen Blick zu, und er wagte nicht, sich zu rühren, obwohl Pflichtbewusstsein und Neugierde ihn vom Sitz zerren wollten. Sie ließen es klingeln.

Der Störenfried gab nach einer Weile auf, und beide lächelten sich gezwungen an. Als Lohmeier seiner Frau den Kaffee einschüttete, klingelte das Telefon erneut.

»Wage es ja nicht!«, rief sie, die Pfanne mit dem Rührei in der Hand.

Irgendwo im Haus ging eine Tür auf, nackte Fußsohlen schlurften über den gefliesten Boden. Eine verschlafene Stimme murmelte: »Könnt ihr nicht wenigstens ans Telefon gehen? ... Hier bei Lohmeiers?«

Der Kommissar sah seine Frau mit einem Blick an, der Verzweiflung und »Es tut mir leid« ausdrücken sollte.

Ihre Miene blieb versteinert, als habe man sie verhext.

»Ist für dich, Papa«, rief sein Sohn, legte den Hörer auf die Kommode im Hausflur und tappte in sein Zimmer zurück. Die Tür fiel ins Schloss.

Ohne seine Frau anzusehen erhob sich der Kommissar und ging nach nebenan.

»Lohmeier«, blaffte er in den Apparat.

»Hallo Chef ...«

»Was in Gottes Namen ...«, begann der Kommissar lautstark, besann sich gerade noch und fuhr gepresst fort, »ist so wichtig, dass Sie mich an diesem Sonntagmorgen hier anrufen?«

»Äh, sorry, tut mir leid, aber ...«

»Was?«

Aus den Augenwinkeln beobachtete er, wie seine Frau aus der Küche kam, ihn keines Blickes würdigte und die Treppe in den ersten Stock hinaufstieg. Oben knallte sie die Zimmertür zu. Ein Schlüssel drehte sich im Schloss.

Na ja, toll, dachte Lohmeier nur. Das würde kaum noch zu reparieren sein, weder mit einem Strauß Blumen, noch mit einem Abendessen.

»... gebracht. Chef?«

»Was sagten Sie, Menz?«

»Die Fahndung nach dem Rüschenhemd, Sie erinnern sich?«

Natürlich erinnerte er sich. Er hatte noch am späten Abend einen Aufruf im Regional-Fernsehen und das Phantombild gesehen. Ein Sprecher sagte: »Die Düsseldorfer Polizei sucht dringend einen jungen Mann Anfang 20 als Zeugen in einem Mordfall. Er soll in der Nacht von Freitag auf Samstag in der *Rheinterrasse* gewesen sein.«

Menz fuhr fort: »Es haben sich 120 Zeugen gemeldet, die ihn kennen wollen oder kürzlich gesehen haben.«

Lohmeier seufzte. Über hundert Hinweise, das war eine Menge Arbeit.

»Drei Hinweise stammten aus demselben Haus«, fuhr Menz fort. »Da sind die Kollegen zuerst hin. Und stellen Sie sich vor: Sie haben ihn gefunden.«

Lohmeiers Miene hellte sich ein wenig auf. »Das sind gute Nachrichten. Lassen Sie den Kerl aufs Präsidium bringen. Ich bin in einer halben, nein, sagen wir in einer Stunde da. Er soll eine Weile schmoren. Dann nehmen wir ihn in die Mangel und schaffen das Problem direkt heute Nachmittag noch aus der Welt. Der Staatsanwalt und der Polizeipräsident werden glücklich sein, Sie und ich nehmen ein paar Tage Sonderurlaub und die Welt kommt wieder in Ordnung.«

* * *

Am Sonntag wachte ich neben Bettina auf und schaute ihr eine Weile beim Schlafen zu: Wie ihre Haare wild abstanden und das Gesicht lächelte. Gemeinsam sprangen wir später unter die Dusche und vertilgten jeder ein Croissant und zwei Brötchen mit Käse und Marmelade an meinem Küchentisch.

»Alex, ich müsste mal wieder zu Hause vorbeischauen – andere Klamotten und so.«

»Soll ich dich bringen?«

»Nein. Meine Stiefmutter wäre nicht begeistert ...«

Ich verstand, und doch gab es mir einen Stich. Gemeinsam gingen wir zu U-Bahnhaltestelle Nordstraße und verabschiedeten uns dort schmusend. Sie nahm die U78 Richtung Messe, ich stieg in die entgegenkommende Bahn Richtung Heinrich Heine ein.

Stunden später hatte ich mir dank des Internets ein Bild über Narkov gemacht. Ich wusste, wo seine neue Galerie war, dass er in Wittlaer wohnte, und in welchen Kreisen er mittlerweile verkehrte: War aufgestiegen der Mann. Ein Empfang beim Bürgermeister, eine Gala mit den Ohovens, ein Großauftrag von einer Bank. Dennoch hatte er es nötig, seinen Kunden Fälschungen zu verkaufen. Ich war überrascht und fragte mich, ob er diese Bilder wie damals bei mir noch immer von Kiesler bekam? War das gar der Fälscher, der ihm diese vermeintlichen Meisterwerke zur Verfügung stellte? Und die Diebe? Narkov war sicher nicht selbst in das Haus von der Cordeli eingestiegen. Nein, dafür war er zu risikoscheu.

Ich zermarterte mir den Kopf, versuchte noch mehr Informationen aus dem Internet zu bekommen. Das Einzige, was mich motivierte, auch nach 12 Uhr – als die Hitze unerträglich wurde – weiterzumachen, war der Gedanke an Nicolas Narkov. Ich wollte ihn zur Strecke bringen! *Judgement Day*. Er würde in den Knast wandern. Mit etwas Glück kam er in die gleiche Anstalt, die zwei Jahre mein Zuhause gewesen war. Der eine oder andere dort schuldete mir noch was. Narkov würde einen interessanten Aufenthalt genießen, da war ich mir sicher.

So sehr mich diese Gedanken aufmunterten, so spürte ich, wie schlecht mir dieser Kontakt mit meiner Vergangenheit bekam. »Gewalt ist keine Lösung«, hatte der Gefängnis-Geistliche mir eingetrichtert, bis ich es eines Tages selbst glaubte. Doch so langsam bröckelte mein Glaube, und der Hass lugte hervor. Ich musste mich dringend mit Pater Gereon treffen, mit dem ich auch nach meiner Haftentlassung sporadischen Kontakt gepflegt hatte. Alle paar Wochen ein Altbier im *Füchschen* auf der Ratinger oder im *Schumachers* auf der Oststraße. Da saßen wir meist in einer abgeschiedenen Ecke auf unbequemen Bänken, die Ellenbogen auf den massiven Holztisch gestützt, und starrten in unser dunkles und anfangs noch kühles Gebräu – ich redete, er hörte zu.

Von Therapeuten hielt ich nicht viel. Gut bezahlte Neurotiker, die Psychologen oder Therapeuten geworden waren, weil sie selbst mit ihrem Leben nicht fertig wurden. Statt ihre Probleme zu lösen, lenkten sie sich davon ab, indem sie sich die Sorgen anderer anhörten. Ob das was brachte, bezweifelte ich. Einzig gutes Geld für den Seelenklempner.

Aber mit Gereon war es anders. Er war ein Freund, der die Gabe hatte, zuzuhören und mich meine Probleme selbst lösen zu lassen, indem ich beim Erzählen auf gute Ideen kam. Und wenn ich wirklich nicht mehr weiterwusste, dann nahm er einen tiefen Zug aus seinem Glas und begann den Satz mit: »Weißt du, Alex, Folgendes hat unser Herr Jesus Christus angeblich mal gesagt ...«

Ich war nicht bibelfest und mittlerweile überzeugt, dass Jesus nicht die Hälfte von dem gesagt haben konnte, was Gereon in seinem Namen zitierte. Aber egal, bei welchem schlauen Menschen er es sonst geklaut hatte, oder ob er sogar selbst darauf gekommen war. Es half. Er rückte die Dinge ins rechte Licht. Ich musste ihn sehen und verabredete mich für den späten Nachmittag mit ihm. Als ich aufgelegt hatte, war mir auch die Lust auf eine weitere Internetrecherche vergangen. Ich suchte mir eine gefährlichere Beschäftigung.

Wittlaer war ein kleines Dorf im Norden Düsseldorfs, hinter dem Flughafen und Kaiserswerth, aber noch vor Duisburg.

An seinem grünen Rheinufer reihten sich Villen auf wie Perlen an einem Rosenkranz. Genau die richtige Gegend für einen Hochstapler wie Narkov.

Warum ich mich entschieden hatte, mit der U-Bahn 79 hierherzukommen, wollte ich von mir gar nicht so genau wissen. Vielleicht war mir nach einem Sommerspaziergang in der schönen Natur? Aber wenn ich ehrlich war, lag es eher an der Neugierde, die seit Jahren an mir nagte. Dank Frau Cordeli hatte ich eine Ausrede, da ich Narkov gewissermaßen nachschnüffeln »musste«, um ihn zu überführen. Na ja, mehr oder weniger. Er würde das geklaute Bild wohl kaum bei sich zu Hause aufbewahren – oder doch?

Ich stieg an der Haltestelle Wittlaer aus und marschierte gut einen Kilometer die Bockumer Straße nach Norden, vorbei am Dorfkern mit der Sparkasse, vorbei an der Abbiegung zum Ausflugslokal *Brand's Jupp* und vorbei an einigen Mehrfamilienhäusern. Je weiter ich in der prallen Sonne ging, desto schwerer wurde die Spiegelreflexkamera um meinen Hals und desto beeindruckender wurden die Häuser. Hier lebten drei bis vier Personen auf etlichen hunderten Quadratmetern Wohnfläche, teils weil die Familien schon immer Geld hatten, teils weil sie zu den Neureichen zählten.

Narkovs Grundstück war so groß, dass ich nicht einmal das Dach des Hauses von der Straßenseite sehen konnte. Es musste am Ende des Parks liegen, am Rhein mit Blick auf das andere Ufer. Ich machte trotzdem ein paar Fotos. Als ich mich umsah, entdeckte ich einen kleinen Pfad an der Hecke entlang, der zum Wasser führte.

Die Überwachungskameras bemerkte ich nicht.

Der Blick am Ufer war herrlich. Ich stand auf einer Art Deich, unter mir Rheinwiesen. Der Fluss funkelte im Licht der Sonne, und auf der gegenüberliegenden Seite grillten und sonnten sich Menschengrüppchen in verschiedenen Buchten. Ein Ausflugsschiff fuhr vorbei und einige Leute an Deck winkten mir zu. Ich hob die Hand und lächelte. Ein schöner Tag. Ein schönes Motiv.

Ich drehte mich um und inspizierte Narkovs Haus. Eine Hecke mit einem Eisentor verhinderte, dass Spaziergänger die ersten beiden Etagen anstarren konnten. Doch im Dachgeschoss befand sich eine große Terrasse mit einer gläsernen Brüstung. Ein weißer Tisch, sechs weiße Stühle und ein gelber Sonnenschirm standen dort. Ich konnte einen Sektkühler erkennen, aus dem zwei Flaschenhälse lugten. Personen sah ich nicht. Ich stellte das Objektiv scharf und schoss noch ein paar Bilder.

Trotz oder vielleicht wegen der Hitze war außer mir hier kein Mensch unterwegs. Ich lief den Deich an Narkovs Grundstück nach Norden entlang, auf der Suche nach einer undichten Stelle in der Hecke, durch die ich einen Blick auf den Rest seines »Palastes« werfen konnte. Keine Chance! Ich drehte wieder um und lief zurück. Das Knarren des Gartentors verriet, dass jemand das Grundstück verließ. Ich stoppte. Zwei angeleinte Dobermänner drängten auf den Pfad, es folgte das Herrchen. Ein Mann Mitte 50 mit einer Halbglatze in einem weißen Leinenanzug. Narkov!

Ich machte auf der Stelle kehrt und erschrak. Keine drei Meter entfernt stand ein Bär von einem Mann in einem schwarzen Anzug, die Arme vor der Brust verschränkt. Er musterte mich feindselig. Ich konnte mir nicht erklären, wo er so plötzlich hergekommen war. Aber es stand außer Zweifel, zu wem er gehörte.

Hinter mir hörte ich das Hecheln der Hunde und eine bekannte Stimme: »Sieh an. Der Alex! So ein Zufall. Gerade wollte ich meine Hunde Gassi führen. Und du? Ein kleiner Sonntagsausflug?«

Ich drehte mich halb um, sodass ich mit dem Rücken zum Wasser stand und sowohl Narkov als auch seinen Gorilla im Auge hatte. Angst stieg in mir auf. Außer uns war niemand zu sehen, und selbst wenn ich den beiden Männern die Böschung hinunter zum Rhein entkommen könnte, würden die Hunde ein leichtes Spiel mit mir haben. Ich saß in der Falle.

Die Tölen knurrten und stellten die Nackenhaare auf. »Adolf, Heinrich! Sitz«, bellte Narkov und die Bestien zu seinen Füßen gehorchten – vorerst. Allein die Namen verursachten bei mir Übelkeit.

»Trägst du eine Waffe, Alex?«

»Dann hätte ich sie längst gezogen.«

»Ich dachte Privatschnüffler würden immer mit 'nem Colt in der Hosentasche herumlaufen.«

Er wusste also, womit ich mein Geld verdiente. Was wusste er sonst noch? »Das ist Kintopp!«

»Würdest du Roberto trotzdem erlauben, nachzusehen?«

Ich zuckte mit den Achseln. Weigern hätte keinen Sinn. Der Schrank walzte auf mich zu und klopfte mich rüde ab. Einen Revolver fand er nicht. Aber er nahm mir die Kamera ab und fischte den Speicherchip mit den Bildern heraus, bevor er sie mir wieder lässig zuwarf. Ich fing den Fotoapparat auf, eine Bewegung, die ausreichte, um die Hunde zu alarmieren. Sie schossen hoch und wollten sich auf mich stürzen. Narkov hielt sie eisern zurück, wofür ich ihn bewunderte. Er schien sich fit zu halten, sonst hätten die Hunde ihn längst mit sich gerissen.

»Meine Kleinen scheinen dich nicht zu mögen, Alex.«

»Muss auf Gegenseitigkeit beruhen.«

Narkov lachte. »Immer noch eine große Klappe, selbst wenn er kurz davor ist, sich in die Hose zu scheißen.« Auch Roberto lachte.

Ich nicht, denn Narkov hatte gar nicht so unrecht.

»Was willst du hier?«

»Spazieren gehen, Fotos von der schönen Gegend machen.«

»Du hattest keine Ahnung, dass ich hier wohne?«

»Nein«, log ich so gut es ging mit fester Stimme. »Ich dachte, du hättest noch die schöne 200 Quadratmeterwohnung in der Karlstadt.«

Dort hatte Narkov vor Jahren gewohnt oder besser residiert. Ein schönes Stadtviertel, das eingegrenzt wurde von der Königsallee und dem Rheinufer beziehungsweise dem exklusiven Dauermarkt am Karlsplatz und dem Graf-Adolf-Platz, wo ich mein Büro hatte. Lange Zeit hatte ich nach meiner Entlassung aus dem Gefängnis versucht, selbst in diesem Viertel eine Wohnung zu finden, da mir die kleinen Gassen, die Patrizierhäuser und vor allem die Hohe Straße mit ihren schönen Möbel-, Mode- und Feinkostgeschäften gut gefielen. Seit Jahren kaufte ich auch Bücher dort in der urigen Altstadtbuchhandlung. Aber leider war das Viertel so beliebt, dass es zu teuer für einen Privatdetektiv wie mich war.

»Nun, bin umgezogen«, sagte Narkov. »Ich brauchte frische Luft.«

Wir schwiegen eine Weile. Nur das Rauschen des Rheins und das Brummen eines Schleppkahns war zu hören. Ich schwitzte.

»Wie ist das Leben als Privatschnüffler?«

»Man schlägt sich so durch.«

»Sollst dich auf Kunst spezialisiert haben?«

»Meistens beobachte ich untreue Ehemänner«, versuchte ich das Thema in ruhigere Fahrwasser zu lenken. Möglichst tief stapeln und das Unschuldslamm spielen.

»Dann gebe ich dir einen guten Rat, Alex. Bleib bei diesen Ehesachen und halte dich fern von Dingen, die du nicht verstehst, die dich nichts angehen oder die zu gefährlich für dich sind. Hast du mich verstanden?«

Hatte ich. Da gab es keinen Zweifel. Und ich wusste, ich war auf der richtigen Fährte. Ich schob mich an ihm und seinen Hunden vorbei und ging in Richtung Dorfkern.

»Eins noch, Alex«, rief er mir hinterher. »Ich behalte dich im Auge! Lass dich hier besser nicht mehr blicken. Beim nächsten mal werde ich Adolf und Heinrich nicht zurückhalten können.«

* * *

Er sah noch besser aus als auf dem Phantombild, dachte Lohmeier, als zwei Kollegen einen jungen Mann in das Verhörzimmer brachten. Schlacksig, mit strubbeligen Haaren und einem wie in Stein gemeißelten Gesicht. Die Bartstoppeln standen ihm gut, nur die verschlafenen Augen trübten das Bild.

»Guten Tag Herr Horn«, sagte der Kommissar und deutete auf einen Stuhl. »Setzen Sie sich.«

Ein Tonbandgerät lief. Dennoch hatte sich Menz einen Notizblock geholt und saß dem Zeugen erwartungsfreudig gegenüber, den Stift gezückt.

Auch der Kommissar nahm Platz. »Mein Name ist Lohmeier, das ist der Kollege Menz. Würden Sie freundlicherweise für das Protokoll Ihren Namen in das Mikrofon sprechen!«

»Manuel Horn.«

»Fühlen Sie sich wohl?«

»Was soll der Quatsch? Wie würden Sie sich denn an meiner Stelle fühlen. Von der Polizei abgeführt wie ein Verbrecher!«

»Ich meine, haben Sie irgendwelche körperlichen Beschwerden?«

»Nein!«

»Hat man Ihnen zu trinken und etwas zu essen gegeben?«

»Ja, aber ich verstehe nicht ...«

»Auf der Toilette waren Sie auch schon, oder?«

Horn sah ihn verdattert an, sagte aber nichts mehr.

»Gut. Wenn Sie mal müssen, sagen Sie einfach Bescheid. Nur keine Hemmungen.« Dann schwieg Lohmeier und blätterte die Akte Melanie Langener durch, die vor ihm auf dem Tisch lag. Seit gestern hatte sich einiges ergeben. Der toxikologische Befund nannte neben Alkohol eine Substanz, die Rohypnol hieß.

Es war still im Raum. Nur das Umblättern der Seiten und das nasale Atmen von Menz waren zu hören. Horn starrte vor sich hin, und Lohmeier ließ sich Zeit. Mit Rohypnol wurden in den USA Vergewaltigungen vorbereitet, erinnerte sich der Kommissar an ein Seminar, das er vor ein paar Jahren besucht hatte. Das Zeug wurde jungen Studentinnen in das Getränk gemischt und sie wurden kraft- und willenlos. Ein Vergewaltiger hatte also leichtes Spiel. Und das Schlimmste daran. Danach wussten die Frauen in der Regel nicht einmal, was passiert war, weil die Droge auch die Erinnerungen auslöschte.

»Sie wissen, warum Sie hier sind, Herr Horn?«

»Nein.«

Lohmeier hob eine Augenbraue. »Kennen Sie Melanie Langener?«

»Kann sein. Sagt mir gerade nichts.«

Menz schnaufte und kritzelte in seinen Block.

Lohmeier blätterte eine Seite weiter in der Akte. DNS-Spuren von mindestens einer männlichen Person. Er wandte sich an Menz.

»Ist er erkennungsdienstlich behandelt worden?«

»Ausweis, Fingerabdrücke, DNS-Material, Porträtfoto, das ganze Programm ...«

Horn rührte sich: »Durften Sie das überhaupt? Das geht doch sicher gegen meine Freiheitsrechte. Ich werde Sie verklagen!«

Lohmeier lächelte gönnerhaft. »Eine Beschwerde steht Ihnen natürlich frei. Vielleicht können Sie vorher sagen, wo Sie in der Nacht von Freitag auf Samstag waren – sagen wir zwischen 23 und ein Uhr?«

»Ich wüsste nicht, was Sie das angeht!«

Menz gab ein verächtliches Glucksen von sich und erntete einen bösen Blick von Horn.

»Sehen Sie, die Sache ist ganz einfach«, sagte der Kommissar. »Wir ermitteln in einem Todesfall an einem Teenager. Zeugen haben gesagt, Sie hätten mit dem Mädchen den Abend verbracht. Wenn Sie uns sagen, dass es nicht so gewesen ist, können Sie praktisch schon wieder gehen.«

Der Mann schwieg.

Lohmeier blätterte wieder in der Akte und holte ein Foto von Melanie Langener heraus, das er auf den Tisch legte. »Das ist Melanie Langener.«

Horns Augenlider flatterten. Er rutschte auf dem Stuhl ein Stück nach vorne und trank einen Schluck Wasser aus dem Pappbecher, den Menz ihm zu Beginn des Verhörs hingestellt hatte. Das Sandwich lag unangetastet daneben.

»Erkennen Sie das Mädchen?«

»Weiß nicht .... Ja, kann sein, dass die mir mal über den Weg gelaufen ist.«

»Freitagnacht womöglich?«

»Und wenn's so wäre?«

»Dann haben Sie sie vielleicht umgebracht!«

Horn riss die Augen weit auf. »So'n Quatsch«, rief er. »Als ich die verlassen habe, hat sie gelebt.« Erschrocken fuhr seine Hand vor den Mund.

Lohmeier grinste. »Erzählen Sie mal!«

6. Kapitel

Am späten Nachmittag saß ich vor einem Bier im *Schumachers* und erzählte Gereon das Neuste aus meinem Leben. Dass ich mich in einen Teenager verliebt hatte, der kurz vor dem Abitur stand, erwähnte ich nicht. Dafür aber meinen neuen Auftrag und mein unglückliches Zusammentreffen mit Narkov: »Ich habe Angst, dass meine Wut und die ganze Enttäuschung wie eine Welle über mich hereinbrechen und ich zu Mitteln greife, die mir später leid tun.«

Er hob den Blick, den er starr auf den Inhalt seines halbvollen Bierglases gerichtet hatte, und sah mich aus seinen kleinen, braunen Schweinsäuglein an, die unter buschigen Augenbrauen hervorlugten.

Ich wandte den Blick ab. Der dicke Holztisch, an dem wir saßen, war an vielen Stellen klebrig und vereinzelt fleckig. Hatte der dicke Köbes nicht vorher mit seinem feuchten Schmutzlappen über den Tisch gewedelt?

Lautes Gegröle einer Gruppe junger Männer lenkte mich ab. Sie trugen alle rosafarbene T-Shirts, auf denen vorne in schwarzen Lettern stand: *Björns letzter Tag in Freiheit*. Auf der Rückseite waren die Namen der Träger gedruckt: *Köpi, Atze, Männe, Beau, Rüdiger, Powerranger* und *Motze*. Junggesellenabschied – jedes Wochenende die gleichen einfallslosen, rotgesichtigen Männergruppen mit den glasigen Augen.

Ich schüttelte den Kopf und nahm einen großen Schluck. Er schmeckte schal und zu bitter. Mist. Trinken, so lange es kalt ist, war die Devise. Lauwarm war Altbier schwer genießbar und nur als Hausrezept bei Erkältung zu gebrauchen. Ich sah Gereon wieder an, der weiterhin nachdenklich in sein Bierglas schaute, als ob er die verbleibenden Schaumbläschen zählen würde.

»Ich habe Angst, dass ich Narkov erschlage«, sagte ich leise, »oder sein Auto zerkratze, seine Katze ersäufe oder ihm einfach ein paar aufs Maul haue und dann wieder im Knast lande.«

Ich starrte auf meine Hände, die sich an das Bierglas klammerten wie ein Freeclimber an einen Felsvorsprung. Die Knöchel waren weiß. Biergeruch stieg mir in die Nase.

»Bis auf das Erschlagen und die arme Katze kann ich dir nur zustimmen. Wenn es dir hilft! Aber lass dich nicht erwischen.«

Ich war überrascht. Sollte mein Mann Gottes es erst meinen?

Er nickte. »Doch doch, du hast richtig gehört.« Er lächelte weise und sah wieder in sein Glas. Ein Hauch Knoblauch wehte herüber zu mir. Gereons Schwäche! Er aß zu viel davon, und der penetrante Geruch war ein Teil von ihm geworden, was mich lange abgeschreckt hatte, nahe neben ihm zu sitzen. Doch mittlerweile tolerierte ich das, weil seine anderen Qualitäten mir wichtiger waren.

»Wenn du *glaubst*«, fuhr er fort, »dass es dir hilft, versuch es ruhig.«

Blöder Arsch, dachte ich und musste lächeln. Er wusste, dass ich wusste, dass ich mich danach nur noch schlechter fühlen würde. Also würde ich von vornherein nichts dergleichen tun. Doch irgendwie half mir das heute nicht weiter.

Das Gegröle des Junggesellenabschieds steigerte sich kurzweilig ins Absurde, weil ein weiblicher Gast dem künftigen Bräutigam irgendeinen Lutscher abgekauft hatte.

»Kannst du den Auftrag nicht zurückgeben?«, fragte Gereon plötzlich, als es wieder ein wenig leiser geworden war.

»Warum sollte ich das? So kann ich Narkov einiges heimzahlen, wenn ich ihn erwischen sollte. Außerdem verdiene ich damit gutes Geld. Von irgendetwas muss ich ja leben.«

Er sog laut die Luft ein, schwieg und streifte mich mit einem Blick, der sagte: Verarschen kannst du gerne jemand anderen.

»Okay«, gab ich zu, »das war blöd von mir.«

Er wusste, dass es mir finanziell nicht so schlecht ging, wie ich gerne vorgab. Ich verdiente so manchen Euro schwarz, den ich nicht an meinen Gläubiger Nummer eins, den betrogenen Kunden von damals, abgab.

»Aber arbeiten muss ich trotzdem. Als Kunsthändler brauche ich es nirgendwo mehr versuchen. Was anderes habe ich nicht gelernt. Und das Schnüffeln macht mir halt meistens Spaß.«

»Das ist in Ordnung. Aber hast du dich mal gefragt, warum ausgerechnet du den Auftrag bekommen hast, Narkovs Betrügereien aufzudecken?«

»Ich habe einen Ruf in der Szene. Liegt doch nahe bei meiner Vergangenheit.«

»Nur dass du damit nicht hausieren gehst! Oder schaltest du Anzeigen: ›Wegen Betrugs eingebuchteter Ex-Knacki kennt sich mit allen Tricks der Kunstszene aus.‹ Außerdem haben solche Leute wie die Cordeli normalerweise clevere Anwälte, die irgendwelche Detekteien in der Hinterhand haben, die sich auf so etwas spezialisiert haben.«

»Was soll ich deiner Meinung nach tun? Alles hinschmeißen und den Job sausen lassen?«

Er seufzte: »Du musst nicht immer gleich unter die Decke gehen und mit extremen Lösungen daherkommen. Es reicht völlig, dass du dir mal in Ruhe die Frage stellst, ob Frau Cordeli dich nur wegen deines guten Rufs ausgewählt hat, oder ob mehr dahintersteckt!« Er trank sein Bier mit einem Zug leer, wischte sich mit dem linken Handrücken den Schaum aus dem Oberlippenbart und stand auf. »Halte mich auf dem Laufenden, Alex. Und falls du in Schwierigkeiten steckst, ruf mich an.«

»Ich komme darauf zurück«, sagte ich mit einem schiefen Lächeln und ohne zu wissen, wie recht ich damit hatte.

Er reichte mir seine Pranke, ich schlug ein. Als er sich seinen Weg durch das Lokal bahnte, sah ich ihm nachdenklich hinterher. Dass ich ihn einladen würde, war ihm so klar, dass er schon gar nicht mehr fragte, geschweige denn überhaupt ein paar Euro auf den Tisch legte, bevor er ging. Ich redete und ich zahlte, so sah der Deal aus zwischen Pater Gereon und Ex-Knacki Alex.

Mir gefiel nicht, was er angedeutet hatte. Und auch nicht, wie er es gesagt hatte. Warum wollte er mir diesen Job madig machen? Oder lag er am Ende richtig? War das blonde Püppchen Cordeli eine ganz Gerissene, und ich schnüffelte nicht zufällig hinter Narkov her?

* * *

Horn nahm einen Schluck Wasser und räusperte sich. »Die Mutter hat mich beauftragt: Ich sollte die Kleine anmachen, ihr so'n Mittel ins Getränk tun und sie an den Rhein bringen. Da musste ich sie liegen lassen.«

»Warum sollten Sie Melanie betäubt zurücklassen?«, fragte Lohmeier, der nicht wusste, was er von der Geschichte seines Gegenübers halten konnte.

»Die Mutter wollte das so!«

»Warum?«

»Das habe ich sie auch gefragt.«

Hübsch anzusehen, aber wenig Licht in der Birne, dachte der Kommissar. »Was hat sie geantwortet?«

»Dass sie einen Streich spielen will, damit die Kleine lernt, aufzupassen. Und dass schlimme Dinge passieren können.«

Menz und Lohmeier sahen sich ungläubig an. »Wieso haben Sie der Mutter von Melanie geholfen«, hakte der Kommissar nach.

»Die hat mir Geld gegeben.«

»Einfach so?«

»Ja, klar Mann. Umsonst hätte sie meine Dienste nicht gekriegt.«

»Ihre Dienste?«

»Ja, Mann. Ich bin Dienstleister: Escort-Geschäft und so.«

»Sie begleiten Frauen, die dafür bezahlen?«

»Genau.«

»Wohin?«

»Egal: Partys, Einkaufen, ins Kino oder ins Theater.«

»Dafür bekommen Sie Geld?«

»Klar«, Horn lächelte stolz. »Und das nicht zu knapp.«

»Wie buchen die Frauen Sie denn?«

»Ich habe ein Webseite im Internet, stehe im Branchenbuch, verteile Visitenkarten. Meistens werde ich aber weiterempfohlen.«

»Wie ist denn Frau Langener auf Sie gekommen?«

»Keine Ahnung. Habe ich nicht gefragt.«

»Wann haben Sie sie getroffen?«

»Gar nicht. Ging alles per Mail. Hat mich angeschrieben, mir ein Foto der Kleinen geschickt und gesagt, wo ich sie treffen werde.«

»Geld haben Sie also nicht bekommen?«

»Ich mache nur Vorkasse. Sie hat mir die 500 Euro in den Briefkasten geworfen. Also in einem Briefumschlag und so ein kleines Fläschchen.«

»Haben Sie die Sachen noch?«

»Keine Ahnung.«

Lohmeier seufzte. »Kam es Ihnen nicht seltsam vor, dass Sie die Frau nie gesehen haben.«

»Nein. Schon so manche Mutter hat mich als Begleitung für ihr Töchterchen gebucht. Sie verstehen?« Er zwinkerte dem Kommissar zu.

»Und wildfremde Mädchen betäuben und am Rhein zurücklassen, haben Sie das auch schon ein paar Mal gemacht?«

»Nein, das war das erste Mal. Aber da konnte ja nix Schlimmes passieren. Die Mutter war doch in der Nähe.«

»Haben Sie sie gesehen?«

»Keine Ahnung, ich kenn die ja nicht.«

»Ist Ihnen jemand aufgefallen, der sich dort am Rheinufer aufgehalten hat?«

»Nein. Es war dunkel.«

»Haben Sie sich nie gefragt, ob das alles ein Trick sein könnte? Dass es nicht die Mutter war?«

Horn überlegte. Ein Schatten huschte über sein Gesicht und Lohmeier wusste, dass ihr Verdächtiger anfing zu begreifen.

»Äh, Sie meinen, es war gar nicht die Mutter?«

»Schlaues Bürschchen!«

»Aber wer denkt sich so was Bescheuertes aus, wenn nicht die eigene Mutter?«

»Genau darüber sollten Sie mal eine Runde meditieren.«

Sie ließen Horn im Verhörzimmer zurück und gingen zum Kaffee-Automaten. Lohmeier warf eine Euro-Münze ein und drückte auf Kaffee, dann Milch, anschließend doppelt Zucker. Die Maschine machte einen Höllenlärm und ein bräunliches Rinnsal floss in ein Plastikbecherchen.

»Was halten Sie von dem Kerl, Chef?«

Lohmeier nippte am Becher und zuckte zurück. »Scheiße!«

Er hatte sich verbrannt. Er sah, wie Menz ein Grinsen unterdrückte.

»Ich weiß es nicht.«

»Sie glauben nicht, dass er das alles erfunden hat?«

»Sie?«

»Unbedingt«, sagte Menz. »Ich meine, der Typ ist doch nicht gerade ein intelligenter Mensch. Er hat Melanie umgebracht und nicht damit gerechnet, dass wir ihn so schnell schnappen. Gut, dass die Freunde von dem Mädchen ihn so erstaunlich genau beschreiben konnten.« Einen Augenblick schien Menz den Faden zu verlieren, weil ihm etwas eingefallen war. »Ungewöhnlich, dass Zeugen sich an eine Person so perfekt erinnern, dass das Phantombild ihr wie aus dem Gesicht geschnitten gleicht. Na ja, egal. Der Horn phantasiert nun das Erstbeste zusammen, das ihm einfällt. Was völlig unglaubwürdig ist.«

Lohmeier pustete in seinen Kaffee und sah dem Dampf nach.

»Menz, prüfen Sie, ob Horn tatsächlichen diesen Escort-Service hat. Schicken Sie die Spurensicherung zu seiner Wohnung. Die sollen sich da umsehen. Vielleicht gibt es noch diesen Briefumschlag, in dem das Geld war, und das Fläschchen. Die sollen auch den Computer durchsuchen, ob es diese Mails gibt.«

»Was machen wir mit ihm?« Menz deutete mit dem Daumen den Gang hinunter, an dessen Ende das Verhörzimmer lag.

»Wir behalten ihn hier. Er hat zugegeben, dass er mit dem Mädchen unterwegs war. Seine Geschichte klingt absurd. Das reicht fürs Erste.«

»Sollten wir nicht auch Melanies Mutter verhören?«

Lohmeier presste einen Moment die Lippen aufeinander. Er dachte an das Häufchen Elend, das in der Pathologie bei der Identifizierung zusammengebrochen war. Unwahrscheinlich, dass diese Frau etwas mit dem Tod ihrer Tochter zu tun hatte. »Ja, das müssen wir wohl. Rufen Sie sie bitte an und machen Sie einen Termin.«

Menz wandte sich zum Gehen.

Der Kommissar rief ihn zurück: »Ach, noch was. Kann man den Absender von diesen Mails feststellen?«

»Klar, Chef.«

»Einwandfrei?«

»Ja und nein. Man kann beim Email-Anbieter die Identität der Person abfragen. Aber da man sich bei den meisten nicht mit seinem Ausweis legitimieren muss, kann man da angeben, was man will.«

»Also können wir nicht feststellen, ob diese ›Mutter‹ überhaupt Frau Langener ist. Oder ob es überhaupt eine Frau ist?«

»Richtig, das können wir möglicherweise nicht. Man kann aber zurückverfolgen, von welchem Computer aus die Mail verschickt wurde, und wo das Gerät steht. Wenn sich also herausstellt, dass es der PC im Schlafzimmer von Melanies Mutter ist, scheint Horn die Wahrheit zu sagen.«

»Es kann aber auch ein Mann unter falschem Namen getan haben, oder?«

»Denken Sie an jemand Bestimmtes?«

»Vielleicht. Ist nur so ein Gefühl. Aber ein schüchterner, junger Mann, der in Melanie verliebt ist, sich aber nicht traut, sie anzusprechen. Jemand, der sie gut genug kennt, um zu wissen, wann sie wo ist.«

»Sie meinen einen ihrer Mitschüler. Diesen Kevin?«

* * *

Der Supermarkt am Hauptbahnhof hatte auch sonntags bis abends geöffnet. Also besorgte ich mir nach dem nervenaufreibenden Nachmittag ein paar Kleinigkeiten, um Bettina ein Abendessen zu zaubern. Einfach, aber beliebt und aus meiner Sturm-und-Drang-Phase: Spaghetti Bolognese. Wobei ich persönlich keine Spaghetti verwandte, sondern Capellini. Die waren dünner, brauchten weniger Zeit, um weich zu werden, und zergingen auf der Zunge.

Zu Hause angekommen, stellte ich die Einkaufstüten auf den Küchentisch, nahm Toastbrot, einen Liter Milch und einen Sechserpack Joghurts heraus – die Bestellung meiner gehbehinderten Nachbarin. Vor ihrer Tür angekommen, brauchte nicht einmal zu klingeln. Sie hatte wohl schon vor dem Spion gewartet und empfing mich mit dem freudigen Lächeln älterer, einsamer Damen, die einen auf ein Schwätzchen reinbitten wollen.

»Hallo, Frau Struwe«, sagte ich und drückte ihr die Sachen in den Arm. »Bin furchtbar in Eile, kriege gleich Damenbesuch.« Ich zwinkerte ihr zu und war schon wieder weg.

»Aber Sie bekommen doch noch Geld!«

Ich winkte ab. »Das können wir auch später noch erledigen.«

»Ihre Hemden habe ich auch schon gewaschen und gebügelt«, rief sie mir hinterher.

»Die nehme ich beim nächsten Mal mit«, rief ich freundlich zurück und verschwand in meine Wohnung. Ich räumte die Lebensmitteltüten aus und verstaute die Einkäufe im Kühlschrank und im Vorratsschrank. Dann wischte ich summend den alten Holztisch ab, der in meiner gemütlichen Küche stand, deckte ihn mit weißem Porzellan und begann mit dem Kochen. Erste Maßnahme: ein Gin Tonic gegen den Durst, dann Zwiebeln schälen, klein hacken. Ein zweites Glas für den Genuss, während ich das Hackfleisch anbriet. Meine Küche füllte sich mit dem Geruch von Gebratenem, und ich suchte einen Rotwein heraus, den ich noch in den alten Zeiten als erfolgreicher Kunsthändler gekauft hatte – für einen besonderen Anlass. Heute war es an der Zeit, ihn zu trinken.

Ich nahm das Fleisch aus der Pfanne und briet im zurückgebliebenen Fett die Zwiebeln und den Knoblauch an. Gab das Hackfleisch wieder zu, goss das Ganze mit Gemüsebrühe ab. Diese Mischung gab ich in einen Topf, schnitt Dosentomaten in grobe Stücke und gab sie mit dem Saft aus der Dose und dem Tomatenmark dazu. Ein wenig Salz, Pfeffer und italienische Kräuter, und das Ganze ließ ich eine Weile kochen.

Die Scheiben beschlugen, obwohl die Abzugshaube ihr Möglichstes tat. Aus dem Abstellschrank wühlte ich ein paar langstielige Kerzen hervor, wischte vorsichtig den Staub ab, zündete sie an und ließ Wachs auf den Tisch tropfen, bevor ich sie in die weiche Masse drückte. Sie standen wie eine Eins und schienen aus dem Tisch herauszuwachsen. Eine Vase mit Rosen daneben, das Licht in der Küche dimmen.

Ich sah auf die Uhr – noch ein paar Minuten und Tina würde hier sein. Schnell Wasser aufsetzen – und da klingelte es auch schon. Ich wischte meine Hände an einem Küchentuch ab, fuhr mir mit den Fingern durch die Haare und öffnete mit klopfendem Herzen die Tür.

Erschöpft fiel ich in meine Kissen zurück. Bettina kuschelte sich an meine Seite und legte ihre Hand auf meine Brust. Wir atmeten beide noch heftig, doch so langsam kam mein Puls zur Ruhe. Ich spürte das Gewicht ihres Kopfes an meiner Schulter und ihren Atem auf meiner Haut. Es kitzelte ein wenig, doch ich wollte für nichts in der Welt die Lage ändern.

Im Gegenteil: Ich legte meinen Arm um sie und zog sie fest an mich. Sie schnurrte und ihre Hand wanderte von meiner Brust zu meinen Haaren, die sie kurz durcheinanderbrachte, um dann zurück auf meinen Bauch zu gleiten.

»Alex?«

»Mmhhh?«

»Möchtest du später mal Kinder?«

Ich zuckte zusammen. Später? Kinder? Nein! »Wer weiß«, sagte ich ausweichend und fragte aus Höflichkeit: »Du?«

»Ja, drei oder vier.« Ihre Stimme bekam einen zärtlichen Unterton. »Die können in unserem großen Garten herumtollen, im Sandkasten spielen, auf die Schaukel gehen ...«

»Das klingt schön«, sagte ich wenig überzeugt. »Aber noch hat das Zeit, oder?« Was ich am wenigsten gebrauchen konnte, war ein Teenager, der unbedingt schwanger werden wollte. Womöglich noch von mir.

»Och, in ein paar Jahren möchte ich schon Mutter sein.«

»Warum die Eile?«

Sie drehte sich auf den Rücken und starrte an die Decke. »Weil ich gerne eine junge Mutter wäre, die allen Quatsch mitmachen kann. Nicht so eine alte Vierzigjährige, die es schon am Rücken hat und sich mehr um ihre Gesichtsfalten und die nächste Botox-Spritze kümmert als um ihren Nachwuchs.«

»Kinder kosten Geld«, warf ich ein. »Bei vier Kindern wäre es ganz praktisch, wenn der Vater sehr gut verdienen würde, oder wenn du vorher einen Beruf erlernt hättest, der dir ein gutes Einkommen sichert.«

Sie lachte. »Um mein Einkommen mache ich mir keine Sorgen.«

»Na, dann können die Kinder ja kommen«, seufzte ich.

Das Thema hatte mich so überrascht, dass ich nicht aufmerksam genug war. Erst viel später verstand ich ihre

Andeutung. Doch da war es bereits zu spät. Stattdessen fiel mein Blick auf den Stuhl, auf dem ihre Sachen lagen. Ein T-Shirt mit dem Namen einer Band, die ich nicht kannte, schwarze Röhrenjeans, Handschuhe im schwarz-weißen Karomuster.

»Tina?«

»Hmm«

Ich druckste herum, kam mir wieder vor wie Onkel Alex, der die Welt nicht peilt: »Ich hab da neulich einen Fernsehbeitrag über Emos gesehen«, versuchte ich zum Thema zu kommen.

Ihr Blick verriet Neugierde und noch etwas: Wachsamkeit.

»Die haben gesagt, Emos seien emotional, oft auf Droge, in der Regel depressiv und würden sich alle mit Rasierklingen die Haut aufritzen. Quasi als Ritual, um aufgenommen zu werden. Dabei gäbe es sogar Tote ...«

»So eine Scheiße, Alex! Gibt es irgendeine Stelle an meinem Körper, die du nicht gesehen hast?«

Ich räusperte mich verlegen. »Ich glaube nicht ...«

»Hast du da irgendwo Narben entdeckt, die auf Ritzen oder gar Selbstmordversuche hindeuten?«

»Nein.«

»Findest du, ich wäre depressiv oder ständig auf Drogen?«

»Zählt Alkohol dazu?«, versuchte ich einen Scherz.

Sie lächelte: »Du bist derjenige, der neulich so viel gesoffen hat, dass er sich an nichts erinnern kann!«

Touché!

»Bloß weil wir Skaterschuhe tragen, sind wir keine Skater, Alex. Und nur weil wir schwarze Haare und schwarze Kleidung mögen, sind wir keine Gothics. Wir malen uns die Augen an, tragen Nietengürtel und leben unsere Gefühle vielleicht offener aus als andere. Klar, dass dann alle sagen, wir wären schlecht drauf. Stimmt ja auch. Manchmal ist man eben traurig. Aber wir zeigen auch die positiven Gefühle: Wir feiern, lachen und genießen das Leben. Nur dass das keinen beim Fernsehen interessiert. Klar gibt es auch bei uns depressive Menschen. Aber welcher Jugendliche hat diese Phase nicht?«

Ich hob beschwichtigend die Hände. »Okay, okay. Der Bericht war schlecht. Ich habe es verstanden.«

»Wirklich? Ich glaube kaum. Du kannst dir gar nicht vorstellen, wie mir das auf die Nerven geht. Unter Erwachsenen bricht die Hysterie aus, wenn sie uns sehen. Alles Spinner, denken die. Andere wiederum beschimpfen uns. HipHopper, Punks, Gothics sagen, wir seien Heulsusen, unsere Jungs Schwuchtel. Wir wollen einfach nur friedlich miteinander umgehen. Und genau das wird zum Problem. Mich kotzt das an!«

Ich küsste sie auf die Stirn. »Ich finde dich toll, so wie du bist.«

»Das mag ich ja auch so an dir. Reif und doch offen für Neues.«

Reif? Nun das klang nicht so schön. Aber Tina meinte es wohl tatsächlich positiv.

Sie kraulte mir spielerisch über die Brust. »Würdest du mir einen Gefallen tun, Alex?«

»Jeden!« Ich lächelte sie an.

»Hättest du ein wenig Zeit für den Mord an Melanie.«

Das schon wieder! »Wir haben es doch erst gestern Abend versucht!«

Wir waren in die *Rheinterrasse* gegangen, hatten Eintritt für irgendeine langweilige Ü30-Party bezahlt, um mit den Rausschmeißern und dem Barmann zu sprechen. Sogar den Chef des Ladens hatten wir abgepasst. Nichts. Niemand hatte den

Mann im hellen Anzug vorher schon einmal gesehen, geschweige denn wusste jemand, wer er war und wo er wohnte.

»Aber ich möchte gerne, dass der Mord an Melanie aufgeklärt wird.«

»Das möchte ich doch auch, Tina«, sagte ich zärtlich. Ich nannte sie Tina, weil mir Bettina zu lang war und Betty zu englisch. Außerdem dachte ich bei Tina immer an Tina Turner, den Traum meiner Jugend. Tolle Frau, tolle Musik.

»Lass die Polizei ihre Arbeit machen. Die finden den Täter schon«, versuchte ich sie davon zu überzeugen, dass wir nicht die Richtigen für diesen Job waren – ein müder Privatdetektiv und eine quirlige Teenagerin gegen einen Psychopathen.

»Die Polizei«, schnaubte sie verächtlich, »die sind doch zu blöd dazu. Haben uns gestern verhört, als wären wir Schwerverbrecher.«

Ich horchte auf. Das hatte sie mir gar nicht erzählt. »Du unterschätzt unsere Ordnungshüter«, sagte ich lahm, konnte ich mir doch selbst nicht glauben.

»Kann sein, die haben zumindest rausgekriegt, dass ich mit dir unterwegs war.«

»Aha«, ich wurde neugierig. Vor allem vermied sie schuldbewusst den Blickkontakt. »Und dann?«, bohrte ich.

»Ach, halb so wild. Da hat mich heute einer von denen angerufen, so'n Junger und nach dir gefragt. Hab ihm deine Handy-Nummer gegeben.«

Das fand ich nun doch unangenehm. Wann immer es um die Polizei ging, hielt ich mich lieber raus. Kein Kontakt war der beste Kontakt. Die brauchten meist nicht lange, um festzustellen, wer ich war und was ich angeblich getan hatte. Schwupps avancierte ich zum Verdächtigen Nummer eins.

»War das dumm von mir, Alex?«

Ich schwang mich mit einem Mal aus dem Bett. »Was trinken?«

»Warum lenkst du ab?«

»Weil ich Durst habe?«, sagte ich lapidar. Mir war nicht nach Mörderjagen und mit der Polizei diskutieren. Ich wollte entspannen, ein wenig kuscheln. Die Probleme der Welt in den Armen einer schönen Frau vergessen.

»Noch etwas von dem Roten?« Ich ging ein paar Schritte und genoss die abkühlende Wirkung, die das Laminat auf meine Fußsohlen hatte.

Sie zog einen Flunsch und drehte sich von mir weg. Ich umrundete das Bett und setzte mich auf die Kante. Mit festem Blick fixierte ich ihre Augen, die sie geschlossen hielt. Eine Ewigkeit verstrich. Bockiges Ding!

Sanft stupste mein Zeigefinger ihren Bauch. Sie unterdrückte ein Lächeln. Ich setzte noch zweimal nach und ihre Mundwinkel schoben sich nach oben.

Sie öffnete die Augen: »Blöder Kerl, du nimmst mich nicht ernst!«

»Ich nehme dich sehr ernst, aber Kapitalverbrecher jagen, das ist nichts für uns.«

»Wie spießig du klingst. Du bist doch Detektiv.«

»Für Ehebruch und Kunstangelegenheiten.«

»Detektiv ist Detektiv – gefährlich sind betrügende Ehemänner genauso wie Bilderdiebe.«

»Ich möchte nicht, dass der Mörder dir etwas antut«, sagte ich und bekam eine Gänsehaut.

»Darum müssen wir ihn schnell fangen.«

»Wenn wir nach ihm suchen, wird er wahrscheinlich auch auf uns aufmerksam. Sobald wir eine Gefahr für ihn sind, wird er uns aus dem Weg räumen wollen.«

»Aber du bist doch sicher stärker als er.«

Ich musste lächeln. Sie schaute mich schelmisch an. Keine Chance, dass sie so naiv war, wie sie tat. »Bin ich nicht. Er mordet, und das sicher mit Freude, oder zumindest mit Entschlossenheit. Ich bin ein friedfertiger Mensch.«

»Aber du würdest doch versuchen, mich zu beschützen, oder?«

Diesmal konnte ich nicht lächeln. Ihr Gesichtsausdruck war ernst, und ernst war auch mein Gefühl für sie. »Natürlich würde ich dich beschützen«, sagte ich und eine Stimme im meinem Kopf mahnte: Nichts versprechen, was du nicht halten kannst.

* * *

Bill Kaulitz von Tokio Hotel schaute von seinem Poster auf Kevin herab. Der hockte auf dem Boden in seinem Zimmer und grübelte. Da ein Poster nicht redete, gab es keine beruhigenden Antworten, die seine Angst, seine Scham und seine Hoffnungslosigkeit lindern konnten.

Warum hatte er sich nur so töricht benommen und alles noch viel schlimmer gemacht? Er sprang auf und trat wutentbrannt über seine Dummheit gegen den Papierkorb aus Bast. Den ersten Tritt hätte das Ding noch überlebt, doch das halbe Dutzend, das folgte, ließ die Bastfetzen und Papierschnipsel fliegen. Kevin war wie von Sinnen. Er reagierte nicht auf das besorgte Klopfen seiner Mutter, die vor verschlossener Tür stand.

Erst als er ein weiteres Mal nach dem kaputten Korb trat, ihn verfehlte und mit Wucht gegen das massive Bein des Schreibtischs knallte, folgten der Wut Tränen. Schluchzend sank er auf den Boden, hielt sich die Zehen und ließ Rotz und Wasser laufen.

Kevin war am Ende, und das wusste er auch. Er würde mit jemandem sprechen müssen, alles erklären, Verantwortung übernehmen. Mit dem Pulloverärmel wischte er sich über das Gesicht und ließ den Blick melancholisch durch das Zimmer gleiten, über die Spielekonsole und seinen Stoffdrachen, von dem er sich bis heute nicht hatte trennen können. Er stand auf, küsste das Stoffwesen auf die Stirn, schnappte sich seine Jacke, öffnete ein Fenster und kletterte in die Nacht hinaus.

7. Kapitel

Als ich am Montagmorgen ins Büro kam, fand ich eine Nachricht auf meinem Anrufbeantworter: »Guten Tag, Herr Herz, mein Name ist Menz, Kripo Düsseldorf, Mordkommission. Kommen Sie bitte Montagmittag um elf Uhr auf das Polizeipräsidium. Sie könnten Zeuge in einem Mordfall sein, zu dem wir Sie gerne befragen würden.«

Ich löschte die Nachricht, setzte mich an den Schreibtisch und starrte über die Dächer der Friedrichstadt. Mit so etwas hatte ich schon gerechnet. Mein Handy war die meiste Zeit aus, weshalb eine Sprachnachricht auf meine Büronummer verwies.

Ich war unschlüssig. Auf der einen Seite hätte ich eine Chance, durch die Fragen der Polizei herauszufinden, wie weit sie mit ihren Ermittlungen waren. Dann konnte ich vielleicht auch Tinas Bitte wieder ein wenig entgegenkommen und nach dem Täter auf eigene Faust suchen. Ich war noch ganz am Anfang. Ein kleiner Austausch unter Profis könnte nützlich sein. Andererseits hatte ich nach meiner Erfahrung mit der Abteilung Wirtschaftskriminalität und deren schlampigen Methoden, ein Verbrechen aufzuklären, kein besonders ausgeprägtes Vertrauen mehr in die Hüter des Gesetzes.

Ich überlegte mir einen Kompromiss. Auf keinen Fall würde ich dort hingehen und mich aushorchen lassen. Aber vielleicht konnte ich selbst auf andere Art etwas erfahren.

Ich wählte die Nummer des Präsidiums.

»Polizeipräsidium, Stöckel. Was kann ich für Sie tun?«

»Herrn Menz von der Mordkommission, bitte.«

»Ich verbinde.«

Musik. Eher Töne. Doch nach ein paar Runden erkannte ich die Melodie: *Für Elise.* Ein paar weitere Runden und ich wollte schon auflegen, weil ich fürchtete, in der Warteschleife zu verhungern.

»Menz, Mordkommission.«

»Guten Tag, Herr Menz, mein Name ist Bosse. Ich bin der Assistent von Herrn Herz. Sie wünschen ihn zu treffen.«

Ich hörte, wie Menz in irgendwelchen Unterlagen blätterte.

»Herr Bosse?«

»Bin noch dran.«

»Wir haben ein paar Fragen an Herrn Herz.«

»Worum geht es?«

»Das werden wir ihm schon selber sagen.«

»Er ist wegen eines Falls ein paar Tage unterwegs.«

»Wann kommt er zurück?«

»Das weiß ich leider nicht. Ende der Woche vielleicht.«

»Hmm, gut, dann sagen Sie ihm bitte, er möge sich bei uns melden, Herr ...«

»Bosse.«

»Genau! Herr Bosse. Er soll uns anrufen, wenn er wieder da ist.«

»Ich werde es ihm ausrichten, Herr Menz. Tschö.«

Ich legte auf und grinste. Okay, das hatte schon mal geklappt, auch wenn ich nicht schlauer war als zuvor, so konnte ich doch zumindest ein paar Tage überlegen, was ich der Polizei sagen wollte und was nicht.

Während die Kaffeemaschine unter Knacken, Zischen und Röhren einen Latte Macchiato bereitete, mümmelte ich ein Croissant.

Einige Minuten und Schlucke Kaffee später kam mir eine Idee: Angenommen, Narkov hatte das Bild stehlen lassen, wovon ich überzeugt war. Was würde er damit machen? Es an einem sicheren Ort aufbewahren. Ein Ort, an dem die Polizei nicht suchen würde. Das schloss sein Haus und seine Galerie in der Karlstadt aus. Ebenso wie alle offiziellen Schließfächer, Tresore und Ähnliches. Es musste einen Ort geben, von dem niemand wusste! Dieser Niemand war ich! Vor vielen Jahren hatte Narkov mir mal im Vertrauen von seinem Onkel erzählt, der in Flingern einen Schrottplatz hatte. Augenzwinkernd hatte er damals gesagt: »Wenn dort jemand etwas versteckt, findet das kein Mensch mehr.«

Die Chancen waren gering, dennoch fuhr ich gegen elf Uhr mit der 706 bis zur Kettwiger Straße und lief den Rest. Das Areal war groß, überall standen alte Autos, lagen Metallträger und andere Industrieteile herum. Kaum hatte ich einen Fuß über die Schwelle gesetzt, schlug ein Schäferhund an und kam aus einer Halle auf mich zugerannt. Schon wieder ein Köter, dachte ich und wollte schon die Flucht ergreifen, als ich die Kette sah. Das Tier blieb gut zwanzig Meter von mir entfernt stehen. Das Bellen musste den Besitzer alarmiert haben, ein kräftiger Mann mit kahlem Schädel und in verschmiertem Blaumann kam aus der Werkshalle auf mich zu. Seine öligen Hände rieb er im Gehen an einem versauten Lappen ab. Ich fürchtete, er würde sich die Finger höchstens nur noch schmutziger machen.

»Was wollen Sie?«

Höflich war anders, dachte ich.

»Ich suche für meinen alten Toyota Corolla Baujahr 1995 einen intakten Kühler«, log ich. »Meiner hat den Geist aufgegeben und die von der Werkstatt haben mir gesagt, die Japaner würden da keine Ersatzteile mehr haben. Zu alt.«

Er musterte mich von oben bis unten, während er sich am Kopf kratzte.

»Vielleicht haben Sie ja noch so ein Teil hier auf Lager«, knüpfte ich an und zeigte mit der Rechten auf einige Wracks.

»Kann schon sein.«

»Ich will Sie auch nicht bei der Arbeit stören. Aber es wäre nett, wenn ich mal selbst suchen dürfte.«

Er zögerte.

»Ich zahle auch dafür. Wissen Sie, der Wagen liegt mir sehr am Herzen. Ist mein erster, und er hat schon so manches Abenteuer mit mir erlebt.« Ich lächelte ihm jovial zu.

Er grinste zurück. »Verstehe! Hab an meinen ersten auch noch so die eine oder andere Erinnerung. Gut. Sehen Sie sich ruhig um. Aber Hoffnung mache ich Ihnen keine. Ob Sie hier was finden ...?«

»Die Hoffnung stirbt zuletzt«, sagte ich und fing an, die Wracks abzulaufen.

Der Dicke verschwand wieder in die Werkshalle. Kurz darauf hörte ich, wie er mit einem Schweißbrenner zugange war. Auch der Hund war von dannen getrottet und lag jetzt friedlich weiter hinten in einer Ecke im Schatten zweier Stahlträger.

Die Autos hatte ich schnell überflogen. Keine Chance hier ein Bild zu finden, wenn Narkov es wasserdicht verpackt in einem der Wagen versteckt hätte.

Ich schaute dennoch hinter mehrere Ecken, hob Bleche an und lugte in dunkle Winkel. Alles vergebens. Gegen Ende meines Rundgangs kam ich an einer alten Blechtonne vorbei. Mehr aus einem Reflex denn aus begründeter Hoffnung lugte ich hinein. Und da war es tatsächlich! Nun ja, das, was davon übrig war. Vor kurzer Zeit musste hier jemand ein schönes Feuer angezündet haben. Von dem Bild war nichts mehr übrig. Auch der Rahmen war so gut wie komplett verbrannt. Nur eine verkohlte Ecke war noch zu sehen. Doch es schien mir der Rahmen zu sein, den ich auf den Fotos von Cordeli gesehen hatte. Vorsichtig griff ich hinein und zog das Stück Holz heraus.

Ein Beweis war das nicht mehr. Selbst wenn ein Spezialist noch beweisen könnte, dass das der Rahmen war, was ich bezweifelte, würde man Narkov immer noch keinen Diebstahl nachweisen können. Geschweige denn, dass er das Bild jemals gehabt hätte. Vorbei die Hoffnung auf 10.000 Euro oder gar noch mehr, wenn die Cordeli das Geld zurückbekommen hätte.

Nichtsdestotrotz würde ich ihr das Stück verbranntes Holz mitbringen. Vielleicht sah sie dennoch eine Chance.

Ich linste zur Werkshalle. Dort wurde allem Anschein nach gerade gehämmert, was das Zeug hielt. Der Hund hatte die Schnauze auf seine Vorderpfoten gelegt und die Augen geschlossen. Ein Nickerchen! Wie süß!

Ich machte mit meinem Handy schnell ein paar Aufnahmen von der Tonne und dem verkohlten Inhalt. Dann griff ich fest zu und zog die Überreste des gefälschten Liebermanns aus der Tonne. Anschließend ging ich eilenden Schrittes über den Vorplatz zur Straße hinaus. Niemand entdeckte mich, keiner rief mir hinterher. Lediglich in der Straßenbahn erntete ich verstohlene Blicke, die zu fragen schienen: »Nicht mal Geld für einen Sack Holzkohle?«

* * *

Lohmeier betrat das Büro und schlug die Bürotür so heftig zu, dass Menz aus seinem Stuhl hochfuhr.

»Chef, meine Güte, mein Herz.«

»Seit wann haben Sie ein Herz, Menz? Ich dachte, Sie seien 100 Prozent Verstand. – Kleiner Scherz!« Er setzte sich an seinen Schreibtisch, stellte den Kaffeebecher ab und legte die Füße hoch. »Was Neues?«

Menz öffnete einen Pappkarton und holte einen in Plastik verpackten Briefumschlag hervor. »Die Spurensicherung hat so einiges in Horns Wohnung gefunden. Unter anderem lag dieser Briefumschlag im Müll. Keine Anschrift. Nur Fingerabdrücke von Horn.«

»Sonst keine?«

Menz schüttelte den Kopf.

»Was ihn in meinen Augen entlastet«, sagte Lohmeier, »denn irgendjemand hat mit Handschuhen den Umschlag angefasst.«

»Oder nur er selbst hat den Umschlag verwendet«, gab Menz zu bedenken.

»Noch was?«

»Das Fläschchen wurde nicht gefunden, aber die Mails. Sie stammen von einer Martina Langener...«

»Der Mutter?«

»Der Email-Account lautete auf diesen Namen. Das heißt aber, wie gesagt, nicht viel. Der Computer, von dem die Mails verschickt wurden, steht in einem Internetcafé in der Innenstadt.«

»Was bedeutet das für uns?«, wollte der Kommissar wissen.

»Das wir nichts wirklich beweisen können. Der Ladenbesitzer erinnert sich nicht an seine Kunden. Auch nicht, ob er eine Frau mittleren Alters, also Melanies Mutter, dort gesehen hat. Sie könnte es gewesen sein. Aber ich glaube es eher nicht. Denn wenn sie tatsächlich so blöd ist, ihren eigenen Namen zu benutzen. Dann wäre sie nicht so schlau, die Mails von einem Internetcafé zu verschicken, sondern hätte den PC zu Hause benutzt.«

»Wenn sie zu Hause einen hat.«

»Das habe ich überprüft, Chef. Da steht einer im Wohnzimmer.«

»Aber wirklich entlastet ist sie dadurch nicht?«

»Nein. Aber wenn sie nachher kommt, kann ich sie fragen, wo sie war, als die Mails geschickt wurden. Wenn sie ein Alibi für diese Zeiten hat, ist sie aus dem Schneider.«

»Menz, Sie machen sich«, lobte Lohmeier.

»Danke, Chef«, gab ein verlegenes Gesicht mit roten Ohren zurück.

»Eine andere Möglichkeit wäre, dass sich Horn selbst diese Mails geschickt hat, um diese unglaubwürdige Geschichte zu untermauern«, überlegte der Kommissar laut.

»Dann müssten wir ihm aber eine gewisse Schlauheit unterstellen, die er offensichtlich nicht hat«, gab sein Kollege zu bedenken.

»Auch wieder wahr. Wenn wir davon ausgehen, dass es weder die Mutter noch dieser Horn waren, landen wir bei wem, Menz?«

»Ich habe versucht, diesen Kevin vorzuladen. Doch an den kommen wir erst mal nicht ran.«

»Warum?«

»Der hat gestern Abend versucht, von der Theodor-Heuss-Brücke zu springen. Ein Passant hat ihn von der Brüstung gezogen. Seine Eltern haben ihn in die Psychiatrie einliefern lassen. Hat wohl den Tod seiner Klassenkameradin nicht verkraftet.«

»Oder die Schuld am Tod von Melanie Langener liegt schwer auf seiner Seele«, konterte Lohmeier.

»Das wäre natürlich am einfachsten für uns. Doch wie wollen wir ihm das nachweisen?«

»Wir besuchen ihn, nehmen ihn in die Mangel, bis er gesteht, und übergeben den Fall der Staatsanwaltschaft.«

»Wie gesagt, vorerst kommen wir offiziell nicht an ihn heran.«

»Sonst noch was?«

Menz blätterte seine Notizen durch.

»Der Assistent von diesem Herz hat angerufen und gesagt, sein Chef sei ein paar Tage unterwegs. Er wird sich melden, sobald er zurück ist.«

»Herz?« Der Kommissar sah seinen Kollegen fragend an.

»Der Privatdetektiv. Der Mann, den wir im Fall Melanie Langener befragen wollen. Der Freund von dem hübschen Emo-Mädchen!«

Lohmeier blickte fragend drein.

»Ich hatte sie angerufen und nach dem Namen und der Nummer ihres Begleiters von Freitagabend gefragt.«

»Hmm«, der Kommissar nickte gedankenverloren. Er fühlte sich mehr als reif für ein paar Tage Urlaub. Die würde er weit weg von seiner Frau verbringen, die mit jedem Tag, an dem die Niederkunft näherrückte, launischer wurde. Heute Morgen hatte sie einen Aschenbecher nach ihm geworfen und gerufen: »Wenn ich schon wegen der Kleinen nicht rauchen darf, dann solltest in meinem Haus auch du darauf verzichten.«

Aber irgendwie musste er doch seine Nerven beruhigen. Seit Tagen kühlte es auch nachts nicht mehr ab. Eine drückende Wolke aus Smog, Staub und leichtem Kloakengeruch lag über der Stadt. Und er hatte nach knapp zwei Tagen noch keinen ernsthaft Tatverdächtigen.

Die Zeitungsfritzen der Boulevardpresse hatten zwar schon die Festnahme von Horn spitzgekriegt und in der heutigen Ausgabe seine Nachbarn, Studienkollegen und ehemaligen Mitschüler zitiert. Auch ein Jugendfoto mit Balken über den Augen wurde abgedruckt. Aber mehr als die Überschrift *Vampir in Ketten* kam nicht dabei herum.

Was Lohmeier weit mehr beunruhigte, war, dass jeder Krimileser wusste, dass Mordfälle in der Regel in den ersten 48 Stunden aufgeklärt wurden. Und wenn der Krimileser das wusste, wusste es der Polizeipräsident auch, denn seine Frau las ganz viele von den Dingern.

Betrübt hatte Lohmeier das Haus verlassen. Der Aschenbecher war nicht so schlimm gewesen wie das »in meinem Haus«. Es war ihr Haus, aber sie lebten alle drei darin. Und dass ihr Vater es ihr zur Hochzeit geschenkt hatte, machte es ebenfalls zu seinem Haus. Auch wenn sich Karl-Theodor große Mühe gab, ihm das Gefühl des trauten Heims zu vermiesen.

»Ist der Bericht von den Spurensuchern schon da?«, wollte der Kommissar wissen.

Menz blickte kurz irritiert auf. »Äh, ja. Sorry.« Dann wühlte er kurz in einem Stapel Unterlagen auf dem Tisch. Er zog einen Umschlag heraus und legte ihn Lohmeier auf den Tisch.

»Was steht drin?«

»Nichts. Also nichts Hilfreiches. Die Kollegen haben alle möglichen Spuren untersucht, von alten Flaschen über Zigarettenkippen bis hin zu irgendwelchen Teilchen von Plastiktüten. Alle Fingerabdrücke sind aufgenommen worden, aber die Datenbanken haben diese Leute nicht erfasst. Horns Abdrücke waren auf keinem der gefundenen Gegenstände.«

Lohmeier seufzte. All die Arbeit für nichts und wieder nichts. Sie schwiegen eine Weile.

»Wie hieß dieser Privatdetektiv doch gleich?«, fragte er plötzlich.

»Herz, Alexander Herz.«

»Irgendwie kommt mir der Name bekannt vor.« Wenn Lohmeier mal einen Namen in seinem Gedächtnis gespeichert hatte, ging dieser nicht verloren. Dass er sich an Herz erinnerte, sagte ihm, es müsse eine Verbindung geben – nur zu was?

»Es gibt alleine 36 Herz im Telefonbuch von Düsseldorf, auf das ganze Ruhrgebiet verteilt, haben wir ...«

»Menz! Sparen Sie sich die Klugscheißerei. Haben wir etwas über diesen Herz in den Akten?«

»Sie meinen im Computer, Chef?«

»Ist mir doch egal, wo Sie die Information finden, Hauptsache, Sie fangen langsam an zu suchen.«

Menz' Finger huschten über die Tastatur seines PCs, und Momente später druckte er seinem Chef ein paar Seiten zu Alexander Herz aus.

»Hab ich's mir doch gedacht. Ich kenne den Kerl. Ein windiger Kunsthändler, der mit einer Fälschung einen Kunden übers Ohr hauen wollte. Kollege Grün hat den Fall damals bearbeitet. Verdammt viele Medien«, murmelte Lohmeier, als er die Papiere durchgegangen war. Mit einem Ruck stand er auf. »Ein Ex-Knacki. Das ist ja interessant. Ich möchte genau wissen, wann der Kerl zurückkommt.«

Menz wählte, horchte und legte einige Augenblicke später wieder auf. »Anrufbeantworter, Chef.«

»Irgendetwas stimmt da nicht, Menz. Ich kann es fühlen. Suchen Sie seine Privatadresse raus! Ich muss gleich zum Präsidenten und zum Staatsanwalt, Bericht erstatten. Lassen Sie uns nach dem Mittagessen doch mal unauffällig schauen, wo und wie der Herr Herz so wohnt.«

* * *

Als ich um ein Uhr mit dem verkohlten Corpus delicti durch die Eingangshalle des GAP-Center Richtung Aufzug schlenderte, sahen mich die beiden Damen von der Rezeption konsterniert an. Ich hatte einen Spruch auf den Lippen, den ich dann aber lieber runterschluckte.

Im Büro war es schon wieder heiß und stickig. Lange würde ich heute nicht bleiben, das stand fest.

Ich rief meine Auftraggeberin an. »Frau Cordeli? Alex Herz hier. Ich habe Nachrichten für Sie und würde Ihnen gerne etwas zeigen.«

»Kennen Sie den Neuen Breidenbacher Hof?«, fragte sie.

Wir verabredeten uns dort. Als ich auflegte, kam mir kurz der Gedanke, dass sie es vermieden hatte, mich zu ihr nach Hause einzuladen. Warum wohl?

Wir trafen uns um 14 Uhr in der Hotellobby. Zunächst erkannte ich Claudia Cordeli kaum. Ihr platinblondes Haar war einem unauffälligen Braunton gewichen. Sie trug ein dunkelblaues Chanel-Kostüm und eine dezente Bluse, die ihre Rundungen zwar nicht versteckten, aber ihr Outfit war beinahe das Gegenteil von ihrem sexy Auftritt in meinem Büro. Gemeinsam stiegen wir die breite Treppe hinauf in den ersten Stock und setzten uns außerhalb des Barbereichs in eine Ecke mit einem Sofa und zwei gemütlichen Sesseln. Wir waren die einzigen Gäste. Aus versteckten Lautsprechern klang leise Barmusik.

Ein freundlich lächelnder Kellner kam pflichtbewusst herangeeilt.

»Was darf ich den Herrschaften bringen?«

»Kaffee, schwarz«, sagte Cordeli, ohne den Mann auch nur eines Blickes zu würdigen.

Ich sah ihn lächelnd an. »Für mich das Gleiche.«

»Sehr wohl.« Er entfernte sich würdig.

»Gute oder schlechte Nachrichten?«, fragte Cordeli.

»Wie man's nimmt.« Umständlich kramte ich aus einer Plastiktüte die Überreste des Bilderrahmens hervor, den ich in der Blechtonne auf dem Schrottplatz hatte mitgehen lassen.

»Erkennen Sie das wieder?«

Sie sah mich für einen Moment an, als zweifle sie an meinem Verstand. »Wo haben Sie das her?«

»Das habe ich auf einem Schrottplatz gefunden, der einem Verwandten von Narkov gehört. Ich hatte gehofft, er hätte das Bild dort versteckt. Leider war er jedoch so schlau, es gleich zu vernichten.«

»Hat man Sie gesehen, als Sie den Rahmen ›gesichert‹ haben?«

»Nein, auf keinen Fall«, sagte ich im Brustton der Überzeugung.

Der Kellner kam und stellte jedem einen Kaffee hin, schwarz, ohne Zucker, dem Anlass entsprechend. Als er sich entfernt hatte, nahm Cordeli das Gespräch wieder auf: »Wie sind Sie gerade auf diesen Ort gekommen?«

»Ich bin recht gut in meinem Job ...«, sagte ich mit Stolz in der Stimme. Sie musste ja nicht wissen, dass es lediglich eine Eingebung war und dann Zufall.

»Respekt. Glauben Sie, das beweist noch irgendetwas?«

Ich schüttelte den Kopf. »Selbst wenn ein Fachmann beweisen kann, dass es der Rahmen des Bildes ist, das ihnen gestohlen wurde, dürfte es ziemlich sinnlos sein. Ich habe zwar mit meinem Handy den Fundort fotografiert. Aber vor Gericht dürfte beides nicht viel nützen.«

Sie zog einen Flunsch. »Das ist schlimm.«

Aus meiner Umhängetasche zog ich den Umschlag, den sie mir am Samstag mit den 2.000 Euro gegeben hatte.

»Drei Tage Arbeit, macht 600 Euro. Hier die restlichen 1.400, die Sie mir vorgeschossen hatten.« Ich reichte ihr das Geld, doch sie winkte ab.

»Behalten Sie es. Sie haben schnell und akkurat gearbeitet. Dafür danke ich Ihnen. Auch wenn das Ergebnis mich natürlich nicht erfreut.«

Ich strahlte. »Vielen Dank.«

Sie winkte dem Kellner. Der nickte ihr zu und verschwand in die Bar, um die Rechnung zu holen.

»Was werden Sie jetzt tun?«, wollte ich von ihr wissen.

»Ich werde einen Gutachter fragen, ob es sich lohnt, den Rahmen untersuchen zu lassen. Wenn ja, geben wir das Material der Polizei und versuchen, Narkov zu verklagen. Vielleicht müssen Sie dann aussagen.

»Klar, kein Problem«, log ich. Aussagen? Das fehlte mir noch.

Der Kellner brachte die Rechnung, Cordeli gab ihm zwei Scheine. »Stimmt so.«

»Vielen Dank, gnädige Frau. Ich wünsche Ihnen noch einen angenehmen Tag.« Er schwänzelte davon, und in Cordelis säuerlichem Gesicht war zu lesen, dass dieser Tag bestimmt nicht ihr schönster werden würde.

Sie trank ihre Tasse in einem Zug leer, griff nach der Plastiktüte mit dem Rahmenrest und nach ihrer halb geöffneten Tasche, die sie dabei umstieß. Sie fiel zu Boden und spie einen Teil ihres Inhalts aus, angefangen vom Handy über ihren Schlüsselbund bis hin zum Lippenstift. Hastig bückte sich Frau Cordeli und sammelte alles ein. Ich half ihr und griff nach einem Foto, das ebenfalls herausgefallen war. Doch mir blieb kaum Zeit, einen Blick darauf zu werfen, da sie es mir quasi aus den Händen riss.

»Geben Sie her!«

»Ist das Ihre Tochter?« Die Aufnahme zeigte ein kleines Mädchen in einem viel zu großen Krankenhausbett. Obwohl es an etliche Schläuche angeschlossen war, lächelte es tapfer.

In Cordelis Gesicht spiegelten sich Zorn und Schmerz zugleich.

»Das geht Sie nichts an.«

»Ich wollte nur behilflich sein«, sagte ich pikiert.

»Danke, das waren Sie bereits zur Genüge.«

Als alle Sachen wieder verstaut waren, erhob sie sich und sagte kühl: »Sie hören von mir, falls es in dieser Sache etwas Neues geben sollte. Auf Wiedersehen!«

Ich drückte flüchtig ihre Hand und sah ihr nach, als sie den Raum durchquerte und die Treppe ins Foyer hinunterging. Nichts übrig von dem gestelzten Gewackel des ersten Treffens in meinem Büro. Die Frau war ein Chamäleon.

Obwohl sie mich am Ende so frostig abgefertigt hatte, spürte ich doch einen Anflug von Sympathie wegen ihrer Verletzlichkeit, die sie mir unfreiwillig offenbart hatte. Am Ende sind wir Menschen alle gleich, denn jeder von uns hat Ängste, Sorgen und Hoffnungen, dachte ich melancholisch und nahm wieder Platz. Den leckeren Kaffee wollte ich noch in Ruhe zu Ende trinken.

Überglücklich bestieg ich mit knapp 2.000 Euro eine halbe Stunde später die U-Bahn an der Heinrich-Heine-Allee und fuhr zur Nordstraße. Tina und ich hatten uns nach ihrem Schulschluss bei mir verabredet.

* * *

Menz parkte den Wagen in der Gneisenaustraße und schaltete den Motor aus. Eine Weile blieben beide Beamte sitzen und beobachteten ein vierstöckiges Gebäude mit mausgrauem Anstrich. Im ersten Stock bewegte sich hinter einem gekippten Fenster ab und zu eine Gardine. Doch Lohmeier konnte niemanden ausmachen. Vielleicht war es nur der Wind? Eine alte Frau kam mit ihrem Rollator heraus und ging nach rechts die Straße hinunter.

Innerhalb kürzester Zeit wurde es im Wagen drückend schwül. Menz startete den Motor und schaltete die Klimaanlage ein.

»Machen Sie die Kiste aus«, befahl Lohmeier.

»Aber Chef, ich zerfließe!«

»Was tun wir beide gerade hier?«

»Observieren?«

»Richtig. Was ist die oberste Regel des Observierens?«

Menz zuckte mit den Achseln, und Lohmeier wünschte sich einmal mehr einen erfahrenen Ermittler als Partner und nicht diesen Kollegen, den ein »guter Freund« des Polizeipräsidenten in der Mordkommission untergebracht wissen wollte. Bis heute hatte der Kommissar nicht erfahren, warum Menz mit ihm arbeitete.

»Nicht auffallen! Das ist das Wichtigste! Wenn wir den Motor laufen lassen, werden im umweltbewussten Deutschland die lieben Mitbürger und Mitbürgerinnen schnell aufmerksam auf den fiesen Umweltsünder, der ganze 200 Milliliter Benzin verballert in der Stunde, die er hier steht. Dann fällt ihnen auf, dass wir schon eine ganze Weile parken. Warum sitzen zwei Männer bei der Hitze in ihrem Auto vor diesem Haus? Das werden sich die besorgten Bürger als Nächstes fragen. Im Zeitalter von Al Kaida, der CIA und einem amerikanischen Invasionskrieg, bei dem es nur um Öl und einen Scheiß um Menschenrechte geht, werden diese treuen Bundesbürger nervös. Was denkt ein nervöser Bürger, dem der Innenminister bei jedem Fernsehauftritt einredet, dass jeder Ausländer mit Bart ein Terrorist sein könnte? Er denkt, er muss den Terroristen erschießen, weil die Polizei ihn entweder entkommen lässt oder das Gericht ihn auf Bewährung freispricht. Wollen Sie erschossen werden?«

»Wir haben beide keinen Bart, Chef.«

»Im übertragenen Sinne!«

Menz' Blick sagte: Ich höre dem Kommissar nicht zu, sondern lausche nur der eigenen Musik in meinem Kopf.

»Warum beobachten wir eigentlich das Haus eines Verdächtigen, wenn der doch auf Geschäftsreise ist?«

»Weil ich mir einen Eindruck von der Gegend und den Leuten im Haus machen möchte. Der Herz hat Dreck am Stecken. Vielleicht bekommen wir etwas über ihn heraus, das uns weiterhilft«, argumentierte Lohmeier und wischte ein paar Schweißperlen von der Stirn. Er spürte, wie sein Hemd am Rücken und am Autositz zugleich klebte. Um sich abzulenken, blickte er wieder auf die Straße. Ein junges Paar stellte sich gerade knutschend in den Eingang des grauen Hauses.

Während Menz wegsah, guckte Lohmeier eine Weile fasziniert zu. »Gleich fressen die einander auf! Meine Güte, in aller Öffentlichkeit.« Er dachte an seinen Sohn, der in dem Alter der beiden Verliebten war. Ob Gerd auch in irgendeinem Hauseingang stand und einer 15-Jährigen die Zunge in den Hals steckte?

Mit einem Ruck öffnete der Kommissar die Wagentür, stieg aus und lief zum Haus. Die Jugendlichen verdrückten sich, als er nur noch wenige Meter entfernt war.

Lohmeier suchte die Klingelschilder ab und drückte bei *Herz*. Eine Zeitlang stand er da und wartete. Vergeblich. Menz hatte ja gesagt, der Detektiv sei ein paar Tage beruflich unterwegs. Sollte er es bei den Nachbarn versuchen? Nein, noch nicht. Später vielleicht.

Er trabte zum Wagen zurück und wollte gerade einsteigen, da sah er das Mädchen die Straße herunterkommen: schwarze

Klamotten, brauner Teint und eine rosafarbene Haarsträhne. Schnell ließ er sich in den Sitz fallen und stieß Menz an. »Da! Die Kleine. Das ist doch eine Freundin von dieser Melanie.«

Menz nickte. »Ist sie. Und die von Herz.«

Sie beobachteten das Mädchen, sahen, wie sie vor dem grauen Haus stehen blieb, auf eine der oberen Klingeln drückte, vergeblich wartete, erneut klingelte und sich dann unentschlossen umsah.

Menz rutschte ganz aufgeregt auf seinem Fahrersitz herum.

»Wieso weiß die eigene Freundin nicht, dass er auf Geschäftsreise ist?«

»Gute Frage, Menz. Denken Sie mal scharf nach«, forderte ihn der Kommissar auf.

»Er hat es ihr nicht gesagt!«

»Sie sollen *scharf* nachdenken!«

»Wenn die bei Herz klingelt, ist er wohl schon zurück von seinem Auftrag.«

Lohmeier grinste breit. »Sehr gut möglich. Oder er war gar nicht weg.«

»Sie meinen, er hat einen Tag blau gemacht?«

»Ich meine, dass der Sekretär ihnen vielleicht nicht die Wahrheit gesagt hat.« Der Kommissar fuhr sich über das Kinn. »Sie geht die Straße runter. Los hinterher.«

»Warum?«

»Weil sie uns zu Herz führen könnte!«

* * *

Der erste Hieb traf mich zwischen den Schultern, und es war mehr Glück als Verstand, dass der Baseballschläger nicht ein paar Zentimeter höher meine Halswirbelsäule durchtrennte oder eine weitere Handbreit darüber den Kopf aufknackte wie eine reife Kokosnuss.

Die Wucht war so enorm, dass ich meine Aktentasche verlor, der Band mit den Rilke-Gedichten herausfiel und ich vornüber auf den harten Betonboden der U-Bahn-Station Nordstraße knallte. Es ging alles so schnell, dass ich nicht einmal Zeit hatte, mich mit den Händen abzufangen. Was gut war, sonst hätte ich mir sicher die beiden Gelenke gebrochen. Dafür schlug ich mit Brust und Gesicht auf. Die Nase war nicht das Einzige, was knackte. Ich schmeckte Blut auf der Zunge und wurde vor Schmerz fast ohnmächtig. Die Geräusche um mich herum verstummten – alles lief in Zeitlupe ab.

Ich erinnere mich nicht genau, was danach passiert ist. Ich weiß nur noch, dass ich an München dachte, als ich die Tritte und Schläge einstecken musste. Sie waren zu fünft und wirkten in ihren fetten Turnschuhen und Kapuzenshirts wie Möchtegern-Rapper.

Ich sah mich schon im Koma beziehungsweise im Jenseits aufwachen. Einzig erstaunte mich, dass mein Leben nicht an mir vorbeizog. Das sollte angeblich passieren, wenn man starb.

Kurz bevor ich endgültig ohnmächtig wurde, bemerkte ich noch, wie eine Frau schreiend auf uns zugerannt kam. Mein Blick war bereits so getrübt, dass ich sie erst erkannte, als es viel zu spät war: Tina. Sie kam mir zu Hilfe. Um Gottes willen, nicht auch noch sie. Ich wollte schreien: Nein, nicht. Hau ab!

In dem Moment merkte ich, wie neben Blut und Schweiß, auch Tränen mein Gesicht hinabliefen. Nicht Tina, wollte ich flehen. Nicht Tina!

* * *

Sie hielten gut dreißig Meter Abstand zu der jungen Frau. Die Gneisenaustraße runter, dann rechts, ein Stück geradeaus, und daraufhin links auf die belebte Nordstraße. Lohmeier und Menz näherten sich, denn die vielen Fußgänger gaben genug Deckung. Männer und Frauen mit Tüten vom Supermarkt, eine junge Mutter schob einen Kinderwagen und führte an der anderen Hand ein kleines Mädchen. Eine Straßenbahn rauschte an ihnen vorbei, irgendwo hupte ein wütender Autofahrer. Es roch nach Abgasen. Und, wenn man dicht an den Leuten vorbeiging, nach Schweiß, vor allem bei älteren Leuten. Lohmeier rümpfte die Nase. Er schwitzte aus allen Poren, denn die Kleine hatte ein ziemliches Tempo drauf. Hoffentlich wurde sie nicht noch schneller.

Das Mädchen drehte sich nicht ein einziges Mal um, sondern schien schnurstracks ihrem inneren Tomtom zu folgen: Straße runter und schon verschwand sie in einem Eingang zur U-Bahn.

»Vorwärts«, raunte Lohmeier seinem Kollegen zu, und beide Männer liefen so schnell es die Hitze und der Anstand erlaubten.

Als sie den Schrei hörten, waren sie nur noch wenige Schritte von der Treppe zur unterirdischen Station entfernt.

Lohmeier bekam eine Gänsehaut. Er hatte in den Jahren als Polizist so manchen Menschen schreien hören: hysterische Frauen, hirnlose Fußballfans, Besoffene in der Altstadt, einen Wahnsinnigen, der aus der Anstalt Grafenberg entkommen war und sich den Einsatzkräften widersetzte, die ihn zurückbringen wollten. Doch dieser Schrei, eine Mischung aus Wut, Entsetzen und Verzweiflung, ging ihm durch Mark und Bein.

Die Männer rannten los, nahmen zwei Stufen auf einmal und stürmten in die Unterführung. In der Mitte, nahe den Rolltreppen, sah Lohmeier einen Mann am Boden liegen, um den fünf Jugendliche mit Baseballschlägern standen. Sie traten und schlugen auf ihr Opfer ein.

Die junge Frau lief noch auf die Gruppe zu und hielt irgendetwas in der Hand, was der Kommissar nicht gleich erkennen konnte. Doch egal, was es war, sie würde sich damit nicht gegen diese Schläger wehren können. Lohmeier sprintete los.

Das Mädchen sprühte dem ersten Angreifer irgendetwas ins Gesicht. Pfefferspray!

Zwei weitere Typen bemerkten, dass sie nicht mehr alleine waren, und kamen drohend auf die Kleine zu.

»Polizei. Hände hoch!«, schrie Lohmeier. Er zückte seine Pistole und entsicherte sie im Laufen.

Die Männer mit den Baseballschlägern standen einen Augenblick unentschlossen herum, bevor sie sich für die Flucht entschieden. Dabei zogen sie den Freund mit, der Tränengas abbekommen hatte und sich schreiend die Hände vor die Augen hielt. Ihre Schritte hallten laut vom Boden der U-Bahn-Station wider.

Der Kommissar kam bei dem am Boden liegenden Mann und dem Mädchen an. Kurz überlegte er, ob er die Täter weiter verfolgen sollte, entschied sich aber dagegen. Schließlich wurde er bald Vater – und ein Verletzter reichte schon.

Er sah den Davoneilenden nach und versuchte, sich ihr Aussehen einzuprägen. Sie trugen trotz der Hitze weiße und rote Sportjacken mit Kapuzen sowie weite Trainingshosen und Turnschuhe. Ganz normale Düsseldorfer Jugendliche, dachte er resigniert. Damit konnte er keine Fahndung herausgeben.

Keuchend steckte er die Waffe weg und kniete neben dem Verletzten.

Auch das Mädchen war schon am Boden. Panisch wiederholte sie einen Namen: »Alex, Alex« und wiegte seinen verwundeten Kopf leicht in ihren Händen.

»Menz! Zerren Sie die Kleine da weg«, befahl Lohmeier, »sonst bringt die den armen Kerl noch um. Und rufen Sie einen Notarzt.« Dann tastete er nach dem Puls, der sehr schwach war, als er ihn schließlich fand.

Während er den Herzschlag zählte, überflog er die Verletzungen. Der Mann war übel zugerichtet. Das Gesicht blutüberströmt. Die Nase wirkte schief, die Lippe geplatzt.

Ein Blick zur Seite zeigte ihm, dass Menz gerade auflegte und nun versuchte, das aufgebrachte Mädchen zu beruhigen. Wie hatte sie das Opfer genannt? Alex? Alexander Herz?

Plötzlich war der Puls verschwunden. Der Kommissar beugte sich über den Mann, richtete sich ruckartig wieder auf und rief angsterfüllt: »Ein Arzt! Er atmet nicht mehr!«

8. Kapitel

Das Mädchen fing an, wild um sich zu schlagen und zu schreien. »Alex, Alex.«

Lohmeier schmerzten schon die Ohren, und gleichzeitig fühlte er sich beklommen. »Schaffen Sie sie weg, Menz!«, brüllte er seinen Kollegen an.

Der eine oder andere Passant verlangsamte seinen Feierabendschritt und starrte herüber. Die Ersten blieben stehen.

Menz hielt die Arme fest um die Taille des Mädchens geschlungen und versuchte verzweifelt, seinen Kopf vor ihren wilden Schlägen zu schützen.

Er keuchte und zerrte das Mädchen Richtung Ausgang, wobei er sie immer wieder hochhob, damit ihre Beine nicht am Boden Fuß fassen konnten. Doch sobald er sie in der Luft hatte, bekam er Tritte ab. Die ersten Schaulustigen kamen näher, bildeten einen Halbkreis und sahen interessiert zu.

»Ist ein Arzt unter Ihnen?«, rief Lohmeier in Panik. »Er atmet nicht mehr.« Wen er auch ansah, der schaute weg.

Scheiße, Scheiße, Scheiße, dachte der Kommissar. Sein letzter Nothelfer-Kurs lag einige Zeit zurück. Stabile Seitenlage, war der erste Gedanke, und er drapierte Herz hektisch.

Aber nein, der atmete ja nicht mehr! Also wieder auf den Rücken und Herz-Massage. Noch nie war sich Lohmeier so hilflos vorgekommen. Er sah nur das Blut des Mannes, im Gesicht, an der Kleidung, auf dem Boden. Im Licht der Leuchtstoffröhren, das von den Wänden zurückgeworfen wurde, wirkte die ganze Szene surreal, wie in einem Film aus den 80er-Jahren. Der Kommissar spürte förmlich, wie das Leben aus dem Mann unter ihm wich, und er wusste nicht, was er tun sollte. Das nackte Grauen ergriff ihn. Sollte er seinen Mund auf den von Herz pressen?

Und dann?

Durch die Nase ein- und durch den Mund ausatmen?

Wie war das mit der Herzmassage gewesen?

Dreimal oder viermal pressen und dann wieder beatmen?

Herz wurde zunehmend weißer im Gesicht. Oh Gott, er durfte ihn nicht sterben lassen.

Plötzlich kniete ein junger Mann neben ihm, der aussah wie ein Philosophie-Student: Stofftasche, lange Haare, Nickelbrille. Er schob Lohmeier bestimmt zur Seite und begann eine Mund-zu-Mund-Beatmung kombiniert mit einer Herzmassage. Fasziniert sah Lohmeier, wie Alex Herz plötzlich hustete und Blut ausspuckte.

Sein Helfer schlug ihm ein paar Mal sanft ins Gesicht. »Hallo, hören Sie mich?«

Herz schien zu blinzeln.

»Hilfe ist unterwegs. Halten Sie durch.« Der Mann nahm Herz' Hand in seine und drückte sie fest. »Sehen Sie mich an«, befahl der Langhaarige. »Sehen Sie mich an.« Lohmeier bemerkte den dankbaren Blick, den der Verletzte seinem Retter zuwarf.

Der Kommissar wischte sich unauffällig durch die Augen. Dann brüllte er die Gaffer an. »Was steht ihr hier so rum. Weitergehen Leute! Verpisst euch!«

Er fühlte sich erleichtert und beschämt zugleich. Morgen würde er sich für einen Nothelfer-Kurs anmelden, um auf keinen Fall noch einmal untätig neben einem Menschen knien zu müssen, der im Sterben lag. Was, wenn es seine eigene Frau oder sein Sohn waren? Lohmeier fröstelte.

Zwei Sanitäter eilten mit einer Bahre die Treppen herunter, teilten die Menge der Gaffer und knieten sich neben Herz.

Während sich der Arzt und der Helfer Worte zuwarfen, die Lohmeier zwar hörte aber nicht verstand, bemerkte er, dass Menz mit dem Mädchen den Gang entlangkam. Gerade eben passierten sie einen Mann, der an der Wand stand, ein Handy am Ohr, und sich nicht für den Rummel um einen Schwerverletzten interessierte. Wie abgebrüht die Leute doch manchmal waren, wunderte sich der Kommissar.

* * *

Lohmeiers Erleichterung darüber, dass ihm Alexander Herz nicht unter den Händen weggestorben war, und sein Vorsatz, die Welt nun eine Weile positiv zu sehen, hielten keine 24 Stunden. Am Nachmittag des nächsten Tages stürmte er geladen zur Tür seines Büros hinein und warf einen leeren Pappbecher mit Schwung in den Abfalleimer, sodass der Restkaffee hochspritzte. »Wir stecken fest.«

Menz sah ihn fragend an. »Was sagt der Präsident?«

Der Kommissar machte eine wegwerfende Bewegung. »Der ist zufrieden. Wir haben ja einen mutmaßlichen Täter mit Horn hinter Gittern. Die Presse schreibt über den schnellen Fahndungserfolg der Düsseldorfer Polizei und sein Foto erscheint auch hier und da, dank der Pressekonferenz. Jetzt können wir wenigstens ungestört weiterarbeiten.«

»Dann ist doch alles gut!«

Lohmeier eilte zu seinem Bürostuhl und ließ sich hineinfallen. »Quatsch mit Sauce. Der Callboy ist bei uns im Knast, aber er beteuert seine Unschuld. Ich halte ihn nicht für den Täter. Und die Staatsanwaltschaft wird das auch einsehen müssen. Seine vermeintliche Auftraggeberin, die Mutter von Melanie, können wir nach dem Gespräch von heute morgen ausschließen. Er war bestimmt auch nicht so schlau, sich

Tage vorher selbst unter dem Namen von Melanies Mutter eine Email zu schreiben, die seine abenteuerliche Geschichte glaubhafter macht.«

Eineinhalb Stunden hatten die beiden Beamten Frau Langener am Vormittag befragt und gut zwanzig Taschentücher aus dem Bestand der Polizeikräfte an die immer wieder in Tränen ausbrechende Mutter verteilt.

»Wo waren Sie an dem Abend, als Ihre Tochter starb?«

»Haben Sie ihre Tochter geliebt?«

»Warum durfte Melanie so lange wegbleiben?«

»Kennen Sie Herrn Horn?«

»Haben Sie Herrn Horn beauftragt, Ihre Tochter zu betäuben und am Rhein abzulegen?«

Die Fragen prasselten auf Frau Langener nieder wie Hagelkörner bei einem starken Gewitter. Die arme Frau riss immer wieder Augen und Mund auf. Dann schüttelte sie den Kopf und statt Worte kam häufig nur ein Krächzen. Wann immer sie ihre Stimme wiederfand, schien sie die Wahrheit zu sagen. Lohmeier entschuldigte sich bei Melanies Mutter und schickte sie mit einem Streifenwagen nach Hause. Sie tat ihm leid.

»Wer bleibt? Herz und Kevin! Der Privatdetektiv liegt im Krankenhaus und kann frühestens in ein paar Tagen befragt werden. Wenn überhaupt! Keiner weiß, ob sein Gehirn nach den Tritten überhaupt noch funktioniert. Dieser Schüler sitzt in der Klapse, an den kommen wir auch nicht ran. *Was* also tun wir nun, Menz?«

Der junge Kollege zuckte bei jeder Frage ein wenig heftiger zusammen. Unruhig rutschte er auf dem Stuhl herum, den er so nah wie möglich an den Schreibtisch herangeschoben hatte. Das Büromöbel als Schutzschild zwischen ihm und seinem aufgebrachten Chef. »Ich weiß es nicht.«

»Na, woher denn auch? Nur: So kommen Sie nie weiter! Überlegen Sie doch auch mal laut! Brain-Dings heißt das.«

»Storming.«

»Das weiß ich! Stormen Sie, Brainen Sie. Mir egal. Hauptsache Sie sagen endlich mal was Produktives.«

»Also zu der Unbekannten, die den Callboy beauftragt hat, fällt mir auch nichts ein.«

Lohmeier stöhnte auf.

»Aber ich könnte versuchen, an Kevin heranzukommen«, sagte Menz mit beinahe jammernder Stimme.

»Wie das denn? Als Arzt verkleiden?«

»Ich kenne da jemanden. Aber das ist nicht ganz legal.«

»Ist mir egal! Tun Sie's«, rief der Kommissar und seufzte.

Eine Weile war nur das Surren der PC-Lüftung zu hören.

»Na, Menz, nun haben Sie doch mal 'nen vernünftigen Vorschlag gemacht.«

»Danke, Chef.«

»Und?«

»Wie bitte?«

»Was sitzen Sie noch hier rum? Auf zur Psychiatrie!«

* * *

Menz betrat den Garten der Klinik, in dem es auffallend nach Gras roch. In der Ferne röhrte ein Rasenmäher, und der junge Kommissar musste niesen. Er nestelte ein Taschentuch aus der Hose und schneuzte sich laut. Dann suchte er langsam die Gegend ab. Über die Anlage verteilt wanderten, schlenderten und schlichen Junge wie Alte, Männer wie Frauen. Die meisten waren in Begleitung weiß gekleideter Pfleger.

Im hinteren Teil des Garten saß ein junger Mann auf einer Parkbank, in sich zusammengesunken wie ein Sack Kartoffeln.

Menz lächelte und spazierte über gewundene Kieswege an den frisch gemähten Rasenflächen vorbei. Beim Näherkommen erkannte er Kevins blaue Strähne im pechschwarzen Haar. Der Junge starrte auf seine Schuhe und wirkte, als umgebe ihn eine Gewitterwolke. Haltet euch fern von mir, war die Botschaft.

Als Menz sich neben ihn setzte, schaut Kevin nicht einmal auf. Hatte er seinen Nachbarn überhaupt bemerkt? Der junge Polizeibeamte streckte die Beine aus und seufzte leicht. Dann sog er die Luft ein, die immer noch nach frisch gemähtem Rasen roch, und schaute über die Grasfläche vor sich in ein kleines Wäldchen.

So saßen beide nebeneinander. Eine Minute. Zwei Minuten. Fünf Minuten. Keiner sprach. Nach zehn Minuten stand Menz wieder auf und ging zurück zur Klinik. Er kam keine sechs Meter weit.

»Was wollen Sie?«, knurrte Kevin.

»Nichts.«

»Sie dürfen mich nicht verhören! Nicht ohne meine Eltern und einen Anwalt.«

»Ich bin nicht deinetwegen hier.«

»Ach nee. Kein Bock mehr auf Bulle. Suchen Sie einen neuen Job?«

Menz schlenderte zur Bank zurück und setzte sich wieder.

»Meine Schwester ist hier Patientin.«

Zum ersten Mal sah ihn der Junge an. »Was hat sie denn?«

»Sie ist vor einem halben Jahr nachts auf dem Heimweg überfallen worden. Seitdem spricht sie nicht mehr.«

Kevin schwieg betroffen.

»Wir waren als Kinder eng verbunden. Später, als ich anfing, mich für Mädchen zu interessieren, fand ich sie natürlich doof. Dabei hätte sie mir sicher so manches Mal helfen können. Denn als ich 15 war«, begann Menz unvermittelt zu erzählen, »da war ich das erste Mal unsterblich verliebt. Sie hieß Brigitte, hatte blonde Zöpfe und unglaublich viele Sommersprossen um die Nase.« Dann schwieg er.

Kevin sah ihn neugierig an.

»Ich war damals ziemlich schüchtern. Na ja, eigentlich war ich feige. Wusste nicht, wie ich sie ansprechen soll. Aber leider war ich auch zu stolz, um meine Schwester um Hilfe zu bitten, die in die gleiche Klasse ging. Hätte ich es mal getan. So habe ich die ganzen Sommerferien von ihr geträumt und bin jeden Tag ins Schwimmbad, weil ich hoffte, sie würde dort auch mal hinkommen. Ist sie dann auch. Mit einem Typ aus der 11. Klasse. Der war damals schon 17.«

»Kommt mir bekannt vor«, sagte der Junge matt.

»An dem Abend habe ich die ganze Schachtel Schlaftabletten meiner Mutter geschluckt, bevor ich ins Bett gegangen bin. Später habe ich mich geschämt dafür. Ein Mädchen konnte ich nicht ansprechen – und umbringen konnte ich mich auch nicht.«

Er schwieg und sah zu, wie eine Pflegerin mit einer verwirrten alten Dame am Arm vorbeigegangen war.

»Unerwiderte Liebe. Ziemlich grausam, gerade wenn man jung ist«, schob Menz einen Satz nach.

»Geht es Ihnen heute auch noch so? Ich meine, wenn Sie Frauen ansprechen?«

»Nein. Ich habe in der Uni einen Typen kennen gelernt, der für seine Kumpels an Wochenenden Flirtkurse gegeben hat. Wir haben Sätze geprobt, ein natürliches Lächeln geübt und sind dann in die Bars, um Mädels anzusprechen.«

»Erfolg gehabt?«

»Zunächst hatten wir total Schiss. Am zweiten und dritten Wochenende gab es die ersten Telefonnummern von völlig fremden Frauen. Heute fällt es mir zwar immer noch nicht leicht, aber ich arbeite daran. Es wird so langsam besser.«

»So einen Kurs hätte ich auch gebrauchen können.«

»Wegen Melanie?«

Kevin nagte an der Unterlippe. »Ich konnte ihr nicht sagen, wie toll ich sie fand. Und als dann dieser Schönling sie Freitagabend abgeschleppt hat ... Na ja.«

»Standest du deswegen neulich nachts auf der Brücke?«

»Wäre ich nicht so feige gewesen, hätte ich den beiden hinterhergehen und es verhindern können.«

»Du meinst, es war der Schönling, der sie umgebracht hat?«

»Wer denn sonst?«

Menz beugte sich vor, wandte den Kopf und sah Kevin in die Augen.

»Mach dir keine Vorwürfe! Wir haben den Typ. Er hat uns aber eine ganz andere Geschichte erzählt«, sagte Menz und berichtete von dem Auftrag, den der Call-Boy von Melanies angeblicher Mutter bekommen hatte. »Und um das Mädchen willenlos zu machen, hat er ihr Rohypnol ins Getränk geschüttet«, schloss Menz.

»Rohypnol«, flüsterte Kevin und wurde leichenblass.

* * *

Das Hemd hing lässig über der Stuhllehne. Lohmeier döste die Füße hochgelegt im Bürostuhl. Als Menz schwungvoll die Bürotür aufstieß, schreckte der Kommissar hoch.

»Können Sie nicht anklopfen?« Er nahm die Füße vom Tisch und setzte sich normal hin.

»Es gibt eine neue Spur im Fall Melanie!« Menz lief zum Schreibtisch Lohmeiers und blieb davor stehen.

»Wie oft habe ich Ihnen gesagt, Sie sollen nicht so zur Tür hereingestürmt kommen.«

»Sie hatten von Anfang an recht, Chef.« Menz' Gesicht glänzte vor Enthusiasmus.

»Hören Sie mir eigentlich zu, Kollege?«

»Es könnte sich um einen tödlichen Streit unter den Emos handeln.«

Lohmeier stutzte, als wären Menz' Worte erst in dieser Sekunde auch im Gehirn angekommen. »Was sagten Sie gerade?«

»Dass diese Bettina ein Motiv, die Gelegenheit und möglicherweise die Hilfe von diesem Privatdetektiv hatte, Chef.« Lohmeier deutete auf den Besucherstuhl. »Und jetzt mal in aller Ruhe, bitte.«

Menz nahm eilig Platz, ruckelte ein wenig auf dem Sitz herum, während er seine Hände knetete. »Kevin hat mir erzählt, dass Bettina und Melanie nicht gerade die besten Freundinnen waren. Und das ist noch nett formuliert: Sie haben sich gehasst. Melanie war eine Streberin, wollte aber unbedingt bei den Emos dazugehören. Bettina hat ihr dabei geholfen und im Gegenzug bei ihr regelmäßig die Hausaufgaben und in den Klausuren abgeschrieben. Als Melanie in der Gruppe akzeptiert war, hat sie Bettina bei einem Lehrer verpetzt. Der hat die beiden auseinandergesetzt. Und jetzt kommt es: Bettina hat sich dann an Melanie gerächt.« Menz holte tief Luft, denn vom schnellen Sprechen war er ganz außer Atem.

»Was hat sie Melanie denn angetan?«, wollte Lohmeier wissen.

»Sie hat sie auf einer Schulparty betrunken gemacht, ihr Rohypnol untergemischt und sie nackt im Lehrerzimmer eingesperrt. Als am nächsten Tag morgens die ersten Pauker kamen, hat die fast der Schlag getroffen.«

»Wo ist die Verbindung zu unserem Fall, Menz?«

»Rohypnol! Bettina hat das Zeug schon mal benutzt. Und sie mochte Melanie nicht. Der Rektor wollte Bettina von der

Schule schmeißen, aber ihre Mutter ist sehr wohlhabend und konnte das irgendwie hinbiegen. Seit diesem Tag ist aber die Stimmung in der Emo-Gruppe schlecht, hat Kevin gesagt. Bettina soll alles Mögliche versucht haben, Melanie rauszuekeln. Vergeblich.«

* * *

Zunächst wusste ich nicht, was los war. Es war alles so hell um mich herum. Ich schlief wieder ein. Als ich das nächste Mal wach wurde, bemerkte ich lediglich, dass ich in einem Bett liegen musste. Es war weich, aber die Decke drückte auf meinen Bauch. Schlaf. Aufwachen. Mein Kopf war wie in Watte eingepackt. Schlaf. Aufwachen. Die Müdigkeit raubte meine Konzentration. Auch wenn Fragen in meinem Kopf auftauchten: Wo bist du? Was ist passiert? Warum kannst du dich nicht erinnern? Ich döste sofort wieder weg, noch bevor ich darüber hätte ernsthaft nachdenken können. Es war mir egal. Alles war egal.

Irgendwann hatte mir eine weiß gekleidete Frau mal gesagt, dass ich verunglückt und im Krankenhaus sei. Aha, dachte ich und schlief wieder ein. Ein anderes Mal erklärte mir ein pickeliges Gesicht, das zu einem schlanken Jüngling in weißem Kittel gehörte, ich sei ein Glückspilz: Lediglich meine Nase sei gebrochen und der Kiefer hätte einen Haarriss.

Einmal sah ich Tinas Gesicht, wie sie an meinem Bett stand und ihre Tränen auf das weißes Laken fielen. Ich wollte sie zählen. Doch bei drei war ich schon wieder weg.

Als ich das nächste Mal bewusst wieder zu mir kam, war es taghell im Raum und in einem Stuhl saß ein Mann, den ich nicht kannte. Er hatte lichtes Haar, strenge Gesichtszüge und schien unter Strom zu stehen wie ein Duracell-Häschen. Ein billiger Anzug aus dem Kaufhaus, das beigefarbene Hemd und die gruselige Krawatte gaben mir den entscheidenden Hinweis: Polizei. Kripo wahrscheinlich. Die hatten keine Ahnung, was man kombinieren konnte und was nicht.

»Sieh an, der Herr Herz hat ausgeschlafen«, sagte er und rückte näher, wobei er den Stuhl so laut über den Boden schleifte, dass es mir in den Ohren schmerzte.

Er war mir unsympathisch. Zynismus, sagte meine Mutter immer, das seien nach innen geweinte Tränen. Damit kannte ich mich aus, und ich war sicher, dieser Mann musste einen See in sich tragen.

»Meine Name ist Lohmeier, Mordkommission.«

»Ich lebe noch«, antwortete ich krächzend, wobei mir das ganze Gesicht schmerzte. Ich Glückspilz – nur ein Haarriss. Meine eigene Stimme war mir völlig fremd.

»Ich bin nicht wegen des Überfalls auf Sie hier, sondern wegen des Mordes an Melanie Langener.«

Am liebsten wäre ich aufgestanden und hätte ihm eine verpasst. Aber wenn ich es genau nahm; mit all den Schläuchen an mir dran und der wenigen Kraft, die ich hatte, konnte ich mich nicht einmal aufrichten.

Nicht wegen des Überfalls auf mich? So, so. Ich konnte mich erinnern, wie mir der erste Schlag fast das Rückgrat gebrochen hatte, zumindest fühlte es sich in der Erinnerung so an.

Ich wusste, dass sie wie die Hyänen über mich hergefallen waren, als ich am Boden lag. Und wie mein Herz vor Schreck stehen blieb, als ich Tina auf uns zurennen sah. Danach gab es nur noch Stille.

»Sie wurden in der Tatnacht in der Nähe des Tatorts gesehen, Herr Herz«, sagte dieser Kommissar gerade.

Ach was, dachte ich. Und gab dem Impuls zu gähnen nach. Schlechte Idee. Als ich den Mund gerade mal halb geöffnet hatte, spürte ich einen stechenden Schmerz im Kiefer. Leise stöhnte ich auf.

Lohmeier hatte es entweder nicht bemerkt, oder es war ihm egal, er machte einfach weiter. »Sie haben sich an die Schülerin herangemacht, sagen Zeugen.«

Schwachsinn, du blöder Bulle! Er nervte. Hoffentlich kam bald eine Schwester und warf ihn raus. War ich nicht schwer verletzt? Brauchte ich nicht Ruhe?

»Was ist an dem Abend passiert, Herr Herz? Das würde uns sehr interessieren. Sie sollte das übrigens auch interessieren. Ich sage Ihnen, warum: Sie sind ein verurteilter Straftäter, das macht verdächtig. Und Sie oder Ihr Sekretär haben meinen Kollegen angelogen, was Ihre vermeintliche Abwesenheit wegen einer Geschäftsreise anbelangte. Das macht uns schon ein wenig stutzig.«

Ich reagierte nicht, sondern starrte nur an die Decke. Sie war weiß gestrichen und wirkte sauber, keine Flecken, keine Altersspuren.

»Herr Herz, wie lange kennen Sie eigentlich dieses Emo-Mädchen schon, mit dem Sie schlafen?«

Arschloch! Das Emo-Mädchen hat einen Namen, dachte ich wütend, sagte aber wieder nichts.

»Erst seit Kurzem, wie sie uns bestätigt hat«, fuhr der Bulle fort. »Man kann also davon ausgehen, dass sie noch nicht sehr viel voneinander wissen, nicht wahr?«

Ich liebte Tina, das war alles, was *ich* wissen musste. Meine Lippen blieben versiegelt.

»Wussten Sie beispielsweise, dass Bettina Söderlin ihre Mitschülerin Melanie vor ein paar Monaten aus Boshaftigkeit mit der Droge Rohypnol willenlos gemacht und nackt ins Lehrerzimmer gesperrt hat?«

So'n Quatsch, dachte ich. Tina war viel zu lieb und zu

sanftmütig für so etwas. Ich schloss die Augen, doch der Kerl hörte einfach nicht auf zu reden.

»Das ist schon ein ziemlich übler Streich, Herr Herz. Ich würde stutzig werden, wenn meine Freundin so etwas getan hätte. Aber es kommt noch schlimmer: Sie wissen ja, dass Melanie Langener vor ein paar Tagen ermordet in der Nähe der *Rheinterrasse* aufgefunden wurde ...«

Wenn ich das weiß, warum erzählst du mir es dann? Arschloch!

»Mit einer Stahlschlinge wurde sie erwürgt und dann hübsch aufgebahrt. Eine Rose in ihren Händen, Herr Herz. Ach ja: Nachdem man sie auf so grässliche Weise getötet hat, wurden ihr noch künstliche Vampirzähne in den Hals gejagt. Vielleicht hat der Täter oder die Täterin sogar ihr Blut getrunken. Krank, oder? Total krank! Oh, einen wichtigen Punkt habe ich vergessen. Ihr wurde zuvor Rohypnol in ein Getränk gemischt, um sie willenlos zu machen. Kommt Ihnen das vielleicht bekannt vor?«

Stille im Raum. Entfernt drangen Geräusche an mein Ohr. Bewegung auf dem Gang, eine Lüftung. Lohmeiers Anzug raschelte, als er sich genüsslich im Stuhl zurücklehnte. Mir war, als würde er grinsen.

»Sie verstehen sicher, dass Bettina für uns zu dem Kreis der Verdächtigen zählt. Motiv: Sie hat ihre Mitschülerin gehasst. Gelegenheit: Ein junger Mann wurde anonym beauftragt, Melanie die Droge zu verabreichen, sie zu einem vereinbarten Treffpunkt zu lotsen und dann zu verschwinden. Der Idiot dachte, die Mutter wollte der Tochter eine Lektion erteilen. Wir aber glauben, dass es Bettina war. Schlau wie sie ist, hat sie sich mit Ihnen ein Alibi und vielleicht sogar einen Mittäter besorgt ...«

Irgendwo öffnete sich eine Tür, und kurz darauf hatte ich eine Krankenschwester im Blickfeld.

»Herr Herz braucht Ruhe. Er hatte einen schweren Unfall.«

»Ich weiß«, gab Lohmeier zurück. »Ich war dabei.«

»Wenn Sie dabei waren, wissen Sie doch erst recht, wie schwer Herr Herz verletzt wurde«, brauste die Schwester auf.

Richtig so, gib's ihm, dachte ich dankbar. Doch das Gift seiner Worte war bereits verspritzt und hatte meinen Geist erfasst. Konnte an dem Gesabber des Kommissars was Wahres dran sein? War Bettina durch und durch schlecht? Nein! Nein! Und nochmals Nein! Niemals würde ich mich in einem Menschen so täuschen können. Ich liebte sie, von ganzem Herzen.

»Wir haben gerade erst angefangen. Er hat noch nicht mal etwas gesagt, Schwester.«

Lügner!

»Sie können die Befragung ein anderes Mal fortsetzen. Sie sehen doch, wie sehr ihn das alles anstrengt.«

Ich setzte mein leidendes Gesicht auf und schloss die Augenlider halb. Ich erinnerte mich daran, dass ich mich an die erste Nacht mit Bettina eben nicht erinnern konnte. Hatte sie auch mir dieses Zeug ins Glas geschüttet ...?

Lohmeier schnaufte verächtlich. Ich hörte, wie er ächzend aufstand und den Stuhl wieder lautstark über den Linoleumboden auf seinen alten Platz zurückschleifte.

Erneut Arschloch!

Während die Schritte seiner Gummisohlen leiser und leiser über den Boden quietschten und die Tür unsanft ins Schloss fiel, prüfte die Schwester meine Schläuche und die Flaschen.

Ich öffnete die Augen. »Danke«, flüsterte ich. Sie schenkte mir ein Lächeln und drückte kurz meine Hand. Dann döste ich wieder weg.

* * *

Er war wütend. Dieser störrische Esel, dachte Lohmeier, während er den Krankenhausgang entlangwalzte und tief in trübe Gedanken versunken war. Und es war ihm nicht klar, ob er sich selbst meinte oder Herz. Warum hatte er so eine Abneigung gegen diesen Schnüffler, fragte Lohmeier sich.

Patienten und Krankenschwestern flohen zu den Seiten, als er an ihnen vorbeistürmte. Sein abweisendes Gesicht und die dunkle Aura, die ihn umgab, waren schon von Weitem zu erkennen.

Doch nicht alle kamen schadlos davon. Als der Kommissar um die Ecke zum Aufzug bog, rempelte er einen Mann an.

»Passen Sie doch auf«, herrschte Lohmeier ihn an, ohne weiter auf den Mann zu achten.

»'tschuldigung, habe Sie nicht gesehen«, nuschelte der andere.

Der Kommissar reagierte mit einer eindeutigen Geste und verschwand in den Fahrstuhl.

Irgendwie kam er in dem Mordfall nicht voran. Die Staatsanwaltschaft hatte Horn vor ein paar Tagen endgültig laufen lassen, weil sie nichts Konkretes in der Hand hatte, was eine längere Untersuchungshaft gerechtfertigt hätte. Die Medien stürzten sich wie die Geier auf den frisch Entlassenen. Von Justizirrtum und vorschneller Verhaftung war die Rede. Der Polizeipräsident hatte heute früh bei der Besprechung gekocht und Lohmeier unmissverständlich klar gemacht, wie unerlässlich es sei, endlich eine Lösung zu finden!

Doch wie? Kevin war immer noch in der Psychiatrie. Mit der Bettina-Geschichte hatte er vielleicht nur von sich selbst ablenken wollen. Es schien zwar eine Tatsache, dass diese Bettina ihre Mitschülerin Melanie betäubt und ins Lehrerzimmer gesperrt hatte. Doch das war diesem Kevin von Anfang an bekannt gewesen. Also hätte auch er den Schönling beauftragen und später über Melanie herfallen können, weil sie seine Liebe nicht erwiderte. Dabei muss dann einiges außer Kontrolle geraten sein.

Oder es war eben diese Bettina, entweder mit oder ohne Hilfe von Herz. Das Mädchen war neulich ohne Anwalt und Eltern gekommen, sagte, sie sei mit Herz erst seit dem letzten Wochenende zusammen, habe die Freitagnacht mit ihm verbracht. Der Staatsanwalt unterschrieb weder den Durchsuchungsbeschluss für Herz' Wohnung noch für das Büro, geschweige denn für die Villa von Bettinas Eltern. Da half auch die Rohypnol-Geschichte nicht. Zu wenig Beweise und vor allem ein nahezu lächerliches Motiv, hatte der Staatsanwalt gesagt. Man bringe doch seine Mitschülerin nicht um, bloß weil sie einen nicht weiter abschreiben ließ. Schwachkopf von Staatsanwalt! Der hatte doch gar keine Kinder. Wie sollte der wissen, was heute an Schulen abging?

Als er das Krankenhaus durch den gläsernen Haupteingang verließ, übermannte ihn eine unglaubliche Hitze. Er fing auf der Stelle an zu schwitzen. Wie angenehm kühl war es doch in Herz' Zimmer gewesen.

Er eilte über den Parkplatz zu seinem Wagen und nestelte den Wagenschlüssel aus seiner Hosentasche. Wie in Trance schloss er auf, setzte sich hinein, startete den Motor.

Der Kommissar reihte sich in den dichten Verkehrsfluss ein, fuhr am Hofgarten vorbei über den Tausendfüßler und dann die Berliner Allee runter.

Plötzlich hatte er das Bild der Toten wieder vor sich. Sie hielt eine Rose in den gefalteten Händen, die noch relativ gut ausgesehen hatte und wahrscheinlich in derselben Nacht gekauft worden war, überlegte er. Er fühlte ein Kribbeln im Bauch, und seine Laune stieg merklich. Eine neue Spur? Die Rose hatte der Mörder von Melanie womöglich kurz vorher bei einem dieser herumrennenden Blumenverkäufer erworben. Denkbar, dass sich der erinnerte.

Er grinste. Es war eine stupide Arbeit, alle Rosenverkäufer, die nachts unterwegs waren, zu finden. Aber wofür hatte er schließlich einen ambitionierten Kollegen. Menz würde das Kind schon schaukeln. Er griff zum Handy und wählte umständlich die Nummer seines eigenen Büroanschlusses.

»Menz, Apparat Lohmeier.«

»Machen Sie alle Rosenverkäufer ausfindig, die in der Mordnacht in der Nähe von Melanie Langener waren«, bellte der Kommissar und legte wieder auf. Ein weiterer Gedankenblitz kam ihm: War er vorhin in der Klinik nicht von so einem Schnösel angerempelt worden?

Er bog langsam rechts in die Graf-Adolf-Straße ab und hupte ein paar Mal wütend, weil der Fahrer vor ihm eine Mutter mit Kinderwagen die Straße überqueren ließ.

Der Kerl aus dem Krankenhaus kam ihm bekannt vor. Lohmeier kratzte sich am Kopf. Wo hatte er den Mann schon mal gesehen?

9. Kapitel

Hallo? ... Rolf hier. Können Sie frei sprechen?«
Er stand vor dem Krankenhaus auf dem Parkplatz und drückte eine Zigarette an einem Mülleimer aus.

»Gut, ich warte.«

Die Lippen zusammengepresst starrte er zwei brünetten Krankenschwestern hinterher, die vom Parkplatz kommend in Richtung Notaufnahme liefen.

»Ja, ich bin noch dran. ... War gerade im Krankenhaus. Herz lebt und wird wieder gesund. Scheint ein zäher Bursche zu sein. ... Bis er rauskommt, werden aber noch einige Tage vergehen.«

Er lief ein paar Meter, während er dem Gesprächspartner zuhörte.

»Das ist nicht Ihr Ernst!«

Der andere sprach wieder.

»Ich bin schon mit einem Bein im Gefängnis, ich habe keine Lust, auch noch mit dem zweiten Bein da drinzustehen!«

Er lief schneller.

»Es ist mir egal, dass Sie gute Anwälte kennen. Was Sie da verlangen, ist schon der zweite Einbruch wegen ein paar Wanzen. Und das Bürogebäude ist deutlich besser überwacht als die Wohnung von Herz!«

Er setzte sich auf die Motorhaube seines Wagens, während der andere auf ihn einredete.

»In Ordnung. Ich schaue, was möglich ist, und sage Ihnen Bescheid, wenn ich einen sicheren Weg sehe, da rein- und auch heil wieder rauszukommen. Aber das ist natürlich kostspielig ... Okay, ich melde mich.«

Er klappte das Handy zu und grinste. Dass er in das Büro von Herz einsteigen würde, war bei diesem Preis so gut wie sicher.

* * *

Der mir unbekannte Kopf, der sich einige Tage später durch den Spalt meiner Krankenhauszimmertür schob, fiel mir aus drei Gründen auf: Erstens, ich kannte ihn nicht. Zweitens, sein Gesicht leuchtete vor Freundlichkeit. Drittens, seine NYPD-Kappe konnte die wuscheligen Haare kaum bändigen.

»Alexander Herz?«, fragte das Gesicht. Ich legte den Gedichtband von Rilke beiseite, den Tina mir neu gekauft hatte, weil mein Exemplar bei dem Überfall verloren gegangen war, und nickte dem Mann zu, bevor ich ihn hereinwinkte. Dem Kopf folgte ein schlaksiger Körper, nicht besonders groß und außerordentlich dünn. Er trat näher, wobei er leise ging, als wolle er niemanden wecken. Dennoch quietschten seine Sohlen auf dem frisch gewischten Krankenhausboden.

Ich sah mich kurz um, und stellte fest, dass man mir auch in den vergangenen Stunden keinen weiteren Patienten auf das Zimmer gelegt hatte. Ich war alleine. Warum ging der Kerl wie auf Eiern?

»Guten Tag, Herr Herz, mein Name ist Menz«, stellte er sich vor. Er lächelte.

Ich sah ihn fragend an, was ihn verunsicherte, aber zu keiner weiteren Aussage veranlasste. Beispielsweise, was er wollte. War er mein neuer Physiotherapeut oder gar ein Vertreter für Lebensversicherungen? Der Name kam mir bekannt vor, aber ich konnte ihn nicht einordnen.

»Nun, Herr Menz, wollen Sie mir auch verraten, was Sie herführt?«

»Ihr Unfall natürlich!«

»Natürlich«, sagte ich jovial. »Mein Unfall! Wie dumm von mir. Wie kann ich nun mit meinem Unfall helfen?«, fragte ich.

Er zog sich einen Stuhl heran, setzte sich und nestelte ein kleines Notizbuch aus der Tasche seiner Sommerjacke. »Dann erzählen Sie mal genau, wie das alles passiert ist«, forderte er mich auf.

»Lieber Herr Menz«, versuchte ich freundlich zu sagen. »Ich weiß immer noch nicht, was Sie hier wollen und wer Sie sind. Wenn Sie also so gütig wären ...?«

Zunächst blickte er mich mit einem leeren Gesichtsausdruck an. Dann ging ihm offenbar ein Licht auf. »Oh, das ist mir aber peinlich. Sie erinnern sich nicht? Wir hatten mal miteinander telefoniert.«

»Tut mir leid ... der Unfall.«

»Da nannten Sie sich allerdings noch Bosse oder so ähnlich.«

Menz, natürlich, der andere Kriminaler. Daher wehte der Wind. Nachdem dieser unverfrorene Kommissar vor Tagen an meinem Bett den bösen Bullen hatte heraushängen lassen, war das jetzt der gute Bulle.

Menz versuchte ein Lächeln und wischte mit der Hand durch die Luft. »Ich wollte Sie zu dem Hergang Ihres Unfalls befragen«, fuhr er fort, »damit wir die Täter fassen können. Ihre Freundin hat uns da leider keine besonders konkreten Angaben machen können.«

»Meine Freundin?«

»Ja, Bettina Söderlin, die junge Dame mit den rosa Strähnchen im Haar! Sehr nette Frau, übrigens. Glückwunsch.«

Ich war irritiert. Verarschte mich der Kerl? Machte er sich über mich lustig? Vor Kurzem hatte sein Chef mir noch einreden wollen, Tina sei eine Mörderin und ich ihr Mittäter. Auf einmal war sie eine nette Frau.

Sein Blick fiel auf die Wasserflasche neben mir. Er deutete mit einer Kopfbewegung darauf. »Dürfte ich vielleicht einen Schluck haben. Bin schon ganz ausgetrocknet bei dem heißen Wetter. Ist ein unglaublich warmer Sommer dieses Jahr.«

Jacke ausziehen hilft, dachte ich und sagte: »Gerne, bedienen Sie sich. Ein sauberes Glas steht dort vorne auf dem Tisch.«

Sein Blick folgte meiner schwachen Bewegung mit dem Kinn. Er stand auf, holte sich die Wasserflasche, schenkte sich ein und trank im Stehen das Glas auf einen Zug leer. Er füllte nach und stellte die leere Flasche neben mich. Ich hob die Augenbrauen, was er nicht sehen konnte, da sein wieselflinker Blick an meinem Tablett mit dem Mittagessen hängen blieb. »Oh, habe ich Sie beim Essen gestört?«, fragte er.

»Bin seit Stunden fertig. Der Abholservice braucht nur manchmal länger.«

»Verstehe.« Er nickte, konnte den Blick aber nicht von dem Tablett losreißen. »Der Joghurt da ...«, er deutete mit der freien Hand darauf, »den essen Sie nicht mehr?«

»Nein.«

»Und würde es Sie stören ... ich meine ...«

Ich starrte ihn einen Augenblick an. Der Typ hatte sie doch nicht mehr alle. Aber wenigstens war er eine amüsante Abwechslung. »Nein, greifen Sie zu, er gehört Ihnen.«

»Sehr freundlich, danke.« Er stellte das Glas neben seinen Stuhl auf den Boden und griff nach dem Joghurt-Becher.

»Der kleine Löffel ist noch unbenutzt«, sagte ich und überlegte, ob die Polizei mittlerweile so schlecht zahlte, dass sich die Beamten ihr Essen zusammenschnorren mussten. Oder war das ein Trick? Machte er einen auf Kumpel?

»Ah, super, ein Löffel. Sehr freundlich. Ich dachte schon ...«

»Natürlich, natürlich.«

Er setzte sich, riss den Aludeckel auf und begann zu essen. Mir stieg der Geruch von künstlichem Erdbeeraroma in die Nase, und ich musste mich beherrschen, nicht zu niesen, was sehr schmerzhaft gewesen wäre.

Mit halbvollem Mund warf er mir ein »Erzählen Sie doch schon mal« zu.

»Viel zu erzählen gibt es da nicht«, sagte ich zu Menz. »Ich bin aus der U-Bahn ausgestiegen und die Rolltreppe zur Zwischenebene hochgefahren. Oben angekommen habe ich nach ein paar Schritten einen Schlag ins Kreuz erhalten und bin bewusstlos zu Boden gegangen. Was die fünf Jugendlichen danach gemacht haben, weiß ich also gar nicht.«

Er hielt beim Löffeln inne und sah mich freundlich an.

»Wenn Sie beim ersten Schlag schon bewusstlos wurden, woher wissen Sie dann, dass es fünf Jugendliche waren?«

Verdammt. Wie unvorsichtig! Ich hatte den freundlichen Milchbubi, der friedlich meinen Joghurt löffelte, unterschätzt. »Nun, die habe ich in der Tat nicht gesehen. Man hat mir im Krankenhaus davon erzählt, als ich wieder aufgewacht bin.« Hoffentlich schluckte er das so schnell wie den Joghurt, den er schon fast leer hatte.

»Ach so, na dann«, meinte er lächelnd.

Doch das überzeugte mich nicht mehr. Der Typ war gerissen, keine Frage. Ein ganz anderes Kaliber als sein hemdsärmeliger und überheblicher Chef.

»Sie können die fünf Jugendlichen nicht beschreiben, oder?«

Könnte ich schon, werde ich aber nicht, dachte ich und sagte mit dem größten Bedauern, das ich in meine Stimme legen konnte: »Nein. Leider.«

Ich hatte nicht vor, ihm irgendwelche brauchbaren Hinweise zu geben. Für mich stand die Lösung von vornherein fest. Narkov hatte mir Schläger auf den Hals gehetzt, um mich zu warnen und um mich für ein paar Tage arbeitsunfähig zu machen. Der Polizei brauchte ich das nicht erzählen. Die würde mir nicht glauben, denn ich konnte nichts beweisen. An Narkov würde ich mich selber rächen müssen, aber unauffällig. Vorher musste ich diese Schläger auffinden und mir etwas ganz Besonderes für sie überlegen.

»Haben Sie eine Idee, wer Ihnen so etwas antun könnte?«

»Nein, ich bin überall beliebt und habe keine Feinde«, sagte ich und machte mich fast nass vor innerlichem Lachen.

Menz' Mundwinkel zuckten kurz. Hatte er sich ein Lachen verkniffen? Der Kerl wurde mir wieder sympathischer, wenn er auch gefährlich blieb.

»Aber irgendeinen Feind müssen Sie doch haben, oder wie erklären Sie sich den Angriff sonst?«

»Pech. Happy Slapping!«

»Sie meinen, irgendwelche Kids haben Sie als Opfer auserkoren, um sich auszutoben?« Er stellte den Becher zu meinen anderen Tellern auf dem Tablett und holte wieder den Notizblock hervor.

»Ja, warum nicht?«

»Sie sind nicht gerade das klassische Opfer«, sagte er langsam, während er das Büchlein aufschlug und einen Stift zur Hand nahm.

»Wie meinen Sie das, Herr Kommissar?«

»Sie sehen aus wie jemand, der zuschlagen kann und es auch tun würde. Nicht gerade ein ideales Ziel für ein paar Kids, die ein paar Ohrfeigen verteilen und das ins Internet stellen wollen.«

»Deswegen haben sie mich von hinten fertiggemacht«, argumentierte ich.

»Ja, offensichtlich«, murmelte Menz und notierte eine ganze Weile Sachen.

»Arbeiten Sie gerade an einem speziellen Fall?«, wollte er dann wissen.

»Über meine Fälle darf ich keine Auskunft geben.«

»Das brauchen Sie nicht. Ist nur so eine Idee. Vielleicht sind Sie bei Ihren privaten Ermittlungen jemandem auf die Füße getreten, der sich mit ein paar bezahlten Schlägern revanchiert hat?«

Hm, der kam der Wahrheit schon recht nahe … »Das wäre ziemlich sinnlos, da ich keinem meiner Klienten eine Person zuordnen kann, die mir so etwas antun würde.«

»Kein Ehemann, den sie überführt haben?«

Dutzende, leider, dachte ich. »Nein, nicht dass ich wüsste.«

»Kein betrügerischer Kunsthändler, den Sie zu Fall gebracht haben?«

Wenn das eine Anspielung war, so ignorierte ich sie geflissentlich. »Nein.« Ich schüttelte den Kopf.

»Tja, Herr Herz, da können wir von der Polizei nicht viel machen, mit einer solchen Beschreibung. Das tut mir leid. Ich persönlich hätte die Typen gern verhaftet und weggesperrt. Seit München ist die Bevölkerung da noch sensibler. Jugendliche, die in der Öffentlichkeit andere zu Tode prügeln, bringt die Leute zu Recht auf. Dann schreibt die Presse darüber. Die Politik macht Druck auf den Polizeipräsidenten und der, na ja. Das können Sie sich sicher denken.«

»Tut mir leid, das ich keine Hilfe bin.«

»Nein, mir tut es leid. Wir hätten die Kerle gerne geschnappt. Alleine schon, damit sich Ihre Freundin wieder unbesorgt auf die Straße traut.«

»Was hat meine Freundin damit zu tun?«

»Sie wäre von den Schlägern beinahe umgebracht worden, als sie versucht hat, Ihnen zu helfen. Zum Glück waren Kommissar Lohmeier und ich rechtzeitig zur Stelle, um Schlimmeres zu verhindern, sonst würden sie hier beide nebeneinanderliegen.«

»Sie waren vor Ort, als es geschehen ist?« Ich erinnerte mich schwach, dass der Kommissar auch schon so etwas gesagt hatte. Aber den hatte ich vor ein paar Tagen nicht fragen wollen.

»Ja.« Er erhob sich, stellte den Stuhl an seinen alten Platz und wandte sich zum Gehen.

»Warum?«

»Weil wir Ihnen einen Besuch abstatten wollten. Lohmeier hat ein Bauchgefühl, das ihn selten täuscht. Er meinte, irgendetwas sei mit Ihnen nicht in Ordnung. Mittlerweile hat sich ja auch herausgestellt, dass Ihre Freundin im Umgang mit Rohypnol über einschlägige Erfahrungen verfügt und die Tote genau dieses Zeug im Blut hatte. Sie beziehungsweise Ihre Freundin und Sie kommen als Täter infrage. Nur ein gegenseitig gegebenes Alibi. Die Gelegenheit. Und ein Motiv!« Er reichte mir die Hand und lächelte freundlich. »Auf Wiedersehen, Herr Herz. Gute Besserung, und grüßen Sie Ihre hübsche Freundin.«

* * *

»Hallo? ... Rolf hier. Können Sie frei sprechen?«

Er stand auf dem Bürgersteig und hielt das Gesicht in die Sonne.

»Herz ist nach Hause ... hat sich selbst entlassen. Die Ärzte haben sich ziemlich darüber aufgeregt. Er ist aber trotzdem abgehauen.«

Er lauschte eine Weile.

»Nein, spannend war die letzte Woche nicht. Die Kleine hat sich um ihn gekümmert, kam jeden Tag nach der Schule und brachte Obst und manchmal auch eine Pizza. Die ersten Tage war er noch wackelig auf den Beinen, und sie liefen Arm in Arm den Krankenhausflur auf und ab, doch bald gingen sie an die frische Luft. Sie haben eng umschlungen herumgestanden und geknutscht wie Teenager. Mehr war nicht.«

Er lief ein paar Meter und kickte einen Stein vor sich her, während er zuhörte.

»Ich denke, er wird sich zu Hause ein paar Tage erholen, und dann wird ihm wohl die Polizei wieder auf die Pelle rücken ... Nein, nicht wegen des Überfalls. Das ist diesem Lohmeier doch egal. Es geht um den Mord an der Schülerin von neulich. Da hat man Herz und seine kleine Freundin im Verdacht, wie ich erfahren habe. Die werden nicht locker lassen. ... Richtig, für mich bedeutet das eine größere Gefahr. ... Nein, ich will nicht mehr Geld. Ich will Ihnen nur sagen, dass ich vorsichtig agieren muss. Also bitte keine Sonderwünsche mehr.«

***

In Gedanken versunken legte ich die Gedichte von Rilke auf den Couch-Tisch zurück und wiederholte die ersten Zeilen von *Die Liebenden:*

Ja ich sehne mich nach Dir Ich gleite mich verlierend selbst mir aus der Hand ...

Ich hatte mich zu Hause auf mein altes Sofa gelegt, den Kopf auf der einen Armlehne, die Füße über der anderen. Es war ein drückend heißer Abend, und ich wartete auf Tina, die sich an diesem Dienstag mit Freunden in der Stadt verabredet hatte, was erfahrungsgemäß länger dauern würde. Schon beim ersten Gedanken an ihr puppenhaftes Gesicht und ihre dunkle Stimme, wurde mir warm ums Herz. Eine

Weile genoss ich dieses Hochgefühl. Die trüben Gedanken, sie könnte in den Mord an Melanie verwickelt sein, ignorierte ich immer öfter. Bullentaktik, um uns madig zu machen. Wir hatten uns ausgesprochen. Na ja, eigentlich hatte ich sie vor ein paar Tagen angesprochen:

»Sagt dir das Medikament Rohypnol etwas?«

Ihr Miene verfinsterte sich. »Wieso?«

»Warum antwortest du mit einer Gegenfrage?«

»Könnte ich dich auch fragen!«

Ich hob beschwichtigend die Arme. »Diese Kriminalbeamten von neulich haben zwei Dinge gesagt. Erstens: Der Typ, mit dem Melanie den Abend verbracht hat, hat ihr Rohypnol verabreicht. Zweitens: Du hättest ihr das Zeug auch schon mal gegeben.«

»Wenn der Typ ihr Rohypnol gegeben hat, deutet doch alles darauf hin, dass er der Mörder ist! Was soll die Frage also?«

»Die Polizei zweifelt daran.« Ich erzählte ihr die Geschichte, die der Callboy den Beamten erzählt hatte.

»Ach, und weil so ein Arschloch sich eine Geschichte ausdenkt, ist er auf einmal nicht mehr der Mörder?«

»Tina, sei doch bitte mal einen Moment vernünftig! Wenn er es nicht ist, läuft da draußen immer noch einer herum, der Melanie umgebracht hat.«

»Was hat das mit mir zu tun?«

»Herrgott, die Bullen haben mich ganz kirre gemacht mit ihrem Gequatsche und gesagt, du könntest die Mörderin sein und ich dein Gehilfe. Wenn die so was aufbauen, müssen wir uns dagegen wehren. Das geht aber nur, wenn ich die ganze Wahrheit kenne! Also! Weißt du, was Rohypnol ist?« Herr im Himmel war ich geladen!

»Natürlich. Ich bin ein Jahr in Amerika zur Schule gegangen. Da bringen sie den ausländischen Schülerinnen gleich am ersten Tag bei, immer auf die Getränke zu achten, wenn sie mit Jungs unterwegs sind. Weil die das einem da wohl häufiger unterjubeln, um mit einer Frau Sex zu haben.«

»Und hast du das Melanie mal ins Glas gekippt?«

»Bist du bescheuert?«

»Ich frag halt nur, weil die Bullen das behaupten«, meine Stimme kippte über.

»Die haben damals auch behauptet, du hättest einem Kunden wissentlich ein gefälschtes Bild untergejubelt und wärst dafür in den Bau gewandert«, schrie sie mich an.

Treffer! Versenkt. Ich schwieg.

Ihr liefen Tränen das hübsche Gesicht herunter. Ihre Nase war verstopft, als sie weitersprach: »Ich war das mit Melanie nicht, Alex. Ehrlich!«

Ich kam mir schäbig vor, weil ich an ihr gezweifelt hatte. Wortlos nahm ich sie in den Arm, drückte sie fest an mich und wollte sie nicht mehr loslassen. Aber irgendwie war das Thema noch nicht durch, denn ich wusste immer noch nicht mit Sicherheit, ob sie Melanie nicht doch das Rohypnol untergejubelt und sie dann nackt ins Lehrerzimmer gesperrt hatte.

Hier alleine auf der Couch schüttelte ich den Gedanken an unsere Aussprache ab und sann über etwas ganz anderes nach: Ich wollte mich rächen an den fünf Schweinen, die mich so zugerichtet hatten, dass ich fast gestorben wäre. Doch wie?

Ich spürte den leichten Druck des Pflasters über meiner Nase und einen dumpfen Schmerz im Kiefer, der mich wohl noch viele Wochen begleiten sollte. Auch wenn mein Unfall unterm Strich einem Wunder gleichkam, denn ich wies nicht annähernd die Verletzungen auf, die bei so einer Sache sonst von Ärzten behandelt wurden. So fühlte ich mich dennoch schwach und unwohl wie schon lange nicht mehr. Vielleicht konnte ich mich deshalb nicht so richtig über mein »Glück« freuen.

Es wehte kaum ein Lüftchen. Da half es auch nicht, dass alle Fenster der Wohnung offen standen und das Licht gelöscht war. Draußen bretterten in unregelmäßigen Abständen Autos vorbei, als sei der Teufel hinter ihnen her.

Auf dem Couchtisch neben mir standen eine Flasche Gin, eine Flasche Tonic und ein Longdrinkglas. Großzügig mischte ich im Verhältnis zwei zu eins und kippte das erste Glas in einem Zug herunter. Ich brauchte ein wenig Entspannung und Inspiration. Aus den kleinen Boxen meiner Stereoanlage schwangen sanft die Töne eines Saxofons zu mir herüber: Jan Gabareks *Molde canticle*. Ich hatte Zeit, denn Tina würde erst in einigen Stunden hier aufschlagen.

Wie also wollte ich mein persönlichstes Problem lösen? Zuerst müsste ich die Jungs finden. Ein wenig am Bahnhof rumhängen und sie würden schon auftauchen. Doch was dann? Guerilla-Taktik: mir einen nach dem anderen einzeln vorknöpfen? Würde ich im Dunklen vor ihren Häusern lauern und sie in ihre Einzelteile zerlegen, während drinnen Papa und Mama mit dem Abendbrot warteten?

Ich sah mich, wie ich in einem Auto, hinter einem Baum oder an der Straßenecke unter einer kaputten Laterne wartete, mit einer Maske über dem Kopf, einem Baseballschläger in der Hand und Springerstiefeln an den Füßen. Die mit den Stahlkappen!

Auge um Auge, Nase um Nase.

Doch so sehr mein Blut bei dieser Vorstellung auch in Wallung geriet, mir in den Kopf schoss und meinen Blick starr werden ließ – ich fühlte, dass dies kein erfolgreicher Weg sein würde. Den Ersten könnte ich zu Hause überraschen, den Zweiten auch noch, doch spätestens dann würden sie sich zusammenrotten und mir einen Besuch abstatten. Das konnte ich nicht riskieren.

Ich setzte mich kurz auf und merkte schon die Wirkung meines ersten Longdrinks. Ich war aus der Übung, definitiv. Zeit zu trainieren, dachte ich und mixte mir ein zweites Glas, aus dem ich gierig ein paar Schlucke trank, bis es halb leer war. Erneut legte ich mich auf die Couch, starrte die Schwarz-Weiß-Nah-Aufnahme eines Saxofonisten an und grübelte weiter.

Ich musste alle fünf erschießen, kam mir dabei für ein paar Momente in den Sinn. Das war gut: Keine Zeugen, keine Rache zu erwarten. Und ich musste nicht mehr vorsichtig durch die Stadt schleichen, aus Angst wieder einem dieser Penner zu begegnen.

Quatsch. Das war Schwachsinn! Von der moralischen und der logistischen Seite mal ganz abgesehen, war auch das Risiko zu hoch, danach für den Rest meines Lebens im Gefängnis zu sitzen. Denn auf wen würde die Polizei als Erstes tippen? Genau, auf Alex Herz, den testosterongetriebenen Deppen, der vom Krankenhausbett aufspringt und direkt zum Amokläufer wird.

Nein! So ging es nicht. Ich musste mir etwas Besseres einfallen lassen. Etwas, das ihnen einen schweren Denkzettel verpasste und sie gleichzeitig für immer von mir fernhielt.

Da wäre die Möglichkeit, einen professionellen Killer zu beauftragen. Für ein paar tausend Euro könnte ich einen aus dem Osten bekommen, der die fünf abknallen würde. Doch wenn man den Kerl erwischte, stünde dieser Lohmeier schon bald auf der Schwelle. Ich müsste schon sehr viel Glück haben, um da heil herauszukommen. Bräuchte für die Tatzeit ein 120-prozentiges Alibi. Dann war immer noch klar, dass ich jemanden zu dieser Tat angestiftet hatte. Womöglich würden die Eltern der Kinder auch jemanden finden, der sich um mich kümmerte.

Nein! Wieder keine gute Lösung. Selbst wenn das alles nicht passieren würde – Tina würde es wissen, mir in die Augen sehen und es dort lesen können. Ihr Freund, der Auftraggeber für einen fünffachen Mord an Menschen, die so alt waren wie sie. Ende der Beziehung. Das wollte ich nicht. Lieber die Rache sausen lassen, als Tina verlieren.

Bliebe noch die Möglichkeit, zur Polizei zu gehen. Der nette Kollege meines aufgeblasenen Kommissars hatte sich damals im Krankenhaus alle erdenkliche Mühe gegeben, mich zu einer Zeugenaussage zu bewegen.

Ich lachte lauthals auf. Da konnte ich mich gleich erschießen. Dass die blöden Polypen die Jungs einbuchten würden, war unwahrscheinlich. So unwahrscheinlich wie das Wunder, dass mein Geburtstag Anfang Mai auf Weihnachten fiel.

Selbst wenn es zu einem Prozess kommen sollte, würde den fünf nichts passieren. Eher lochten sie mich ein, weil die Jungs behaupten würden, ich hätte sie angegriffen und sie sich lediglich verteidigt. Da stand ich als Ex-Knacki schlechter da als diese bisher unbescholtenen Jungbürger der Republik.

Mal ganz abgesehen davon, dass sie mir nach der ersten Gegenüberstellung und dem ersten Verhör auf dem Revier einen Besuch abstatten würden, der mit einem deutlich längeren Aufenthalt im Hospital verbunden war; wenn ich es überhaupt lebend dorthin schaffen sollte. Mal ganz ab davon, dass Narkov völlig unbehelligt bleiben würde und sich seinerseits wieder an mir vergehen könnte. Nein. Es musste so aussehen, als wären die Kids verunglückt.

Ich tastete halb liegend nach meinem Glas, griff zu und führte es an den Mund. Ich wollte es in einem Zug leeren, doch ich hielt inne. Ganz plötzlich formte sich in meinem leicht alkoholisierten Gehirn eine Idee. Zunächst nur ganz vage, dann deutlicher, und zuletzt stellte ich das Glas zurück, ohne getrunken zu haben. Ja, sagte ich mir, so könnte es gehen.

* * *

»Hallo? ... Rolf hier. Können Sie frei sprechen?«

Er stand im Hauseingang gegenüber von Herz' Wohnung und beobachtete die offenen Fenster.

»Er ist zu Hause. Scheint zu schlafen, es brennt kein Licht, und die Fenster sind offen.«

Er ging ein paar Meter die Straße hinauf, nur für den Fall, dass er am Telefon zu laut reden sollte und Herz Fetzen des Gesprächs mitbekommen würde. Das durfte nicht geschehen.

Plötzlich hielt er inne und seufzte. »Einen weiteren Einbruch in sein Büro. Warum? Er ist doch schon total verwanzt. ... Der Revolver aus der Schreibtischschublade, von dem ich Ihnen erzählt habe? Au, Mann, das kann nicht Ihr Ernst sein ... Was wollen Sie damit? .... Okay, ich will 10.000 ... Ist mir egal, wie Sie das finden. Sie verlangen auch ständig Extrawürste. Wenn Ihnen das die Knete wert ist, mache ich es, sonst lassen Sie einen anderen das Risiko eingehen. Denn in den Laden muss man tagsüber einbrechen. Nachts hat man keine Chance. Wie hoch so ein Risiko ist, muss ich Ihnen ja nicht erklären.«

Er lief schweigend bis zur Straßenecke und blickte in Richtung Nordstraße, auf der noch reger Verkehr herrschte.

»Gut. Ich brauche aber ein paar Tage Vorbereitung.«

* * *

Meine Attentäter zu finden, war nicht schwer. Wie vermutet, brauchte ich mich nur mit Langhaarperücke und Dreitage-

Bart 48 Stunden am Hauptbahnhof herumtreiben – und sie liefen mir über den Weg. Ich beobachtete sie so gut es ging aus der Ferne, wie sie Leute anpöbelten, einen Obdachlosen um sein Erbetteltes brachten und auf der Rheinuferpromenade gegen elf Uhr ein paar Bierchen zischten. Als sie sich trennten, folgte ich dem Schmächtigsten der fünf, weil ich notfalls alleine mit ihm fertig werden würde. Er fuhr mit der U-Bahn nach Eller, einem Stadtteil von Düsseldorf, von dem einige sagten: In Eller stirbst du schneller.

Den Rest des Tages wartete ich vor einem hässlichen Hochhaus im Plattenbaustil und stellte mir vor, wie der Mistkerl den Tag in seinem Zimmer mit Videospielen verbrachte. Am Abend zog er wieder los, rein in die U-Bahn, aussteigen im Zentrum der Altstadt. Unauffällig folgte ich ihm in ein Lokal, in dem schon die anderen warteten und offensichtlich gut vorgeglüht hatten, so wie sie herumgrölten.

Ich setzte mich in meiner Verkleidung an die Bar und plauderte mit der Bedienung. Sie war gepierct und am ganzen linken Arm tätowiert, kam aus Ostdeutschland, einem Kaff bei Dresden, und studierte Soziales und Politik an der Uni. Und sie konnte mir erzählen, dass die grölenden Freunde in der anderen Ecke des Lokals ständig hier waren. Mehr brauchte ich nicht zu wissen. Ich gab ihr ein dickes Trinkgeld, schlenderte nach Hause und plante den nächsten Schritt.

* * *

Lohmeier schlug mit der flachen Hand und mit voller Wucht auf die Platte seines Büroschreibtischs. Doch die Fliege hatte ihn rechtzeitig bemerkt – und war entkommen.

»Grrrrrroooaaaahhhhhh!«, gab der Kommissar laut von sich, wobei sein Gesicht rot anlief und die Halsschlagader dick wurde, was ein gutes Zeichen dafür war, dass seine Arterien nicht verkalkt waren.

»Ich könnte platzen«, heulte er auf.

Seit fünf Minuten schon jagte der Mordermittler des Düsseldorfer KK 11 das Insekt. Fünf Minuten! Er hatte extra auf die große Uhr gesehen, die über der Bürotür hing. Und mehr als ein Dutzend Versuche! Früher hatte ein Einziger gereicht, und das Teil lag zerquetscht vor ihm.

Doch die Fliege war nicht das Einzige, was den Kommissar heute nervte. Seine Frau hatte mitten in der Nacht Wehen bekommen. Schlaftrunken waren sie beide in aller Eile ins Auto gestiegen und hatten auf halbem Weg in die Klinik bemerkt, dass sie den »obligatorischen« Koffer für schwangere Frauen mit Nachthemd, Waschlappen, Unterwäsche und einem guten Buch vergessen hatten. Er stand griffbereit neben dem Garderobenständer im Hausflur.

»Wir müssen zurück«, sagte Lohmeiers Frau.

»Ach was, den bringe ich dir nachher«, antwortete er gehetzt.

»Ich gehe nicht ohne meinen Koffer in den Kreißsaal.« Ihre schrille Stimme war ein eindeutiges Zeichen.

Lohmeier war zu müde, um es zu bemerken. »Die Kleine kann alle paar Minuten kommen, da ist doch der Koffer egal!«, jaulte er auf.

»Ich will meinen Koffer!«, schrie sie ihn an.

Erst jetzt verstand er wirklich, dass Mann mit einer gebärenden Frau nicht diskutieren sollte.

Er hatte vor Wut und Verzweiflung schweigend den Wagen gedreht und war zurückgefahren. Zwanzig Minuten später kamen sie heil und mit allen Sachen, die Helena brauchte, in der Klinik an. Sie betraten die Notaufnahme des Krankenhauses und stellten sich nervös an den Empfang.

»Ist denn die Fruchtblase schon geplatzt?«, wollte eine Schwester wissen.

»Nein, aber ich fühle, dass es jeden Moment passiert«, sagte die Frau des Kommissars.

Richtig, dachte Lohmeier in dem Moment, da musste erst die Fruchtblase platzen. Ihm schwante einiges. Und wieder richtig. Sie kamen nicht in den Kreißsaal, sondern ins Wartezimmer. Nach einer weiteren Stunde, in der Lohmeier an den Nägeln gekaut und sie Frauenzeitschriften durchgeblättert hatte, führt eine andere Krankenschwester sie in einen Untersuchungsraum.

Der Arzt ließ 20 Minuten auf sich warten, warf einen flüchtigen Blick auf die schwangere Frau und sagte: »Falscher Alarm. Sie können wieder nach Hause.« Draußen wurde es langsam hell.

Geschlafen hatte Lohmeier an diesem Freitagmorgen nicht mehr, am Frühstückstisch war ihm der Kaffee umgekippt, direkt auf die neue Hose. Auf der Fahrt zum Präsidium hätte ihn beinahe ein 40-Tonner überrollt, der das mit dem Stopp-Schild nicht so genau genommen hatte, und zu guter Letzt war da diese Fliege. Da konnte man sich schon mal den Frust von der Seele schreien.

Die Bürotür öffnete sich, und Menz steckte vorsichtig den Kopf herein. »Alles in Ordnung, Chef?«

»Alles in Ordnung, Chef, alles in Ordnung, Chef«, äffte Lohmeier. »Haben Sie mich nicht schreien hören?«

»Doch, Chef, deswegen bin ich reingekommen.«

»Wenn Sie schon gehört haben, wie ich geschrien habe«, blaffte der Kommissar außer Atem, »wieso fragen Sie dann, ob alles in Ordnung sei? Es ist doch offensichtlich nicht alles in Ordnung, wenn ich schreie, oder?« Jetzt schrie er wieder.

Menz ließ sich mit der Antwort eine Sekunde zu lange Zeit.

»Oder, Menz?«, brüllte der Kommissar ungeduldig.

»Man sagt das halt so«, stammelte er. »Alles in Ordnung, ist halt so ein Spruch ...«

»Hören Sie mit Ihrem Gebabbel auf und merken Sie sich eins: Sie werden hier fürs Denken bezahlt. Fürs Mitdenken. Wie wollen Sie einen Verbrecher finden, wenn Sie nicht mal die normalen täglichen Abläufe infrage stellen können?«

Menz war irritiert, starrte den Kommissar an, öffnete und schloss ein paar Mal den Mund wie ein Fisch, brachte aber nichts heraus.

»Nun beruhigen Sie sich mal, mein Junge«, sagte Lohmeier in plötzlich väterlichem Ton. »Sind doch sonst nicht auf den Kopf gefallen.«

Kurz stutzte der Kommissar und dachte über seine eigenen Worte nach. Dann schüttelte er sich und konzentrierte sich wieder auf seinen Kollegen.

Der stand unschlüssig in der Tür und schien dem Braten nicht zu trauen. Ein eben noch wütender und jetzt auf einmal freundlicher Lohmeier?

»Kommen Sie. Setzen Sie sich. Da Sie schon mal da sind, können wir auch über den Fall Melanie Langener sprechen.«

Menz fand aus seiner Erstarrung. Langsam ging er auf den Schreibtisch zu: »Gut, dass Sie es sagen, Chef«, er setzte sich, »es gibt eine interessante Nachricht. Ich habe das Krankenhaus vorhin angerufen. Herz ist auf eigene Verantwortung schon vor Tagen nach Hause gegangen.«

Mit einer blitzschnellen Handbewegung schlug der Kommissar auf den Tisch. Sein Kollege zuckte zusammen. Lohmeier griente, als er langsam die flache Hand Zentimeter für Zentimeter hob. Auf der Schreibtischplatte lag der völlig zerquetschte Körper einer Stubenfliege.

»Das ist gut, Menz, sehr gut. Dann kann ich mich bei Herz heute Abend mal persönlich nach seinem Wohlergehen erkundigen.«

»Wir müssen ihn heute Abend noch einmal aufsuchen?«

»Haben Sie schon was vor?«

Statt zu antworten, lief Menz rot an.

»Keine Sorge, mein Lieber. Ich mach das alleine«, sagte Lohmeier verständnisvoll und war froh: Das heute Abend war eine Sache zwischen ihm und diesem Privatdetektiv. Vielleicht würde er handgreiflich werden, und wahrscheinlich musste er die Dienstvorschriften ein wenig beugen, um an sein Ziel zu kommen. Ein überkorrekter Menz würde da nur stören.

Teil 3

Die Rache sei mein

10. Kapitel

Freitagnacht – die Zeit war reif. Ich begleitete Tina zur U-Bahn und schickte sie nach Hause, um sie nicht in Gefahr zu bringen.

»Was hast du vor, Alex?«

Wir hatten uns nur kurz gesehen, und ich bedauerte es ein wenig, sie heute Abend nicht mehr in die Arme nehmen zu können. Meine Idee war gefährlich, und es gab keine Garantie, dass ich da heil wieder rauskommen würde.

»Ich arbeite für einen Klienten und muss jemanden beschatten – in der Altstadt«, log ich. »Das kann lange dauern.« Und ziemlich hässlich werden, ergänzte ich im Geiste.

Sie sah mich mit einem bohrenden Blick an, den ich tief in meiner Seele spüren konnte. Dass ich log, wusste sie. Da war ich mir sicher. Hoffentlich spürte Tina, dass es so das Beste für uns war.

Sie gab mir einen Kuss und wollte in die Bahn steigen. Ich hielt sie zurück und drückte sie fest an mich, während ich ihr Gesicht mit heißen Küssen bedeckte.

»Alex! Du machst mir Angst!«

Ich hielt sie noch einen Moment und flüsterte dann: »Ich liebe dich.«

Sie sah mich an. »Ich dich auch.« Dann stieg sie in die Bahn, hauchte mir einen Kuss zu und sauste davon.

Ich stand benommen da und starrte der U-Bahn hinterher. Ich hatte das nicht einfach nur so gesagt. Ich liebe dich. Es war mir Ernst. Ich liebte sie, wie ich schon lange nichts und niemanden mehr geliebt hatte. Alex Herz, tust du das Richtige?, fragte ich mich. Klar! Die Rache war mein.

Eine gute halbe Stunde später hatte ich ein paar Runden durch die Altstadt gemacht und schlenderte die Kurze Straße entlang, auf der es an diesem Abend besonders voll war. Ich kam an Kneipen vorbei, aus denen Musik und lautes Gegröle drang. Die Luft war stickig, die Leute bekleidet mit T-Shirts, leichten Hosen und Biergläsern. Wie auf einem Rummelplatz tollten sich Jung und Alt. Der Geruch von Frittiertem drang in meine Nase. Und auch immer wieder Schweiß. Es war eng und heiß auf der Straße. Kein Wunder, dass die Leute ihre Getränke fast so schnell ausschwitzten, wie sie sie in sich hineinkippten.

Mein Herz schlug kräftig, ich schwitzte, nicht nur wegen der Hitze. Ich betrat einen Laden, aus dem laute Musik und Stimmengewirr kamen. Ich blickt mich langsam um und entdeckte die Jungs erst nach einer Ewigkeit. Sie hatten mich schon längst im Visier, das erkannte ich in ihren Gesichtern. Und ich sah Neugierde, ob ich sie wohl wiedererkennen würde.

Ich tat, als würde ich sie bemerken, erschrak theatralisch, verließ fluchtartig die Gaststätte und lief ein paar Meter die Straße runter. Nun wussten sie, dass ich sie erkannt hatte und dass ich mich vor ihnen fürchtete – das perfekte Opfer für diese Sadisten. Ich blieb stehen, schließlich wollte ich herausfinden, ob sie mir wie geplant folgen würden. Das Glück war mir hold, sie stürmten aus der Kneipe.

Ich rannte links die Straße runter, meine Schritte auf dem Kopfsteinpflaster hallten von den Wänden wider. Ein schneller Blick nach links und nach rechts, über eine Straße und da war das Ziel: eine Kneipe, deren Stammpublikum eine Gruppe von Motorradfreunden war. Ich kannte sie von früher, weil ich dem einen oder anderen schon mal einen Gefallen getan hatte.

Draußen standen zwei Mädchen in Miniröcken, engen T-Shirts, und wasserstoffblonden Haaren und rauchten. Sie waren Teil meines Plans, weswegen ich an diesem Abend vorhin schon mal hier vorbeigekommen war. Ich kannte sie flüchtig und wusste, dass die eine die Schwester eines Motorradfreundes war.

»Hallo Eva«, sprach ich sie an. »Wie geht es dir?«

Sie wandte mir ihr stark geschminktes Gesicht zu und lächelte. »Alex!« Sie aschte auf den Boden, bevor sie mir auf die Schulter klopfte. »Was machst du denn hier?«

»Ich war gerade in der Nähe und dachte mir, ich schau mal wieder hier vorbei. Hast du 'ne Zigarette für mich?«

Aus den Augenwinkeln sah ich die Straße hinunter. Während Eva nach einer Zigarette suchte, schossen meine neuen besten Freunde um die Ecke. Na endlich. Hatten die zwischendrin eine Pizza eingeschoben?

Sie sahen mich und torkelten grinsend näher. Ich stellte mich mit dem Rücken zu ihnen und tat so, als hätte ich sie nicht gesehen. Das war riskant, aber ich baute darauf, dass sie mir nicht gleich beim ersten Schlag den Schädel spalteten, so ganz ohne Baseballschläger. Und ich hoffte, dass sie sich nicht fragten, warum ich erst panisch weggelaufen war und jetzt so seelenruhig vor einer Kneipe um die Ecke stand.

Ich hatte Eva die Zigarette gerade abgenommen, da bekam ich einen kräftigen Schubs von hinten. Ich ließ mich mit Wucht gegen die Motorradbraut fallen, die hart zu Boden ging. Dann prallte ich gegen die Scheibe der Kneipe. Aus den Augenwinkeln sah ich, dass der Türsteher die Szene aufmerksam beobachtete.

Jetzt ging alles sehr schnell. Eva stieß einen markerschütternden Schrei aus, ihre Freundin stimmte mit ein. Die Jungs versuchten, an Eva vorbei an mich ranzukommen.

»Jetzt bist du dran, Alter«, rief mir der Schrank zu.

»Du bist tot, hörst du, tot!«, schrie ein anderer.

Verdammt, wo war die Kavallerie?, fragte ich mich. Langsam wurde mir echt mulmig. Ich hatte mir ein paar Kratzer an der Hand zugezogen. Doch die waren nicht der Rede wert. Nur meiner Nase durfte nichts passieren.

Der Schrank wollte nach mir greifen. Doch bevor er Hand anlegen konnte, stürmten schon die ersten Motorradfreunde aus der Kneipe. Sie sahen Eva am Boden liegen, umringt von ein paar Typen in Möchtegerne-Rapperkleidung. Dass die eigentlich wegen mir da waren, spielte nun keine Rolle mehr.

Meinen neuen besten Freunden dämmerte es langsam, wessen Stammkneipe und wessen Schwester sie sich für ihre Pöbeleien ausgesucht hatten. Der Schrank wurde bleich, zumindest bildete ich mir das ein. Sie fingen an zu rennen wie die Karnickel beim Anblick eines Hundes. Alle fünf gleichzeitig. Alle Richtung Burgplatz. Hinter ihnen rannte eine grölende Horde von 25 bis 30 Männern her, tätowiert, Lederklamotten, Jeansjacken, zum Teil lange Haare, den eines gemeinsam war: die Prügellust in den Augen. Ich musste grinsen.

Eva wurde gerade von zwei Motorradfreunden hochgeholfen. »Mädsche hasse wat abjekriecht?«

»Nein, Günther, alles klar.«

Sie wandte sich an mich. »Alex, alles klar?«

Ich nickte und rappelte mich auf. »Ja, danke.« Ich trat ein paar mal humpelnd auf. »Hab mir wohl was verstaucht. Ist besser ich geh nach Hause, den Fuß kühlen.«

»Was waren denn das für Arschlöcher? Kanntest du die, Alex?«

»Nein«, log ich, »haben mich wahrscheinlich verwechselt. Oder einfach nur Streit gesucht.«

Eva schüttelte den Kopf. »Ist 'ne scheiß brutale Welt geworden.«

Darauf kannst du wetten, Schwester, dachte ich und erinnerte mich, wie die fünf Rapper-Kids vor der Horde Motorradfreunde geflohen war.

»Mach's gut und pass auf dich auf, Eva«, sagte ich zum Abschied und winkte kurz.

»Keine Sorge, bin in guter Gesellschaft«, antwortete die Süße und machte eine Kopfbewegung in Richtung Kneipe. »Aber du solltest vorsichtiger sein.«

* * *

Ich saß in einem nach Bohnerwachs, Schweiß und Zigarettenqualm stinkenden Verhörzimmer. Der Stuhl war unbequem, der Tisch vor mir aus billigem Holz, und die altersschwache Funzel, die sich auf mich richtete, als sei ich der Star auf einer Bühne, ließ den Rest des Raums im Dunklen verschwinden. Mir war kalt, und ich hatte Angst, nur durfte ich mir nichts anmerken lassen.

Irgendwo stand Lohmeier. Seit einer halben Stunde ritt er darauf herum, dass Tina und ich angeblich diese Melanie Langener umgebracht hatten. Wie blöd durfte man eigentlich sein, um bei der Polizei Kommissar zu werden? Oder war das die Grundvoraussetzung?

Was soll's. Ich hatte bisher außer meinem Namen nicht viel gesagt.

»Ich frage Sie noch einmal: Haben Sie gemeinsam mit Ihrer Freundin Bettina Söderlin Melanie Langener umgebracht?«

»Ich sage es Ihnen noch einmal: Warum hätte ich die junge Frau umbringen sollen?«, fragte ich.

»Sagen Sie's mir«, zischte der Kommissar.

»Wenn Sie's auch nicht wissen ...« Er tappte also im Dunklen. Obwohl ich zugeben musste, dass seine Präsenz mir nicht gerade Behagen einflößte.

Irgendwo in einer Ecke saß auch der clevere Kollege von Lohmeier, dieser Menz. Er hatte beim Reinkommen müde ausgesehen. Ein eingespieltes Team – guter Bulle, böser Bulle – waren die beiden heute nicht. Zumindest bekam ich bisher nichts davon mit. War eher 'ne Freakshow für Polizisten, die in den Vorruhestand gehörten.

»Was wollten Sie heute Abend in der Altstadt?«, fragte mich Lohmeier.

Hoppla, dachte ich, woher wusste er das denn?

Sein Gesicht rückte gefährlich näher. Er spielte nicht, er war wirklich sauer.

»Was trinken«, sagte ich und wollte zu gerne wissen, ob sie was von meiner Abend-Aktion mitbekommen hatten.

»Und die Gesellschaft im ersten Lokal hat Ihnen nicht gefallen, wie?«

Verdammt. Wurde ich beschattet? »Welches meinen Sie?«

»Das, aus dem Sie vor den Schlägern geflohen sind, die Sie vor ein paar Wochen in der U-Bahn vermöbelt haben!«

Ich wurde beschattet!

»Da staunen Sie, was?«, sagte der Kommissar in normalem Ton. »Wo wir gerade so nett plaudern. Warum sind Sie eigentlich stehen geblieben und haben auf die Kerle gewartet?«

»Bin ich nicht.«

»Lügner«, sagte er kalt. »Ich stand keine drei Meter entfernt von Ihnen!«

Ach, wie interessant, der Herr Kommissar persönlich hatte sich die Ehre gegeben. Warum war er mir nicht aufgefallen? Ab sofort wollte ich meine Umgebung besser beobachten.

»Dann habe ich vielleicht überlegen müssen, wo ich hinrenne.«

»Zur nächstbesten Kneipe, um mit ein paar Mädels ein Gespräch anzufangen?« Lohmeier lachte abschätzig.

Ich zucke mit den Schultern. »Dachte, ich hätte sie abgehängt.«

»Sehen Sie, Herz. Das ist das Problem mit Ihnen. Würden Sie uns nicht so offensichtlich für blöd verkaufen und sich nicht so verdächtig und geheimnisvoll verhalten, wäre ich nicht eine Sekunde auf die Idee gekommen, Sie könnten was mit dem Mord an Melanie Langener zu tun haben. Aber so … Ich meine, alleine die perfide Art, wie Sie es den Jungs heimgezahlt haben, die Sie in der U-Bahn zusammengeschlagen haben. Darauf muss man erst mal kommen!« Der Kommissar lachte trocken, bevor er fortfuhr: »Diese Kaltschnäuzigkeit. Da lassen Sie sich in aller Seelenruhe von den fünf Kerlen ein zweites Mal verfolgen und attackieren, reißen wie zufällig ein Mädchen zu Boden, wohl wissend, das alleine wegen dieser Frau eine Gruppe schlagkräftiger Rocker ausrasten wird. Ich wette, Sie sind nicht mal mit denen befreundet, bestenfalls bekannt. Habe ich recht?«

Ich hielt schön meinen Mund und starrte auf den Tisch. Doch eines wurde mir in diesem Verhör klar: Lohmeier war hinter der Fassade des ungehobelten, aufbrausenden Bullen ein Fuchs mit einer scharfen Beobachtungsgabe und ungewöhnlich viel Einfühlungsvermögen. Es war klar, dass er alles beobachtet hatte, aber schlimmer noch, er hatte auch die richtigen Schlüsse daraus gezogen. Mir wurde mit jedem Wort, das er sagte, unwohler.

»Vielleicht interessiert es Sie ja auch, was den fünf Jungs widerfahren ist?« Er beugte sich zu mir herunter. Sein Gesicht war nur noch wenige Zentimeter von meinem entfernt.

»Ein Massaker, Herr Herz. Eines, das auf Ihr Konto geht. Eine Massenprügelei auf dem Burgplatz – in dem Sinne, dass eine Masse durchtrainierter Männer auf eine Handvoll Jugendlicher eingedroschen hat. Großeinsatz, die vorläufige

Bilanz, Herr Herz ...« Sein Gesicht entfernte sich, er nahm einen Zettel zur Hand, den ihm sein Kollege reichte und las vor: »Sieben Verletzte, fünf davon schwer – raten Sie mal, welche fünf das sind ... ein halbes Dutzend Krankenwagen, ein Dutzend Polizeiwagen. Der Burgplatz wurde vorübergehend abgesperrt. Es ist reiner Zufall, dass noch alle leben, so wie es scheint.« Er setzte sich mir gegenüber auf den Stuhl. »Sie verstehen, dass ich Sie sofort von Kollegen zu Hause habe einsammeln lassen? Ein Mann mit so viel krimineller Energie, der ist auch zu einem Mord fähig, dachte ich mir. Ein Mord an einer unschuldigen Schülerin. Oder war es ein Unfall mit Todesfolge? Kommen Sie, erzählen Sie es uns. Vielleicht wird der Richter das dann auch so sehen. Wenn Alkohol im Spiel war und Ihr Anwalt gut ist, sind Sie sogar vermindert schuldfähig. Oder gar völlig schuldunfähig. Aber nur solange Sie ein wenig Reue zeigen. Kommen Sie, Mann, zeigen Sie Reue und alles ist gut! Oder verpfeifen Sie meinetwegen Ihre Freundin. Erleichtern Sie Ihr Gewissen, Mann!«

Ich ließ seine Worte eine Weile auf mich wirken. Dann beugte ich mich vor und sah ihm direkt in die Augen. »Okay. Sie haben gewonnen, Lohmeier! Ich gestehe.« Ich seufzte und lehnte mich zurück. »Ich gestehe alles.«

Plötzlich war es ganz still in dem Raum. Ich glaube, weder Menz noch Lohmeier atmeten, so gespannt waren sie.

»Ich sage Ihnen, was Sie hören wollen.« Noch einmal tief Luft holen: »Sie können mich beide mal kreuzweise!«

Lohmeier sprang hoch, als wolle er sich auf mich stürzen. Da wurde die Tür des Zimmers aufgerissen und die Deckenbeleuchtung eingeschaltet. Ich musste blinzeln, so hell war es auf einmal in dem Raum.

»Da bin ich offensichtlich gerade noch rechtzeitig gekommen«, sagte eine sonore Stimme, die zu einem großen Mann im feinen Nadelstreifenanzug gehörte. »Lohmeier, Lohmeier«, fuhr er kopfschüttelnd fort, »Sie wollten meinem Mandanten doch nicht etwa an die Gurgel? Sie wissen, dass sich so etwas ganz schlecht in Ihrer Beurteilung macht.« Er machte eine Kunstpause und genoss es, dass ihn drei Männer sichtlich irritiert anstarrten. »So, und wenn ich die Herren Beamten nun bitten dürfte, das Feld zu räumen. Ich muss kurz mit meinem Mandanten ein paar Worte wechseln.«

Die Stille war gespenstig. Lohmeier war grün im Gesicht, ließ aber von mir ab und winkte Menz, der wie versteinert mit einem Block auf den Knien in der Ecke saß.

Im Vorbeigehen raunte er dem Mann zu: »Das werden Sie bereuen, von Lohe.«

Es knallte die Tür, und ich war alleine mit dem eleganten Herrn, den ich auf Mitte 50 schätzte. Sein volles, aber schlohweißes Haar war zu einem ordentlichen Scheitel gekämmt. Den polierten Schuhen und der Armbanduhr nach zu urteilen, verdiente er locker 500 Euro die Stunde. Hatte er vorhin »mein Mandant« gesagt. Meinte er mich?

»Herr Herz, mein Name ist von Lohe, ich bin Rechtsanwalt und habe den Auftrag, Sie hier so schnell wie möglich rauszuholen.« Er nahm mir gegenüber Platz und lächelte freundlich. Ein Hauch von Moschus stieg mir in die Nase. Wie aus dem Ei gepellt, der Herr Anwalt, und das um diese Uhrzeit.

Ich brauchte eine Weile, bis ich mich wieder gefangen hatte. »Wer hat Sie beauftragt, sagten Sie?«

Er lächelte gönnerhaft. »Das sagte ich nicht. Und es wird das Geheimnis zwischen mir und meinem Auftraggeber bleiben. Nur so viel: Ihnen, Herr Herz, entstehen keine Kosten. Sie sind mir gegenüber in keiner Pflicht.«

»Sie wollen mir nicht sagen, wer Sie beauftragt hat?« Gangsterfilm hier, oder was?

»Nein, das darf ich nicht.«

»Dann möchte ich Ihre Hilfe nicht.« Ich wurde bockig, was in Anbetracht meiner Lage nicht intelligent war, aber ich denke doch, verständlich. Wer will schon einen Verteidiger von einem unbekannten Gönner. Außerdem hatte ich gelernt: *There is no free lunch.*

»Sie möchten lieber die Nacht mit weiteren demütigenden Verhören und später ohne Wasser in einer schmutzigen Zelle verbringen?«

Nein, wollte ich nicht. »Ja!«

»Die Justiz in Nordrhein-Westfalen ist sehr langsam. Ohne Anwalt kann es Ihnen passieren, dass Sie einfach in Untersuchungshaft bleiben und vergessen werden.«

Ich wusste, worauf er anspielte. Grauenhaft. »Ist mir egal. Wenn Sie mir nicht den Namen Ihres Auftraggebers nennen können ...«

Er sah mich eine ganze Weile an, dann seufzte er und erhob sich. »Ihr letztes Wort, Herr Herz?«

Nein, Du Idiot, dachte ich und sagte: »Ja!«

Er ging zum Ausgang.

»Woher soll ich wissen, dass Sie nicht von der Mafia sind?«, rief ich ihm hinterher.

Er lachte: »Das können Sie nicht wissen.« Von Lohe ging einen weiteren Schritt auf die Tür zu. Dann drehte er sich noch einmal um. »Aber was, bitte, sollte die Mafia von einem ehemaligen Häftling wollen, der sein Geld als Privatdetektiv zusammenkratzt?«

Autsch, das tat weh. Ich würde nachgeben, meine Prinzipien über Bord werfen. Aber jeder war käuflich, tröstete ich mich.

»Okay, Herr von Lohe, holen Sie mich hier raus.«

Er hob eine Augenbraue.

»Bitte«, betonte ich und faltete die Hände.

* * *

»Verdammte Scheiße!«, brüllte Lohmeier, nahm Anlauf und kickte den Papierkorb durch das kleine Büro. Er knallte gegen die Wand, schlug eine Macke in den nicht mehr ganz weißen Putz, fiel angeschlagen auf die Seite und übergab seinen Inhalt auf den grauen Boden: Schnipsel, Zigarettenkippen, Büroklammern, einen blauen Milchtetrapack und ein gutes Dutzend Becherchen mit zähflüssigen Kaffeeresten, von denen einige auf den Boden sickerten und hässliche, schmierige Häufchen hinterließen.

»Ausgerechnet von Lohe«, tobte der Kommissar weiter, »woher bekommt so ein Schmierendetektiv den besten Strafverteidiger der Stadt?«

Er warf einen wütenden Blick auf Menz, der seit dem Wutausbruch seines Chefs unbeweglich im Türrahmen stand und nur ab und zu blinzelte. Der fühlte sich direkt angesprochen und genötigt zu antworten. »Ich weiß es nicht, Chef.«

»Sie wissen es nicht!«

Lohmeiers Kollege biss sich auf die Unterlippe, er schien den Tränen nahe.

Der Kommissar beobachtete ihn einen Augenblick und kam überraschend schnell zur Ruhe. »Kopf hoch, Menz«, sagte er gefasst. »Sie und ich, wir können nicht alles wissen. Aber dieser Herz raubt mir noch den letzten Nerv. Wie ein Aal entwischt er uns aber auch *jedes* Mal. Von Lohe wird uns nichts sagen, und Herz müssen wir laufen lassen, weil wir nicht den geringsten Beweis gegen ihn in der Hand haben. Verdammt.«

»Vielleicht ist er ja wirklich unschuldig.«

»Niemals. Er hat Dreck am Stecken. Ich will wissen, was das ist, Menz. Und wie klopft man einen Ex-Knacki weich, der nie wieder in den Knast will?«

»Keine Ahnung?«

»Man droht ihm mit Gefängnis, egal wie absurd die Anschuldigung ist. Er hat gehörig Bammel vor der Polizei. Denn er weiß, dass es ihn auch ein weiteres Mal erwischen kann. Klar?«

»Schon«, sagte Menz kleinlaut.

»Sie brauchen sich keine Sorgen zu machen, Menz. Ich will nur wissen, was der Kerl verheimlicht. Es muss was mit unserem Fall zu tun haben«, sagte Lohmeier mit weicher Stimme. Dann sah er aus dem Fenster in die Nacht. Unten auf der mehrspurigen Straße fuhren nur vereinzelt Autos vorbei. Lohmeier fixierte ihre Scheinwerfer, ließ sie vorbeifahren und konzentrierte sich dann auf die roten Rücklichter. Beim dritten Fahrzeug funktionierte das rechte nicht.

»Chef?«

»Was!«

»Was wirklich merkwürdig ist: Woher wusste von Lohe, dass sein Mandant in unserem Gewahrsam ist? Herz hat doch seit seiner Verhaftung nicht telefoniert.«

»Was, wenn er ihn angerufen hat, als die Kollegen vor seiner Tür standen?«, wandte der Kommissar ein.

»Behling hat mir gesagt, Herz sei sofort an die Tür gekommen. Danach habe er ihn nicht mehr aus den Augen gelassen. Also ist das unwahrscheinlich.«

»Wenn unser Privatschnüffler den Anwalt selber nicht gerufen hat, war vielleicht seine Freundin im Haus.«

»Die Kollegen waren in seiner Wohnung. Da war niemand. Es hat sich auch niemand von Herz verabschiedet, was die Kleine sicher getan hätte.«

»Im Schrank wird sie sich nicht versteckt haben«, überlegte der Kommissar laut. »Wie ist der Anwalt verständigt worden?«

Beide Männer schwiegen eine Weile. Menz stand unbeweglich im Türrahmen, Lohmeier streifte im Büro hin und her wie ein Löwe im Käfig.

»Er könnte im Auto eine SMS geschrieben haben«, sagte Menz in die Stille.

»Können wir das rauskriegen?«

»Natürlich. Wir haben ihm seine Wertsachen beim Eintreffen im Präsidium abgenommen. Ich könnte mir sein Handy ansehen.«

»Machen Sie schnell, bevor sein Anwalt ihn hier rausholt.«

Menz lief los, während der Kommissar die am Boden liegenden Sachen aufsammelte und in den verbeulten Papierkorb zurücklegte.

Als es klopfte, war er überrascht, wie schnell Menz doch war. Aber es war von Lohe, der mit einem breiten Grinsen in der Tür stand.

»Ich würde meinen Mandanten nun gerne mitnehmen«, sagte der Anwalt und fügte spöttisch hinzu: »Wenn Sie nichts dagegen haben.«

Lohmeier grunzte nur. Er wischte mit einem Papiertaschentuch ein paar Kaffeeflecken vom Boden.

»Wenn es geht noch heute, Herr Kommissar«, gab von Lohe gelangweilt von sich.

»Bin gleich soweit. Nur noch ein paar kleine Spritzer. So, hier, den da ... und dort ist auch noch einer ... ach ja. Hier haben wir auch noch einen.« Er schindete Zeit und hatte plötzlich Spaß dabei, als er merkte, dass von Lohe unruhig von einem Bein auf das andere trat.

»Bin gleich so weit, von Lohe.«

»Das hoffe ich.«

Der Papierkorb kam an seinen alten Platz zurück. Mit einem Taschentuch wischte sich der Kommissar ausgiebig die Hände ab, bevor er es zusammenknüllte und absichtlich neben den Korb warf. Er zuckte entschuldigend mit den Schultern und übersah von Lohes Augenrollen. Ächzend wie ein alter Mann bückte sich Lohmeier und hob das schmutzige Tuch auf, es entglitt ihm und fiel erneut zu Boden. Von Lohe seufzte, der Kommissar griff erneut danach und ließ es endlich verschwinden.

»Tut mir leid«, entschuldigte er sich mit einem Grienen und fragte scheinheilig: »Wollen wir?«

Statt zu antworten setzte sich von Lohe in Bewegung. Auf dem Weg zum Verhörraum kamen sie an den Toiletten vorbei.

Lohmeier hielt an und hob die Hände. »'tschuldigung. Die kleben so. Bin gleich wieder da.« Noch bevor von Lohe etwas herausbrachte, war er in die Toilette verschwunden und holte weitere fünf Minuten raus mit ausgiebigem Händewaschen und Abtrocknen. Als er wieder auf den Gang trat, wirkte das Gesicht von Anwalt von Lohe schon deutlich verkniffener als noch Minuten zuvor.

»Könnte ich nun endlich meinen Mandanten mitnehmen?«

»Selbstverständlich«, sagte Lohmeier und ließ dem Anwalt mit einer Geste den Vortritt. Als sie den Gang hinunterliefen, kam ihnen Menz entgegen. Lohmeier sah ihn fragend an. Dieser nickte unmerklich und verschwand in Richtung Büroraum. Jawohl, dachte der Kommissar und ballte innerlich die Faust.

Er konnte es auf einmal kaum noch abwarten, den Privatdetektiv loszuwerden, so sehr brannte er darauf, von Menz zu erfahren, wie Herz seinen Anwalt verständigt hatte.

Ungeduldig ließ er von Lohe und den Detektiv einige Formulare unterschreiben und begleitete sie zum Aufzug.

»Wie geht es weiter?«, wollte Herz wissen.

»Sie sind frei«, antwortete der Kommissar gereizt und fügte drohend hinzu: »Aber ich werde Sie beobachten lassen, und wehe, Sie machen nur einen falschen Schritt, dann buchte ich Sie wieder ein. Und Ihr Anwalt kann Ihnen nicht ewig aus der Patsche helfen.«

»Unterlassen Sie bitte diese Drohungen, Lohmeier«, ging von Lohe dazwischen. »Einschüchterungen dieser Art sind nicht statthaft. Außerdem zeugen sie von einer ärmlichen Kinderstube, keine besonders gute Referenz für die Düsseldorfer Kriminalpolizei. Sie sollten lernen, sich ein wenig gesitteter zu benehmen. Mein Mandant hat sich nichts zuschulden kommen lassen. Sie haben nicht den kleinsten Beweis, dass er auch nur irgendwie mit Ihrem Vampir-Mord in Verbindung steht.«

»Wann haben Sie eigentlich Ihren Anwalt verständigt, Herz?«, fragt Lohmeier.

»Das geht Sie nichts an, Lohmeier«, bellte von Lohe dazwischen, noch bevor der Detektiv antworten konnte. »Sie sind und bleiben ein Prolet, und ich werde bei meinem nächsten Mittagessen mit dem Polizeipräsidenten ausführlich über Ihre Entgleisungen sprechen. Sie sind eine Schande für Ihren Berufsstand.«

Der Kommissar ballte die Faust in der Tasche und wünschte sich, von Lohe einmal nachts im Dunkeln zu begegnen. Doch er wusste, dass sie beide nicht in den gleichen Kreisen und nicht in den gleichen Gegenden verkehrten. Er würde dem Anwalt schon heimlich auflauern müssen, und das war nicht seine Art – bisher.

»Im Aufzug *Erdgeschoss* drücken«, verabschiedete er sich von Herz und von Lohe, machte kehrt und eilte die schmalen Flure entlang in sein Büro, in dem Menz wartete.

»Und? Er hat ihn auf der Fahrt zum Präsidium verständigt!«

Menz schüttelte den Kopf.

»Aber Sie haben mir doch im Flur zugenickt.«

»Ja, um Ihnen zu signalisieren, dass ich mir das Handy angesehen habe.«

Der Kommissar stöhnte.

»Sorry«, sagte Menz, »Ich habe keine ausgehenden Nachrichten gefunden.«

»Verdammt. Und wenn er sie gelöscht hat?«

»Das könnte sein. Aber so lange, wie die anderen Nachrichten auf seinem Handy zurückliegen, habe ich eher den Eindruck, dass er nie etwas löscht. War auch ein Uraltmodell. Ist kein Technikfreak, unser Privatdetektiv.«

»Aber irgendwie muss er doch an den Anwalt gekommen sein?«

»Tja, darüber habe ich mir auch schon den Kopf zerbrochen, Chef. Aber irgendwie finde ich keine Lösung. Es scheint fast so, als sei der Anwalt von jemand anderem verständigt worden. Und diese Person muss in dem Moment vor Herz' Haus aufgetaucht sein, als die Kollegen ihn abgeführt haben.«

Irgendetwas machte in Lohmeiers Kopf klick. Eine Idee, zum Aussprechen nahe. Aber noch lag sie nicht ganz auf der Zunge.

»Was mich dabei wundert«, fuhr Menz fort, »ist, dass ich mir niemanden vorstellen kann, der so spät noch bei Herz vorbeikommt. Also Zufall ist das bestimmt nicht. Höchstens seine kleine Freundin. Wenn er die auf dem Weg nach Hause angerufen hat? Vielleicht hat er sie zu sich bestellt. Verliebte Menschen tun die verrücktesten Sachen.«

Plötzlich erinnerte sich der Kommissar, wie er in die kleine Pizzeria geflüchtet war, damit Herz ihn nicht entdeckte. Er hatte zwar nur auf den Detektiv geachtet und die anderen Personen kaum wahrgenommen. Doch jetzt ging er in Gedanken die anderen Gäste durch: eine Dreiergruppe Jugendlicher, ein

Mann mit olivefarbenem Teint und ein anderer, unauffälliger Mann. Natürlich! Wo hatte er den Kerl schon mal gesehen?

Lohmeier trat ans Fenster und schaute in die Nacht, ohne wirklich die Lichter der Stadt und der vereinzelt vorbeifahrenden Autos zu bemerken.

Jetzt fiel es ihm wieder ein. Der sonderbare Mann war in der U-Bahn gewesen, als Herz zusammengeschlagen wurde. Da hatte der Typ telefoniert, als ginge ihn die Welt nichts an.

Und woanders war er auch aufgetaucht? Natürlich! Im Krankenhaus waren sie aneinandergestoßen, als Lohmeier nach dem bescheidenen ersten Versuch, Herz zu verhören, den Aufzug betreten wollte.

Lohmeier fuhr sich durch die Haare: Der Detektiv wurde nicht nur von der Polizei beschattet. Aber hatte dieser Fremde dem Detektiv einen Anwalt besorgt, wo es doch scheinbar sein Auftrag war, Herz zu beschatten und nicht einmal einzugreifen, wenn Jugendliche ihn verprügelten?

Bevor er den Gedanken weiterverfolgen konnte, klingelte das Telefon auf dem Schreibtisch. Mürrisch hob Lohmeier ab. »Was?«

»Ich glaube, es ist soweit«, schrie ihm seine Frau ins Ohr. Es folgte ein langgezogenes Stöhnen und ein Hecheln. »Die Fruchtblase ist geplatzt.« Stöhnen. Hecheln. Dann schrie sie: »Komm und hol mich! Sofort.«

Lohmeiers Gesichtsfarbe wechselte von Bluthochdruckrot auf Schockweiß. Diesmal war es kein Fehlalarm, dachte er und stammelte: »Bin, bin schon ... unterwegs. Ich liebe dich!« Er schmiss den Hörer auf die Gabel.

»Alles in Ordnung, Chef?«

»Ich bekomme ein Kind«, antwortete der Kommissar.

Menz schaute ihm einen Augenblick auf den Bauch. »Soll ich Sie fahren?«

11. Kapitel

Mein neuer Anwalt war nicht gerade einer von der geschwätzigen Sorte. Ich hatte mich auf den lederbezogenen Beifahrersitz seiner noblen Mercedes S-Klasse gesetzt und ihm zu Beginn der Fahrt noch einmal die Frage nach meinem anonymen Retter gestellt. Aber er zuckte nur mit den Achseln. Auch während er mich nach Hause fuhr, sprach er nicht. Offensichtlich wusste er, wo ich wohnte. Denn statt zu fragen, fuhren wir am Landtag vorbei, später über den Graf-Adolf-Platz, links die Berliner Allee runter, am Hofgarten vorbei Richtung Golzheim. Keine fünf Minuten später hielt er direkt vor meiner Haustüre. Das alles ohne Navigationsgerät. Beeindruckend.

Er nickte mir zum Abschied flüchtig zu. Doch ich blieb einfach sitzen. Mir gingen viele Fragen durch den Kopf: Wer bezahlte von Lohe? Wie hat dieser ominöse Auftraggeber erfahren, dass ich verhaftet wurde? Warum durfte von Lohe mir nicht dessen Namen nennen? Was wollte der Unbekannte von mir?

Hätte ich den Anwalt nicht doch noch einmal löchern sollen? Je länger ich darüber nachdachte, desto müder wurde ich. Die Aufregung bei der Schlägerei in der Altstadt, meine Verhaftung, das Verhör von dem blöden Kommissar und nun Rätselraten. Ich hatte die Nase voll und wollte nur noch ins Bett.

Ich hob kurz die Hand zum Gruß, mehr schien mir nicht nötig. Zwar hatte er mich vor mindestens einer unangenehmen Nacht im Gefängnis bewahrt, doch diese Heimlichtuerei war mir zu viel. Außerdem trommelte von Lohe schon eine ganze Weile ungeduldig mit den Fingern auf seinem lederüberzogenen Lenkrad herum.

Ich stieg aus und hatte die Wagentür schon beinahe zugeworfen, da fiel mir doch noch eine Frage ein, die ich auch unbedingt stellen wollte: Ich beugte mich vor und sah in von Lohes längliches Gesicht, auf das der Schein der Straßenlaterne fiel, die direkt vor meinem Haus stand. »Wie geht es weiter?«

»Sie gehen in Ihre Dachgeschosswohnung und schlafen sich aus.«

Aha, meine Dachgeschosswohnung. So genau kannte er sich bei mir aus. Und: Er musste es mir auch mitteilen. War das Perfektionismus oder eine Drohung?

»Ich meine zwischen Ihnen und mir«, sagte ich genervt. Den Ratschlag ins Bett zu gehen, hätte er sich sparen können.

»Wie gesagt, die Leistung ist bereits bezahlt.«

»Ob wir uns wiedersehen, wollte ich wissen.« Der Typ war ein Arschloch.

»Ich hoffe nicht, denn dann müsste ich Sie wieder irgendwo rausboxen, und mir wäre es lieber, Sie würden sich bedeckt halten, Herr Herz, sonst kommt am Ende noch jemand zu Schaden. Sie verstehen? Schönen Abend noch.«

Er fuhr langsam an, und ich warf wütend die Tür zu. Noch eine ganze Weile starrte ich den Rückleuchten des Mercedes hinterher, bis er um die Ecke verschwand. »... sonst kommt noch jemand zu Schaden ...« Damit war nicht ich gemeint, da war ich sicher. Mir lief ein Schauer den Rücken runter.

In meiner Wohnung mixte ich mir einen Gin Tonic, ließ mich auf das Bett fallen und versuchte zu schlafen. Doch ich döste nur so vor mich hin. Stets bohrten dieselben Frage in meinem Unterbewusstsein: Irgendjemand musste von meiner Verhaftung erfahren und von Lohe mitten in der Nacht geweckt haben. Der hatte sich aus dem Bett geschält, frisch gemacht, den feinen Anzug angezogen, sich in sein Auto gesetzt und war zum Polizeipräsidium gefahren. Das alleine brauchte bestimmt schon eine Stunde – je nachdem, wo er wohnte.

Ich wälzte mich und meine Gedanken hin und her. Zwei Dinge standen fest. Erstens, der ominöse Retter hat quasi direkt von meiner Verhaftung erfahren, und er kannte, zweitens, den Staranwalt von Lohe so gut, dass er ihn zu später Stunde anrufen und irgendwohin kommandieren konnte.

Nach gefühlten zwei Stunden, die laut meiner Armbanduhr jedoch nur 20 Minuten gedauert hatten, kämpfte ich mich wieder hoch und schlurfte ins Wohnzimmer. Die Straßenlaterne erleuchtete den Raum, und ich konnte meine Konturen als Schatten an der Wand sehen. Ich trat zum Fenster und schaute auf die Straße. Alles ruhig. Es war kein nächtlicher Fußgänger unterwegs, kein Auto brauste die Straße herunter, um vorne mit quietschenden Reifen zum Stehen zu kommen, bevor der Fahrer mit ebenfalls quietschenden Reifen wieder anfuhr, nachdem er das Gefühl hatte, dass tatsächlich niemand von links kam.

Wie hätte jemand von der Verhaftung so schnell erfahren können?

Eigentlich nur, wenn jemand beobachtet hatte, wie ich festgenommen wurde. Das wäre aber ein großer Zufall. Es sei denn ... ich wurde beschattet. So wie mich auch dieser Lohmeier in der Altstadt beobachtet hatte. Ich suchte die Straße ab. Nichts.

Ich ging zur Couch und legte mich hin, verschränkte die Arme hinter dem Kopf und grübelte weiter. Als das Telefon klingelte, schreckte ich hoch und stellte überrascht fest, dass es draußen hell war. Ich musste eingeschlafen sein. Gähnend rappelte ich mich vom Sofa hoch und ging ins Schlafzimmer. Dort hatte ich das Telefon irgendwo liegen gelassen.

Ich fand es unter der Bettdecke und drückte rasch den grünen Knopf.

»Herz.«

»Na, Süßer«, trällerte mir Tinas Stimme ins Ohr.

Ich hielt die Hand über die Muschel und räusperte mir den Schlaf aus der Kehle. »Hallo, hallo.« Ich war morgens ein ziemlicher Einfaltspinsel. »Wie geht's meiner Prinzessin?«

Wir reihten eine Weile Belanglosigkeiten aneinander, und ich spürte, dass sie irgendetwas wollte, aber nicht gleich zum Punkt kam. Da ich noch recht kaputt und benebelt war, nahm ich die Gelegenheit wahr, mit jedem Satz ein Stück wacher zu werden. Während sie mir von ihrem gestrigen Fernsehabend erzählte, schlurfte ich in die Küche und warf die Espressomaschine an. Tina war bei irgendeinem Softporno angekommen. Sie senkte die Stimme. »Die eine oder andere Stellung könnten wir mal probieren, Alex.«

»Hmm. Gerne.« Ich stellte einen Kaffeebecher ein, prüfte den Wassertank und drückte die Taste für einen starken, großen Kaffee. Das Mahlwerk begann lautstark zu arbeiten. Ich ging ins Wohnzimmer zurück, um sie besser hören zu können.

»Woran denkst du da so?«, wollte ich wissen.

Sie lachte heiser: »In einer Stellung lag er auf dem Rücken. Sie saß auf ihm drauf, das Gesicht in Richtung seiner Füße, während er mit ihren Brüsten spielte.«

Ich merkte, wie Tinas Worte Wirkung zeigten.

»Wann?«

»Bitte?«

»Wann setzt du dich rittlings auf mich?«, hauchte ich ins Telefon.

Sie kicherte. »Bis heute Abend wirst du dich noch begnügen müssen. Ich bin nachher zum Frühstück mit Gabi im *Woytons* verabredet. Heute Nachmittag muss ich meine Stiefmutter auf irgend so einen Charity-Termin begleiten, der bis in den frühen Abend geht. Danach treffe ich noch Steffi und Gabi in der Stadt.«

»Da bleibt gar keine Zeit mehr für mich«, wandte ich enttäuscht ein.

»Bin gegen zehn Uhr bei dir und dann machen wir, was immer du willst ...«

Ich musste lachen. »Okay, wenn ich bis dahin nicht aus Selbstmitleid so betrunken bin, dass bei mir nichts mehr geht.«

»Auch betrunken geht bei dir noch einiges ...«

»Tssss. Okay. Hab dich lieb.« Ich hauchte einen Kuss durchs Telefon und legte lächelnd auf. So jung und so schuldig.

Gut zwölf Stunden später lag ich auf der Couch, nippte genüsslich an meinem zweiten Gin Tonic und las in den Gedichten Rilkes:

Hörst Du, Geliebte, ich schließe die Lider, und auch das ist Geräusch bis zu Dir. Hörst Du, Geliebte, ich öffne sie wieder ... aber warum bist Du nicht hier.

Meine Gedanken schweiften ab. Ich machte mir Sorgen. Tina war unpünktlich, was so gar nicht zu ihr passte. Ich rief sie an, doch sie ging nicht an ihr Handy, und eine andere Art, mit ihr in Kontakt zu treten, hatte ich gar nicht.

In jenem Moment fiel mir schmerzlich auf, wie kompliziert unsere Beziehung doch war. Da sie als Schülerin bei ihren Eltern wohnte und nicht wollte, dass diese von unserem Verhältnis erfuhren, hatten wir uns nur über ihr Handy verabredet. Ich wusste nicht, wo sie wohnte, nur dass die Villa irgendwo in Golzheim lag. Auch von ihren Eltern hatte sie nichts erzählt, nicht mal, was sie beruflich machten oder ähnlich Banales. Ich wusste nur, dass sie eine Stiefmutter hatte.

Ihren Vater hatte sie nie erwähnt ... Komisch eigentlich. Mir kamen wieder Lohmeiers Anschuldigungen in den Sinn. Die Geschichte mit Melanie, Tina und dem Rohypnol ...

Ich stand auf und trat ans Fenster. Es war beinahe dunkel. Ich sah auf die Uhr: Kurz vor elf. Draußen tat sich nichts. Die Hitze des Sommers war so unerträglich geworden, dass die Menschen in ihre abgedunkelten Wohnungen oder in Biergärten außerhalb der Stadt flüchteten. Autos fuhren kaum vorbei, vielleicht fiel er mir deshalb auf. Im Hauseingang gegenüber stand ein Mann!

Im selben Augenblick schaute er hoch. Als sich unsere Blicke trafen, hätte ich geschworen, dass wir einander kannten. Er senkte den Kopf und spazierte langsam davon. Merkwürdig, dachte ich.

Dann wurde mir auf einmal alles klar: Das musste mein Schatten sein. Der Mann, der mich schon Tage lang beobachtete und der meinem Unbekannten gesagt hatte, ich sei verhaftet worden. Er war der Schlüssel! Ihn musste ich in die Mangel nehmen!

Ich rannte zur Tür, schlüpfte in meine Schuhe und griff nach meinem Hausschlüssel. Die Tür fiel krachend ins Schloss, während ich die Treppen runterhastete.

Im Erdgeschoss nahm ich nicht den Ausgang zur Straße, sondern die Hintertür. Draußen hielt ich mich rechts, lief durch ein paar Gärten und flankte über ein paar niedrige Zäune. Drei Häuser weiter betrat ich den dunklen und kühlen Flur von Nummer 11. Hier stand die Tür zum Garten immer auf, wie ich von einem Hausbewohner wusste, mit dem ich ab und zu mal ein paar Bierchen zischte. Vorsichtig öffnete ich die Haustür und schaute raus.

Auf der gegenüberliegenden Seite lief mein Schatten. Ich beobachtete, wie er um die Ecke bog, und folgte ihm. Es war ruhig und dunkel auf der Straße. Als ich um die Ecke kam, sah ich gerade noch, wie er in ein Auto stieg. Ich pirschte mich so nahe heran, dass ich das Kennzeichen erkennen konnte. Während ich darauf wartete, dass der Kerl den Motor anließ und wegfuhr, wiederholte ich seine Nummer im Kopf, um sie zu behalten. Doch er blieb bei offenem Seitenfenster im Wagen sitzen und telefonierte. Verstehen konnte ich auf die Entfernung kein Wort.

Sollte ich ihn mir vorknöpfen? Oder wäre es besser abzuwarten und ihn an der Nase herumzuführen, da ich jetzt wusste, dass es ihn gab?

Bevor ich jedoch länger drüber nachdenken konnte, klingelte mein Handy. Verflucht. Ich duckte mich und verschwand schnell um die Ecke. Eine Kurznachricht. Von Tina!

Was sie schrieb, ließ mir selbst bei der Hitze das Blut in den Adern gefrieren.

hallo alex! melanies mörder gefunden. rheinterrasse. b.

12. Kapitel

Hallo? ... Rolf hier. Können Sie frei sprechen?«

Er saß in seinem Wagen und hatte das Fenster heruntergedreht Dass Alexander Herz ihn gesehen hatte, war nicht gut. Er musste besser aufpassen.

»Der Tag heute war ruhig. Herz hat lange geschlafen, im Supermarkt eingekauft und sich wieder in seine Wohnung verzogen, die er danach nicht mehr verlassen hat.«

Ganz in der Nähe klingelte ein Handy. Rolf fuhr zusammen und sah in die Spiegel. Er konnte erkennen, wie ein Schatten um die Ecke huschte.

»Einen Moment bitte«, flüsterte er in sein Handy und stieg aus. Leise schloss er die Wagentür und eilte um die Ecke. Als er die Straße heruntersah, entdeckte er Alexander Herz, der gut 50 Meter vor ihm in Richtung Innenstadt lief.

Er hielt das Handy wieder an sein Ohr. »Ich muss Schluss machen. Herz hat gerade sein Haus verlassen«, log er. Schließlich wollte er vor seinem Auftraggeber nicht zugeben, dass Herz ihn offenbar entdeckt hatte. Zu ehrlich war schlecht fürs Geschäft. Rolf wollte auflegen, doch sein Gesprächspartner hielt ihn zurück. Der Privatschnüffler hörte eine Weile zu und verlangsamte dabei seinen Schritt.

»Ich soll ihm *nicht* folgen? Warum? .... Okay, Sie sind der Boss. Was soll ich dann tun? ... Feierabend? ... Sie bezahlen die Musik, Sie bestimmen, was gespielt wird. Gute Nacht.«

Er legte auf und sah irritiert auf das Handy. Wozu sollte er Herz beschatten, wenn er bei der Hälfte der Einsätze zurückgehalten wurde?

Du kannst mich mal, dachte er einem Impuls nachgebend.

Er war alte Schule: Entweder ganz oder gar nicht! Rolf schaltete das Telefon ganz aus und rannte Herz nach, der bereits von der Bildfläche verschwunden war.

* * *

Erst wollte ich ein Taxi rufen, doch ich entschied mich dagegen. Die *Rheinterrasse* war zu Fuß keine Viertelstunde entfernt. Wenn ich mich beeilte, würde ich für die Strecke noch weniger Zeit brauchen. Ein Taxi rufen – das hätte alles viel zu lang gedauert. Ich wollte laufen, rennen, was tun gegen die Angst. Falls mir auf dem Weg ein freies Taxi begegnen sollte, konnte ich es immer noch anhalten.

Die Nacht war schwül und schon nach wenigen Metern klebte mein Hemd am Körper, und ich spürte, wie mir der Schweiß den Rücken herunterlief.

Angstschweiß! Wie konnte Tina nur so leichtsinnig sein und den Mörder ihrer Freundin alleine verfolgen? War sie überhaupt allein? Und vor allem: Wie war sie auf den Mörder gekommen? Sie wollte sich doch mit Freunden treffen.

Der Schweiß lief mir nur so die Stirn herab, als ich die *Rheinterrasse* erreichte. Wo war Tina?

Das Gebäude war hell erleuchtet. Eine Veranstaltung oder eine Party fand dort statt. Vorne standen zwei Türsteher, und ich konnte dahinter einen Tisch erkennen, an dem zwei Frauen mit einer kleinen Kasse saßen: Eintritt.

Sollte ich bezahlen? Ich wusste nicht einmal, ob sie sich im Gebäude aufhielt. Ich entschied mich gegen den Vordereingang und für die Hintertür. Es gab eine kleine Stelle an der Terrasse, an der man leicht eindringen konnte, weil das Wachpersonal dort nur sporadisch kontrollierte.

Ich ging um das Gebäude herum und schmuggelte mich

durch eine Absperrung unter die Leute. Irgendwie war ich im falschen Film oder treffender auf der falschen Party. Die Musik war hoffnungslos antiquiert. In der kurzen Zeit, in der ich dort nach Tina suchte, hörte ich ein Stück von den Beatles – *Help*, passend zu meiner Situation und etwas später irgendwas von den BeeGees.

Das Publikum war eindeutig älter als 40 Jahre. Was hatten Tina und ihre Freunde hier zu suchen? Ich verlor so langsam den Mut. Hier würden sie auffallen wie bunte Hunde – eine Emo-Gruppe unter lauter Hausfrauen, Informatikern und Alt-68ern.

Zur Sicherheit fragte ich drei Leute einschließlich des Barkeepers. Alle verneinten, die jungen Leute gesehen zu haben.

Der Barkeeper wusste aber, wen ich meinte.

»Die findest du normalerweise auf den Partys am Freitag.« Er deutete auf die Gäste. »Das ist nicht ganz deren Altersklasse und nicht ihre Musik.«

Ich bedankte mich und streifte zur Sicherheit noch einmal durch die Räume, bevor ich das Fest durch den Vordereingang verließ. Langsam ging ich links runter Richtung Park. Wo war sie?

Ich versuchte es noch mal mit dem Handy, doch es sprang nur die Mailbox an. Auch auf eine SMS bekam ich keine Antwort. Wo zum Teufel war die Kleine?

Plötzlich brach ich in Schweiß aus, und das lag nicht an der Schwüle der Nacht. War sie etwa am Rhein, auf den Felsen, auf denen Melanie aufgebahrt gewesen war? Ich rannte los.

* * *

Polizeiobermeister Franke hatte Spätdienst in der Notrufzentrale. Er verfluchte im Stillen seinen Vorgesetzten, der ihn im

Dienstplan für diesen Samstagabend bis Mitternacht eingeteilt hatte. Die schlimmste Zeit in der Woche – wenn alle Verrückten die Altstadt unsicher machten und es ununterbrochen zu Vorfällen kam. Zwar war die Zeit nach null Uhr auch nicht angenehm, weil da die Fälle mit den richtig stark Besoffenen gemeldet wurden, aber die kamen nicht so oft vor wie Anrufe vor Mitternacht.

Er war kaputt, am Ende. Wie gerne hätte er in seinem Bett gelegen. Am nächsten Tag feierte Onkel Hans seinen 80. Geburtstag, da mussten er, Birgit und die Kinder schon früh aufs Land nach Kleve fahren. Scheiß Verwandte, dachte er und lehnte sich im Stuhl zurück, um vielleicht eine Minute die Augen zu schließen.

Wieder schellte das Telefon. Einen Moment überlegte er, was wäre, wenn er es klingeln ließe. Sein schlechtes Gewissen wuchs mit jedem Klingeln.

Beim fünften Mal nahm er seufzend ab. »Notrufzentrale. Guten Abend.«

Zunächst hörte er nur ein Rauschen.

»Hallo, ist dort jemand?«

Eine Stimme flüsterte: »Helfen Sie mir, er wird mich umbringen.«

Franke war nicht sicher, ob er richtig gehört hatte. »Bitte sprechen Sie doch etwas lauter. Ich kann sie kaum verstehen.«

»Er wird mich umbringen«, flüsterte die Stimme unverändert leise.

Der Polizeiobermeister drehte die Lautstärke seines Kopfhörers so hoch es ging.

»Wer will Sie umbringen?«

»Oh mein Gott, er ist hinter mir her.« Die Stimme hörte sich gehetzt an – wie in Panik.

»Wo sind Sie denn?«

»Am Ufer der *Rheinterrasse.*«

Der Rhein! Daher das Rauschen, dachte Franke. Er beugte sich über das Mikrofon, das ständig mit allen Streifenwagen verbunden war. »Ein Streifenwagen zur *Rheinterrasse.* Am Ufer. Frau in Gefahr.« Dann wandte er sich wieder seinem Anrufer zu.

»Nennen Sie mir bitte Ihren Namen.«

»Ich heiße Bettina.« Ihre Stimme kippte plötzlich, und aus dem Flüstern wurde ein Schreien. »Er ist schon hier. Er bringt mich um.«

»Wer bringt Sie um, Bettina?«

»Alex, Alex Herz!« Das Gespräch brach ab, und Franke merkte, wie er eine Gänsehaut bekam.

* * *

Der Mann, der sich am Telefon stets Rolf nannte, war Alexander Herz bis zu der *Rheinterrasse* gefolgt. Er beobachtete, wie der Detektiv durch eine Lücke der Terrassenabsperrung schlüpfte und sich unter die Leute mischte. Als Rolf versuchte, ihm zu folgen, stand plötzlich ein breitschultriger Türsteher vor ihm und schüttelte den Kopf. Wo war der Kerl plötzlich hergekommen, fragte sich Herz' Schatten und zog sich zurück.

Er stellte sich an die Straße, von wo aus er sowohl den Eingang als auch die Stelle beobachten konnte, an der sich Herz auf die Terrasse geschlichen hatte. Er würde schon wieder herauskommen. Er war hergeeilt wie jemand, den die Panik trieb. Rolf schloss daraus, dass Herz nicht zum Vergnügen hier war. Es musste etwas passiert sein. Nur was? Und warum hielt sein Auftraggeber ihn zurück, wenn es gerade zur Sache ging? Irgendetwas stimmte nicht mit diesem Fall, überlegte Rolf.

Autos schossen vorbei. Viele hatten die Fenster heruntergedreht, und laute Musik zwang nicht nur die Beifahrer zum Mithören. Eine gute Viertelstunde später sah er, wie Herz die Party durch den Vordereingang verließ, nach links abbog und direkt auf ihn zusteuerte. Rolf verschwand im Dunkeln des Parks. Er huschte über den Rasen, damit man kein Knirschen von Steinen unter seinen Schuhen hören konnte. Hinter einem Baum ging er in Deckung und beobachte den Privatdetektiv, wie dieser unter einer Laterne halt machte und mit dem Handy jemanden anrief, aber schon bald wieder auflegte.

Plötzlich schien Herz alle Farbe aus dem Gesicht zu weichen. Im ersten Moment überlegte Rolf, ob er sich das nur eingebildet hatte. Immerhin standen sie ein ganzes Stück auseinander. Als seine Zielperson aber Richtung Rhein rannte, war er sich sicher.

Gerne wäre auch er gerannt, aber er zwang sich zu einem gemächlichen Schritt, um nicht aufzufallen. Irgendein Gast auf der Terrasse würde sich sonst später an einen zweiten Mann erinnern, der dem ersten hinterhergerannt war. Das durfte nicht sein. Keine Verbindung zwischen ihm und der Zielperson, schon gar nicht, wenn er ihn inoffiziell beschattete. Nicht auszudenken, wenn sein Auftraggeber davon erfuhr.

Rolf traute seinen Augen nicht. Sein Herz raste, und für einen Moment stand er starr im Licht der Laterne am Ufer unterhalb der *Rheinterrasse*. Sichtbar für alle, die in seiner Nähe waren. Doch da war außer ihm nur Alexander Herz, der den Abhang zum Wasser runterstolperte und sich neben den Körper einer Frau kniete, die Rolf nicht erkennen konnte. Er sah lediglich, dass sie ausgestreckt und unbeweglich am Boden lag.

Eine Brise kam vom Rhein die Böschung herauf. Ein Schluchzen. Weinte Herz? Oder war das die Frau? Wer war sie? Rolf überlegte. Sollte er eingreifen, nachsehen, was passiert war, womöglich helfen und dabei seine Deckung aufgeben und seinen Auftrag verlieren?

In diesem Moment wandte Herz den Kopf, und Rolf duckte sich reflexartig. Hatte Herz ihn gesehen? Und wenn, hatte er ihn überhaupt wahrgenommen – oder gar wiedererkannt?

In der Ferne erklangen Sirenen, die näherkamen. Rolf erhob sich, warf einen letzten Blick auf Herz und zog sich in den Park zurück.

* * *

Der Anruf von Menz kam ungelegen. Lohmeier stand am Fenster eines Krankenzimmers der Uniklinik und hielt seine winzige Tochter im Arm. Liebevoll blickte er in das verschrumpelte Gesichtchen und war überwältigt von Stolz und Vaterliebe. Seine kleine Tochter war das hübscheste Baby auf der Station – oder gar in Düsseldorf und wahrscheinlich auf der ganzen Welt.

Zärtlich stupste er seine große Nase gegen ihr Nichts von Näschen. »Ganz der Vater«, hatte die dürre Oberschwester gesagt, als er nach der Entbindung die Kleine zum ersten Mal im Arm hielt.

Hoffentlich bekam sie nicht seine dünnen Haare und die grobe Nase, dachte Lohmeier. Er schaute kurz aus dem Fenster in die Nacht. Wie unwichtig plötzlich seine Arbeit und alles andere um ihn herum war. Nur das kleine Würmchen in seinem Arm zählte. Seine Tochter. Die Ärzte hatten ihm versichert, das es ihr gut ging: Fast vier Kilo schwer und 56 Zentimeter groß.

Er wandte den Blick und sah stolz auf seine Frau, die bleich im Gesicht und mit geschlossenen Augen im Krankenbett lag. Den ganzen Tag hatte sie sich übergeben und über rasende Kopfschmerzen geklagt.

Er wiegte sein Kind und ging leise ein paar Meter im Zimmer auf und ab.

Er wollte gerade raus auf den Gang, da klingelte sein Handy. Es steckte in dem Jackett, das er über den Besucherstuhl gehängt hatte. Die Kleine fing sofort an zu schreien. Einen Moment zögerte er.

»Nun geh schon ran«, sagt seine Frau mit schwacher Stimme.

Er drückte ihr die Kleine in den Arm und hastete zum Stuhl, fischte nach dem Telefon und drückte hektisch auf den grünen Knopf. »Was?«, raunzte er im Flüsterton.

»Chef? Menz hier.«

»Das weiß ich! Ich kann Ihre Nummer im Display sehen.«

»Entschuldigung, Chef. Ich meinte ja auch nur ...«

»Wussten Sie, dass ich Vater geworden bin?«

»Äh, ja, Chef. Das sagten Sie bereits bei unseren letzten drei Gesprächen. Und ich sagte Glückwunsch, weil ...«

»Menz!«

»Chef?«

»Ich bin im Krankenhaus, bei meiner Frau und meiner Tochter.« Nicht mal einen Tag konnte er in Ruhe gelassen werden. »Sie ist keine 24 Stunden alt und meine Frau total erschöpft. Was – in Gottes Namen – ist so wichtig, dass Sie mich hier anrufen müssen?«

Menz stammelte: »Äh, oh, ja, Entschuldigung, aber Sie sagten ...«

»Was sagte ich?«

»Es gibt wieder eine Tote.«

»Ja und? Sollen die Kollegen das machen.«

»Nein, Sie verstehen mich nicht. Der Vampir hat wieder zugeschlagen!«

»Mist«, sagte Lohmeier leise, dann schwieg er eine Weile.

»Chef?«

»Hmm.«

»Das ist noch nicht alles.«

»Was denn noch?«

»Die Tote hat wieder Bissspuren am Hals.«

»Ist bei einem Vampir nicht weiter verwunderlich«, sagte der Kommissar zynisch.

»Wie meinen Sie das?«

Menz war aber auch zu dämlich, wenn er aufgeregt war, dachte Lohmeier. »Machen Sie einfach weiter mit Ihrem Bericht!«

»Kollegen haben einen Mann vom Tatort fliehen sehen. Die Beschreibung passt auf Alexander Herz.«

Lohmeier pfiff leise.

»Aber es kommt noch besser. Bei der Notruf-Zentrale ist kurz vorher ein Anruf eingegangen. Eine Frau sagte, Alexander Herz würde sie umbringen wollen.«

»Haben wir das auf Band?«

»Ja, Chef, alles aufgezeichnet.«

»Dann haben wir ihn so gut wie im Sack. Schicken Sie sofort eine Streife zu seinem Haus. Und holen Sie mich hier im Krankenhaus ab. Uniklinik.«

»Chef?«

»Was denn noch?«

»Irgendetwas ist da furchtbar schief gelaufen ...«

»Wieso?«

»Die Tote ist diese Bettina Söderlin, Herz' kleine Freundin.«

Teil 4

Hetzjagd

13. Kapitel

Ich verlor den Verstand. Zumindest glaubte ich das. Ich hockte im Schneidersitz am Boden, hielt Tinas Kopf im Schoß und streichelte ihr immer wieder übers Haar.

Ich wollte weinen, heulen, schreien, doch es kam nichts. Nur ein Schluchzen und dann Leere. Diese entsetzliche Leere, wenn einem plötzlich nichts geblieben ist von dieser Welt, wenn nichts mehr Sinn hat. Das Atmen tat weh, und meine Brust wollte platzen.

Tina war tot. Unwiederbringlich. Ihr Lachen, ihr Lächeln, ihre zarte Haut, der schelmische Blick, alles gehörte der Vergangenheit an. Eine Zukunft gab es nicht. Nicht für sie, nicht für uns. Nicht für mich.

Das Monster hatte sie aufgebahrt, wie schon vor Wochen Melanie Langener. Gebissen hatte er sie auch. Wer tat so was? So ein Schwein hatte doch kein Recht auf Leben, oder? Ich wollte nur eins: ihm das Herz aus der Brust reißen.

Plötzlich hört ich die Sirenen. Sie kamen näher. Wollten sie hierher? Ich blickte mich um und sah gerade noch, wie ein Gesicht oben an der Mauer der Rheinpromenade verschwand: mein Schatten, der Mann, der mich beobachten sollte. Wie hatte er mich gefunden?

Das Sirenengeheul wurde lauter. Ich dachte fieberhaft nach. Was würde die Polizei glauben, wenn sie mich hier fanden, Tinas Kopf in meinem Schoß? Mir stockte der Atem, Schweiß bildete sich auf meinen Handflächen. Eins war klar: Kein Bulle der Welt würde glauben, dass ich mit der Sache nichts zu tun hatte. Ich war der Einzige am Tatort. Meine Spuren mussten überall sein. Lohmeier wollte Tina und mir schon den Mord an Melanie anhängen. Er würde davon ausgehen, dass ich der Mörder war und eine Mitwisserin ausgeschaltet hatte.

Ich hörte Reifen quietschen und Autotüren schlagen, Gemurmel. Schritte auf dem Kies.

»Da ist er!«, rief eine Stimme.

»Halt, Polizei. Keine Bewegung«, brüllte eine andere Stimme.

Ich sprang auf und hastete los. Das Licht war fahl, und ich konnte zwischen den ganzen Steinen und Felsen nur wenig sehen. Doch die Polizeibeamten konnten von oben noch weniger erkennen.

»Stehen bleiben!«

Ich ignorierte die Rufe, auch die zwei Warnschüsse. Ich kletterte weiter, hielt mich geduckt und kam langsam voran. Hinter mir stiegen zwei Männer den Abhang herab. Noch waren sie ein ganzes Stück entfernt, und nur einer hatte eine Taschenlampe. Ich hastete weiter. Oben auf dem Weg mussten mehrere Beamte sein. Ich hörte ihre Schritte. Sie kamen mir schnell näher. Die Lichtkegel ihrer Taschenlampen suchten das Ufer ab, doch noch hatten sie mich nicht erfasst. Panik! Meine Verfolger kamen näher, und ich hatte keine Chance, in Ruhe den Abhang heraufzuklettern und durch den Park zu fliehen. Der Weg nach oben war abgeschnitten. Hinter mir zwei bewaffnete Polizisten und bald würde auch von vorne jemand kommen. Ich saß in der Falle.

Die Beamten hinter mir waren nur noch wenige Meter entfernt. Von oben kletterten zwei weitere Polizisten die Böschung herunter. Der Strahl einer Taschenlampe erfasste mich.

»Stehen bleiben. Wir schießen!«

»Hände hoch.«

»Keine Bewegung.«

Der Strahl einer weiteren Lampe erfasste mich, und noch einer, und noch einer. Ich war wie gelähmt.

»Nehmen Sie die Hände hoch. So dass ich sie sehen kann«, brüllte eine neue Stimme.

Sie hielten mich für den Täter. Das war klar. Und sie würden gar nicht erst nach einem anderen Mörder suchen wollen. Meine einzige Chance war es, dass der Vampir zuschlug, während ich im Gefängnis war. Doch was, wenn er aufhören würde? Ich würde verurteilt werden, lebenslänglich.

Nein, das durfte nicht sein. Ich holte tief Luft und sprang mit einem Satz in den Rhein. Das Wasser war kalt und schmutzig. Alles in mir zog sich einen Moment zusammen, und ich war nicht sicher, ob mein Herz aufhören würde zu schlagen, oder ob mir meine Arme den Dienst verweigerten.

Nichts dergleichen passierte. Mein Herz schlug schnell, und meine Arme ruderten kräftig. Der Fluss war dunkel, schwarz und mitreißend. Keine Taschenlampe würde mich entdecken. Ich tauchte unter und versuchte mit Hilfe des Stroms so weit wie möglich zu kommen, ohne wieder an der Oberfläche Luft holen zu müssen. Schüsse fielen, gedämpftes Geschrei, was schnell abnahm, ebenso die Lichtkegel.

Ich tauchte tiefer und bewegte mich so gut ich konnte mit dem fließenden Wasser.

Eine halbe Ewigkeit später schnappte ich zum ersten Mal Luft und war überrascht, wie weit ich vom Ufer abgetrieben worden war. Etliche Lichtkegel suchten die Wasseroberfläche ab, aber viel weiter hinter mir. Ich tauchte erneut. Nur zur Sicherheit.

Beim nächsten Mal hatte ich fast schon den Pfeiler der Theodor-Heuss-Brücke erreicht. Die Kräfte verließen mich, und meine mit Wasser vollgesogene Kleidung zog mich nach unten.

Beinahe schoss ich am Brückenpfeiler vorbei. Im letzten Moment fand ich an einer Eisensprosse Halt und zog mich ran. Mit dem Rest Kraft, der mir geblieben war, erklomm ich eine Sprosse nach der anderen, bis ich einen kleinen Vorsprung erreichte, auf dem ich niederkniete.

Bewegungslos lauschte ich meinem Atem und dem Gluckern des Rheins. In der Ferne sah ich mehr und mehr kleine Lichter an der Uferböschung auftauchen und ziellos durcheinander wirbeln. Beinahe hätte ich gelächelt. Doch ich ahnte, dass es noch nicht vorbei war. Ich musste an Land, die Klamotten loswerden und einen sicheren Platz zum Schlafen finden, denn ich war völlig ausgepowert und entsetzlich leer. Dann musste ich mich auf die Suche nach dem wahren Täter machen, um meine Unschuld zu beweisen. Ich stieg die Stufen hinunter und glitt wieder in das schmutzige Nass.

Einige Zeit später kletterte ich ans Ufer. Mir war nach liegen bleiben, nach einschlafen. Doch ich zwang meinen Körper weiter, die Böschung hinauf, über eine kleine Steinmauer bis auf den Bürgersteig. Das fahle Licht der Laternen drang kaum zu mir herüber. Ich sah mich um. Ich war an der Rotterdamer Straße ein ganzes Stück vor der Messe und dem Nordpark gelandet. Zu meiner Linken sah ich in der Ferne vereinzelt Lichter eines Gasthofs. Außer mir war niemand unterwegs.

Ich wechselte die Straßenseite und fing an, in Richtung Wohngebiet zu traben. Die Zeit drängte. Wann würde die Polizei auf die Idee kommen, jemanden zu befragen, der sich mit Strömungen auskannte? Der hätte leicht sagen können, wie weit ich gekommen sein musste. Spätestens dann würden sie auch hier die Gegend absuchen.

An dem letzten Münzsprecher in Düsseldorf machte ich Halt. Mein Handy funktionierte natürlich nicht mehr. Doch zum Glück fand ich ein paar Geldstücke in meiner hinteren Hosentasche. Mit zittrigen Händen wählte ich die Nummer von Pater Gereon.

Nach dem zehnten Klingeln meldete sich eine verschlafene Stimme. »Hallo?«

»Alexander hier«, flüsterte ich in die Muschel.

»Alex? Was ist los?« Er stöhnte und mir schien, er kämpfe sich aus dem Bett.

»Bin in Schwierigkeiten. In echten Schwierigkeiten. Kannst du mir helfen?«

»Klar. Worum geht's?« Er klang immer noch nicht wach.

»Nicht hier am Telefon. Hol mich bitte so schnell es geht ab.«

Er zögerte einen Moment. »Okay. Wo?«

Ich nannte ihm die Straße und legte auf. Zum Glück hatte Gereon nicht nachgefragt. Ich wusste in dem Moment nicht, wo ich hätte anfangen sollen. Ich verkroch mich in einem Gebüsch und wartete. Ich tropfte wie ein tiefgekühltes Fischfilet, das man zum Auftauen in die Spüle gelegt hatte. Ich zitterte und fror.

Zwanzig Minuten später weckte mich eine Hand auf meiner Schulter. Ich schoss hoch und wollte wegrennen.

»Ruhig Alex«, sagte Gereon. »Nettes Plätzchen zum Schlummern.«

Mein Herz raste wieder. »Lass uns fahren«, bat ich.

»Deine Sachen sind pitschnass!«

»Erkläre ich dir gleich.« Wir gingen auf seinen Wagen zu. Bevor er jedoch die Türen aufschloss, holte er aus dem Kofferraum eine warme Decke.

»Zieh dich aus und wickle dich darin ein.«

»Jetzt?«

»Du kannst keine Lungenentzündung gebrauchen, nehme ich an.«

Brav zog ich mich auf der Straße im Licht einer Telefonzelle aus und wickelte die Decke um mich. Dann stieg ich in den Wagen.

Als Gereon den Motor startete, sagte er nur ein Wort: »Erzähl.«

Erst war ich wie blockiert. Wusste nicht, wo anfangen. Aber bald sprudelte es nur so aus mir heraus. *Rheinterrasse*, Tina, Polizei, in den Rhein gesprungen, treiben lassen. Muss den wahren Mörder finden. Ende.

Gereon hörte zu – und schwieg.

Mir kamen plötzlich die Tränen. Volle Wucht. Es schüttelte mich und ich konnte nicht mehr aufhören – zumindest eine halbe Ewigkeit nicht. Als alles ausgeweint war, seufzte ich und schloss die Augen.

»Nach Hause kannst du nicht mehr. Da werden sie dich zuerst suchen«, begann Gereon. »Zu mir ist auch zu gefährlich. Aber ich habe eine Schrebergartenlaube in der Nähe des Mörsenbroicher Ei. Da kannst du erst einmal unterkommen. Lebensmittel, Decken und ein paar alte Klamotten sind noch da. Morgen bringe ich dir, was du brauchst.«

Ich nickte dankbar. Im Schrebergarten würde um diese Zeit keine Menschenseele sein und vor allem auch kein Hund, der mit seinem Bellen auf mich aufmerksam machte. Ein paar Stunden Schlaf und die Welt bekäme ein neues Gesicht. Vor allem brauchte ich einen klaren Kopf, denn ich musste den wahren Mörder jagen und von der Polizei unentdeckt bleiben. Noch hatte ich keine Ahnung, wie ich das anstellen sollte. Es gab ja nicht den Hauch einer Spur. Bewegen, sagte ich mir, nicht anhalten, nicht nachdenken. Bleib in Bewegung.

Gereon führte mich zu der Parzelle, löste einen Schlüssel von seinem Bund und drückte ihn mir in die Linke. »Versuch zu schlafen.« Dann gab er mir meine nassen Klamotten.

* * *

Lohmeier schwitzte, und er wünschte sich an einen anderen Ort. Wie gerne wäre er an diesem Morgen im Krankenhaus bei seiner Frau und seiner Tochter gewesen, diesem kleinen, schrumpeligen Fratz, dem größten Schatz in seiner kleinen Welt.

Stattdessen saß er in einem lederbezogenen Besuchersessel im Büro des Polizeipräsidenten, der in einer hektisch anberaumten Unterredung am Wochenende erfahren wollte, wie sich der Fall »entwickle«. Lohmeier wusste aus 25-jähriger Erfahrung, dass Fälle wie der Vampir-Killer erstens die Medien anzogen und dass ihr Präsident zweitens alles tat, um als kompetenter und effizienter Gesetzeshüter zu gelten, was ihm die Medien seit der Entlassung Horns vor Tagen nicht mehr abnahmen.

Politiker, dachte der Kommissar angewidert und warf dem schlanken, braun gebrannten Mann im perfekt sitzenden Armani-Anzug einen abschätzigen Blick zu. Aalglatter Schönling, ergänzte Lohmeier, als er neidisch die vollen Haare seines obersten Chefs betrachtete, die frisch gewaschen und geföhnt im Morgenlicht glänzten, das durch die breite Fensterfront hereinfiel.

Neben Lohmeier saß Menz, der gerade ausführlich den »Todesfall Melanie Langener« schilderte und dabei in den mit sauberer Handschrift vollgeschriebenen Seiten eines Notizbuchs blätterte, das er sich eigens für diesen Fall angelegt hatte.

Streber, dachte Lohmeier mürrisch, der selbst keine Aufzeichnungen führte. Das Wichtigste musste man im Kopf haben. Er konnte natürlich nicht alles behalten, aber dafür hatte er Leute wie Menz. Wenn die allerdings ihr Material selbst beim Polizeipräsidenten vortrugen, statt es dem Kommissar aufbereitet in die Hände zu spielen, war er nicht entzückt. Das würde er seinem Kollegen bei Gelegenheit heimzahlen.

Während Menz nun die Einzelheiten im Fall des zweiten Opfers schilderte – »... besonders interessant ist in diesem Zusammenhang das Auftauchen von Bissspuren ...« –, hörte der Kommissar weg und ließ den Blick durch den Raum gleiten. Mahagoni-Schreibtisch, eine Schrankwand in dunklem Holz gegenüber der langen Fensterfront, hellgrauer Teppich und ein farbiger Kunstdruck an der Wand hinter dem Präsidenten, den seine Frau bei einer Auktion erworben hatte, wie Lohmeier wusste.

»... bei einer intensiven Befragung des Verdächtigen Alexander Herz kam überraschend sein Anwalt ...«

Herz, dachte der Kommissar wütend. Hast zwei Frauen, zwei Mädchen auf dem Gewissen. Und er, Lohmeier hätte es verhindern können, wenn man ihn nur gelassen hätte! Aber die popanzigen Bedenkenträger hatten ihn ja zurückhalten müssen. Mist!

Er sah aus dem Fenster. Seine kleine Tochter würde in einigen Jahren eine junge Frau sein. Wie sollte er sie schützen? Auf jeden Fall sollte das Kind mit Judo anfangen, beschloss der Kommissar in diesem Augenblick. Später was Richtiges mit Vollkontakt. Alles andere war Kindergarten. Seiner Tochter würde er das richtige Kämpfen beibringen: In die Eier treten, die Gurgel rausreißen und in die Augen stechen, das Einzige, was zählte, um sich diese Schweine vom Hals zu halten.

»Chef?«

Menz riss ihn aus seinen Gedanken. Irritiert schaute er sich um. Vortrag beendet?

»Lieber Herr Lohmeier«, sagte der Polizeipräsident und sah ihn erwartungsvoll an. »Ihre Einschätzung der Lage, bitte.«

* * *

Als ich Stunden später erwachte, schien mir die Sonne ins Gesicht, und ich hörte um mich herum ein reges Treiben der Kleingärtner. Irgendwo knatterte ein Rasenmäher.

Ich stand langsam auf und stellte fest, dass mir jede Faser meines Körpers weh tat. Ich ließ die Decke zu Boden fallen und durchsuchte den einzigen Schrank in dieser Einraumhütte. Gereon hatte tatsächlich ein paar Klamotten eingelagert. Ich nahm ein T-Shirt, eine frische Unterhose und eine Jeans heraus. Die Sachen waren mir allesamt zu groß. Aber das war immer noch besser als zu klein.

Auf dem Nachbargrundstück stritt sich ein Paar.

»Du wolltest doch die Blumen gießen, Irmtraud!«, schimpfte er.

»Wieso ich? Das sind doch deine Blumen«, antwortete sie.

»Ich hatte dich ausdrücklich darum gebeten.«

»Davon träumst du. Ich weiß von nichts.«

»Mit dir ist es immer dasselbe!«, ereiferte er sich.

»Mit dir ist es auch nicht einfach ...«

Ich saß in der Falle. Rausgehen ging nicht. Sicher fahndete die Polizei nach mir. Und das Paar von nebenan würde sich an mich erinnern, ganz bestimmt. Die kannten Gereon. Auch wenn ich mich als ein Freund ausgab, würden sie wohl misstrauisch werden. Verdammt. Hoffentlich hauten die beiden bald ab. Ich musste hier unbedingt raus.

Ein Wagen näherte sich und hielt an. Ich war überrascht. Ein Auto? Hier? Ich linste aus dem Fenster und duckte mich sofort wieder. Polizei! Verdammt.

Zwei Wagentüren wurden kurz hintereinander geöffnet, ich hörte Schuhe auf dem Kies, eine Türe wurde zugeschlagen. Schritte kamen näher. Ich lugte wieder aus dem Fenster:

Die beiden Polizisten standen am Tor des Schrebergartens. Ein Mann und eine Frau in grüner Uniform. Sie war klein, stämmig und hatte ihre blonden Haare zu einem Pferdeschwanz gebunden. Er war nicht viel größer, gertenschlank und kahl geschoren.

Die NPD-Wähler unter den Bullen, dachte ich. Das würde böse enden.

Unschlüssig blickten sie sich um.

»Wen suchen Sie denn?«, brüllte die Nachbarin herüber.

»Herrn Börner«, sagte der Kahle. »Haben Sie ihn gesehen?«

»Nee, hab ich nich. Aber gehört ham wa ihn.«

Die suchten Gereon? Der Mann öffnete die Gartentür, und beide kamen näher. Ich öffnete die Tür, stellte mich aber so, dass die neugierigen Nachbarn mich nicht sehen konnten.

»Herr Börner?«, fragte die Blonde. Gott im Himmel, wenigstens kannten sie Gereon nicht persönlich.

Ich nickte und winkte sie heran, während ich auf meinen Hals deutete und flüsterte: »Heiser, Erkältung.«

Sie kamen näher. Ich hustete auffällig, nieste laut, hustete nochmals und spuckte auf den Rasen.

Die Beamten blieben in gehörigem Abstand stehen. Hoffentlich hatten sie kein Fahndungsfoto von mir gesehen.

»Geht es Ihnen nicht gut?«, fragte die Frau.

Wenn ich die übergroßen Hosen von Gereon nicht so voll gehabt hätte, wäre ich in ein lautes Lachen ausgebrochen. Mir ging es alles andere als gut. Meine Freundin war ermordet worden, Lohmeier suchte mich sicher als Täter, ich hatte die Nacht in einer fiesen Laube eines Schrebergartenvereins verbracht und fürchtete nun, verhaftet zu werden, weil die neugierigen Nachbarn gesagt hatten, ich sei da. »Nein, nicht besonders. Was kann ich für Sie tun?«

»Nachbarn haben sich beschwert, dass Sie unerlaubt Müll in Ihrem Garten verbrennen.«

Verdammt, das war brenzlig. Woher sollte ich wissen, ob Gereon Müll verbrannt hatte?

»Sie können sich gerne umsehen«, flüsterte ich und deutete auf den Komposthaufen am Ende des Gartens. Dann hustete ich noch einmal, so gut ich konnte.

Die Beamtin sah angewidert zur Seite.

»Sie sollten wirklich zum Arzt gehen«, sagte ihr Kollege.

»Mache ich«, flüsterte ich. »Gleich Montag gehe ich hin.« Erneutes Husten.

Die Beamten sahen sich lustlos einmal um. Sie wandte sich schon zum Gehen, doch er hielt es für nötig, mich zu verwarnen. »Herr Börner, bitte unterlassen Sie künftig das Verbrennen von Müll. Schönen Tag noch.«

»Ihnen auch.«

Sie zogen ab, schlossen das Gartentürchen, ihre schweren Schuhe knirschten davon. Als die Wagentüren ins Schloss fielen und der Motor aufheulte, setzte ich mich erschöpft auf einen kleinen Holzstuhl.

* * *

»Es gibt zwei Möglichkeiten. Erstens: Herz und seine Freundin haben Melanie Langener umgebracht, und er hat die Mitwisserin beseitigt, weil sie nicht mehr stillhalten wollte. Dann hört er womöglich nun auf«, erklärte Lohmeier dem Polizeipräsidenten. »Oder zweitens: Herz ist zwanghaft auf junge Mädchen, auf Minderjährige fixiert. Dann wird er es ein weiteres Mal versuchen. In jedem Fall sollten wir intensiv nach Herz fahnden und die noch übrigen Mädchen aus dem Freundeskreis von Melanie Langener und Bettina Söderlin überwachen.« Zufrieden mit seiner spontanen Erklärung lehnte er sich im Besuchersessel zurück und schaute den Polizeipräsidenten triumphierend an.

Menz warf seinem Chef einen irritierten Blick zu, und Lohmeier wusste, worauf sein Kollege anspielte. Vor ein paar Tagen hatte der Kommissar noch jeden Hinweis auf einen möglichen Serientäter als Unsinn abgetan. Nun sprang er selbst auf den Zug auf. Aber Lohmeier war das egal. Dinge konnten sich ändern und sein Bauchgefühl mit Herz gab ihm recht, und dass war das Wichtigste.

Der Polizeipräsident wackelte mit dem Kopf. Wie diese Wackel-Dackel, die eine Zeitlang modern waren und auf der Hutablage jedes Spießerautos mitfuhren, dachte der Kommissar boshaft.

»Lohmeier, Sie könnten recht haben.«

Wie doch alles zusammenpasste, dachte der Kommissar erfreut. Er schob die leisen Zweifel beiseite, die in ihm nagten. Was seine kleine Tochter gerade wohl machte – schlafen oder Mutters Brust? Der Gedanke an Mutters Brust gefiel ihm. Er wollte so schnell wie möglich aus diesem Büro raus und zurück ins Krankenhaus.

Doch das würde erfahrungsgemäß noch dauern. Alles wegen dieses Privatdetektivs. Unvermittelt spürte Lohmeier Angst in sich aufsteigen. Was, wenn eines Tages so ein Schwein seine Tochter ins Visier nehmen würde?

»Lohmeier!«, rief der Präsident gerade. »Alles in Ordnung?«

Der Kommissar fuhr sich durchs Gesicht. »Ja, alles klar. Bin ein wenig erschöpft. Die Kleine!«

»Richtig, richtig, Lohmeier, Sie sind ja Vater geworden. Meinen Glückwunsch«, sagte der Präsident ohne Anteilnahme in der Stimme. »Meine Herren, Sie halten mich bitte auf dem Laufenden«, beendete der Polizeipräsident die Unterredung. Er erhob sich beinahe feierlich, rieb sich die Hände und wies jovial zur Tür.

Lohmeier rappelte sich aus dem Besuchersessel hoch und trottete hinter Menz her.

Bevor sie das Büro verließen, rief der Präsident die beiden noch einmal zurück. »Sie wissen hoffentlich, wie wichtig dieser Fall ist. Die Öffentlichkeit ist besorgt, meine Herren. Die Panne mit dem Verdächtigen Horn hat ein Loch in die Glaubwürdigkeit Ihrer und damit auch meiner Ermittlungsarbeit gerissen! Schnappen Sie sich den wahren Täter und zwar so schnell wie möglich.« Er machte eine Kunstpause und sah Lohmeier eindringlich an. »So schnell wie möglich und egal wie. Haben Sie mich verstanden? Egal wie!«

14. Kapitel

Wie sollte es weitergehen? Zunächst einmal musste ich diese ungastliche Hütte verlassen und mir woanders einen Unterschlupf suchen. Über kurz oder lang würden sie mich hier finden. Spätestens wenn die neugierigen Nachbarn durchs Fenster sahen, und ich nicht Börner war. Doch bis zum Abend wollte ich noch ausharren, bis es ruhiger werden würde in der Schrebergartenanlage. Solange musste ich mit der muffigen Holzhütte vorlieb nehmen, in der ich gefangen war.

Wenigstens funktionierte der Gaskocher. Es gab sogar eine Dusche, die ich nötig hatte. Ich stank nach Schweiß und Dreck. Immerhin hatte ich mich nach meinem unfreiwilligen Bad im Rhein nicht gewaschen. Außerdem kamen mir unter der Dusche meist die besten Ideen.

Wahllos ließ ich Gereons viel zu große Sachen auf dem Weg zur Dusche auf den Boden fallen, drehte den Wasserhahn auf und wartete, bis der Gasboiler das Wasser erhitzt hatte. Mit einem Schauder der Wonne hüpfte ich unter den Wasserstrahl und seifte mich ein.

Ich dachte an Tina, wie sie sich am ersten Morgen in meinem Zimmer anzog. Sie hatte in meinen Armen geweint, als Melanie ermordet worden war, und sich auf die Kerle gestürzt, die mich in der U-Bahn-Station zusammengeschlagen hatten. Das Spaghetti-Essen, ihre weiche Haut.

Wasser war nicht das Einzige, was mein Gesicht hinunterlief. Eine ganze Weile schluchzte ich leise vor mich hin.

Ich drehte den Hahn zu und trocknete mich mit einem alten Handtuch notdürftig ab.

Nackt ging ich in den Wohn-/Schlaf-/Ess-Raum zurück und zog erneut Gereons Sachen an. Erschöpft wie ich war, legte ich mich auf die Holzbank und fiel in einen unruhigen Halbschlaf. Ich sah Tina vor mir, wie sie am Rhein lag. Ich träumte, dass ihre starren Augen leblos waren, sich aber ihre Lippen bewegten. Sie flüsterte mir etwas zu. Aber ich konnte sie nicht verstehen. So sehr ich mein Ohr ihrem Mund näherte. In meiner Ohnmacht schaute ich mich um, suchte Hilfe. An der Mauer erblickte ich das Gesicht eines Mannes, das Sekunden später verschwand.

Ich wachte mit einem Ruck auf. Das Gesicht! Das war kein Traum. Ich hatte gestern Abend tatsächlich einen Mann gesehen, als ich neben Tinas Leiche kniete.

Ich erinnerte mich genau: Es war der Typ, der mich offensichtlich schon einige Tage beschattete. Er könnte meine Unschuld beweisen. Natürlich nur, wenn er mir den ganzen Abend gefolgt war und gesehen hatte, dass ich nicht der Mörder von Tina war. Es war zumindest einen Versuch wert.

Ein neuer Plan entstand: Zunächst musste ich die Polizei mithilfe des Unbekannten davon überzeugen, dass nicht ich die Morde begangen hatte. Anschließend würde ich genug Zeit haben, nach Bettinas Mörder zu suchen.

Da ich mir sicher war, dass mich vom Tatort niemand verfolgt hatte und der Fremde also nicht mehr in meiner Nähe sein konnte, stellte sich die Frage: Wo wohnte der Mann, der mich beschattet hatte? Zum Glück hatte ich sein Autokennzeichen. Damit würde ich ihn aufspüren. Nur brauchte ich dazu ein Telefon.

Am Nachmittag kam Gereon und brachte mir ein paar Sachen, die er am Hauptbahnhof gekauft hatte: eine lauwarme Pizza mit Schinken, ein Handy mit einer Prepaidkarte, Brot, Salami, Käse und Mineralwasser.

»Danke. Ich weiß das zu schätzen, Gereon. Vor allem dein Vertrauen.« Ich stand auf und druckste herum. Ich wollte ihn umarmen, zögerte aber, weil ich nicht wusste, wie.

»Mmmh. Nicht sentimental werden«, sagte er trocken. »Danken kannst du mir, wenn wir das überstanden haben.«

Ich sah das anders. Er half mir jetzt und hier. Deshalb empfand ich jetzt und hier Dank.

Ich futterte hastig die Pizza und riss anschließend das Toastbrot auf und belegte es mit ein paar Scheiben Käse und Salami. Hungrig schlang ich die ersten Bissen hinunter, seufzte dann und ließ mir mit dem Rest etwas mehr Zeit. Währenddessen räumte Gereon ein paar alte Zeitungen vom Tisch und fuhr mit einem Putzlappen über die Fläche.

»Lass mal«, sagte ich, weil ich das Gefühl hatte, er machte das nur meinetwegen.

Doch als er mit dem Tisch fertig war, kümmerte er sich um die Spüle. »Was hast du nun vor?«, fragte er.

Ich erzählte von dem Mann, der mich wohl schon einige Tage verfolgt hatte, und von meiner Hoffnung, dass er der Polizei erklären könnte, ich sei nicht der Mörder von Tina.

»Und wie willst du ihn finden?«

»Das Nummernschild.«

Er sah mich an und zuckte mit den Schultern. »Ja und? Hast du Zugriff auf die Datenbank der Zulassungsstelle?«

»Brauche ich nicht.« Ich griff nach dem Handy, schloss den Akku an, legte die Prepaidkarte ein und wählte die Nummer der Telefonauskunft. Es klingelte eine Weile, bevor sich jemand meldete.

»Verbinden Sie mich bitte mit dem Zentralruf der Autoversicherungen«, bat ich.

Es dauerte wieder einen Moment, dann meldete sich eine junge Callcenter-Mitarbeiterin.

»Guten Tag«, sagte ich mit möglichst viel Wärme in der Stimme. »Jemand hat meinen Wagen beim Ausparken beschädigt. Der Fahrer ist einfach davongefahren. Es schien mir ein alter Herr zu sein, der es sicher nicht gemerkt hat. Ich will ihn nicht anzeigen müssen, aber der Schaden sollte dennoch geregelt werden. Ich habe sein Kennzeichen. Könnten Sie mir bitte seine Versicherung und die Nummer nennen, damit ich die Gegenpartei informieren kann?«

»Selbstverständlich. Wie lautet das Kennzeichen?«

Ich gab ihr durch, was ich mir am Vorabend gemerkt hatte. Eine Minute später schrieb ich *Münchner-Car-Schutz* und eine Versicherungsnummer auf ein Stück altes Zeitungspapier, bedankte mich und legte auf.

Gereon sah mich neugierig an.

Als Nächstes rief ich die Münchner-Car-Schutz an und gab die Versicherungsnummer durch, die ich soeben erhalten hatte.

»Was kann ich für Sie tun, Herr Wosebiski?«, fragte der Mitarbeiter am anderen Ende der Leitung.

»Ich möchte mich beschweren. Ich habe Ihnen schon vor vier Monaten meine neue Adresse mitgeteilt«, brauste ich auf. »Dennoch landen Ihre Briefe immer im Briefkasten der alten Wohnung. Ein Glück, dass da noch kein neuer Mieter eingezogen ist.«

»Einen Moment bitte. Wir haben von Ihnen die Siegburger Straße 234.«

»Die ist falsch! Nehmen Sie bitte künftig die Dorotheenstraße 55.«

»Dorotheenstraße 55. Gerne. Die Siegburger Straße lösche ich dann?«

»Tun Sie das!«

»Tut mir leid. Der Fehler ist behoben. Kann ich sonst noch etwas für Sie tun, Herr Wosebiski?«

»Nein. Danke. Wiederhören.«

Ich legte auf und grinste Gereon an, der mich fassungslos ansah.

»Das kann nicht wahr sein«, stammelte er. »Da kommt doch jeder an meine Adresse!«

»Yep. Ohne viel Fantasie.«

Ich stand auf und suchte nach meinen Sachen, die ich am Vortag getragen hatte. Sie waren mittlerweile trocken, sahen aber ein wenig verdreckt und verknittert aus. Egal. Ich schlüpfte in meine Hose und mein T-Shirt. Gereons Sachen legte ich vorsichtig zusammen.

»Was wirst du mit der Information tun?«, wollte er wissen.

»Wir besuchen Herrn Wosebiski in der Siegburger Straße 234.«

* * *

Lohmeier legte mit einem zufriedenen Lächeln und ganz vorsichtig den Telefonhörer auf, als würde er sonst den Schlaf seiner kleinen Prinzessin am anderen Ende der Leitung stören. Seiner Frau hatte er bis soeben Liebesschwüre zugeflüstert und mit Begeisterung ihren Schilderungen gelauscht. Die Kleine hatte an Mamas Brust genuckelt, ein Bäuerchen und auch schon ein großes Geschäft gemacht. Zur Freude der Ärzte und Eltern.

Er behielt den seligen Ausdruck auch noch auf dem Gesicht, als Menz das Büro mit Ringen unter den Augen betrat.

»Nach unserem Aufruf an die Bevölkerung über Funk und Fernsehen haben wir schon gut 70 Hinweise auf Herz. Aber keiner davon hat irgendetwas eingebracht. Er wurde gleichzeitig an sieben verschiedenen Orten alleine gestern Nacht gesehen.« Mit einem Seufzer der Erschöpfung ließ sich Lohmeiers Assistent auf einen Stuhl fallen. »So finden wir Herz nie, Chef.«

»Machen Sie nicht so ein trübes Gesicht, Menz. Irgendwo wird der Kerl schon wieder auftauchen. Dann werden wir zur Stelle sein und ihn ein für alle Mal aus dem Verkehr ziehen.«

»Wenn Sie meinen.«

Es klopfte an der Tür.

»Herein, wenn's kein Schneider ist«, rief Lohmeier.

Zwei Streifenbeamte betraten den Raum. Der Kommissar musterte die beiden von oben bis unten. Sie war klein, stämmig und hatte ihre blonden Haare zu einem Pferdeschwanz gebunden. Er war nicht viel größer und kahl geschoren.

»Ja bitte?«

Die beiden inspizierten ihre Schuhspitzen.

Lohmeier richtete sich in seinem Bürostuhl auf. Das Verhalten der beiden gefiel ihm nicht. Wie Kinder, die was ausgefressen hatten. »Nun. Wollen Sie uns nicht sagen, warum Sie hier sind?«, versuchte er es noch einmal.

Die Beamtin blickte ihn scheu an. »Wegen des Vampirs.«

»Aha.«

»Wir haben heute Morgen einen Schrebergartenverein besucht«, begann der Mann.

»Das ist ja schön«, fuhr Lohmeier dazwischen. »Hat es Ihnen gefallen?« Er konnte es sich doch fast denken, was kommen musste.

»Nachbarn hatten sich vor ein paar Tagen über einen Herrn Börner beschwert, und da wir gerade in der Nähe waren, wollten wir uns darum kümmern ...«

»Und dabei haben wir mit Börner gesprochen«, ergänzte die Beamtin. »Zumindest dachten wir, dass er es war. Total erkältet in viel zu großen Klamotten. Wir haben ihn nur mündlich verwarnt.«

»Kommen Sie bitte zum Punkt. Oder geht es hier tatsächlich um diesen Schrebergärtner?«

»'tschuldigung«, sagte sie und sah wieder auf ihre Schuhe.

Ihr Kollege räusperte sich. »Wir sind nun ziemlich sicher, dass der Mann nicht Börner war, sondern Alexander Herz.«

»Aha. Das ist ja toll«, rief Lohmeier ohne Freude. »Und warum kommen sie beide erst jetzt damit?«

»Weil wir erst gerade das Fahndungsfoto gesehen haben«, erklärte er.

»Wurde Ihnen das zu Schichtbeginn nicht gegeben?«

»Doch, doch«, stammelte sie, »aber es ist uns wohl im Auto zwischen die Sitze gerutscht. Unabsichtlich.«

»Zwischen die Sitze gerutscht«, murmelte Lohmeier. Er holte tief Luft, bevor er fragte: »Und wie lautet die Adresse des Schrebergartenvereins?«

Der Streifenbeamte hielt ihm einen Zettel hin. »Hier, haben wir Ihnen aufgeschrieben.«

Lohmeier nahm den Zettel entgegen und warf einen flüchtigen Blick drauf.

»Menz!«

»Chef?«

»Den Wagen!«

* * *

Die Siegburger Straße 234 war ein fünfstöckiger, grauer Klotz aus den 50er-Jahren. Das Haus lag in der Nähe des Provinzialplatzes, wo vor einigen Jahren die gleichnamige Versicherung sich ein riesiges Verwaltungsgebäude hingestellt hatte und in dem sich unter anderem auch eines der teuersten Fitnessstudios Düsseldorfs befand.

Gereon parkte den Wagen auf der gegenüberliegenden

Seite der vierspurigen Straße, in deren Mitte die U-Bahn überirdisch von und nach Wersten fuhr. Ich kannte viele Stadtteile der Landeshauptstadt und hatte eine entsprechende Meinung dazu. Die Karlstadt im Zentrum gefiel mir gut wegen ihrer kleinen Einbahnstraßen, der ausgewählten Geschäfte und Galerien, die Altstadt fand ich zum Wohnen furchtbar, stieß man doch fast rund um die Uhr auf Besoffene, Pempelfort hatte viele Grünanlagen und Golzheim schöne Häuser, während die Café- und Kneipenkultur in Bilk dank der dort wohnenden Studenten ausgezeichnet war. Aber diese Ecke hier zwischen Oberbilk und Wersten, mit der Philipshalle im Norden, dann dem Volksgarten und dem Autobahnzubringer weiter südlich war für mich ein Phänomen. Ich wusste nicht, ob es hier genial oder gruselig war.

Ich öffnete die Tür, blieb aber noch sitzen. Gereon schwieg. Nur sein ruhiger Atem war leise zu hören – zu enge Nasenscheidewände.

»Danke, dass du mich hergebracht hast«, begann ich hilflos.

»Ja, kein Problem.«

Er kam mir nicht gerade entgegen.

»Du fährst besser wieder«, sagte ich. »Es macht keinen Sinn, wenn Sie dich mit mir in Verbindung bringen können.«

Wir schwiegen wieder eine Weile. Ich wollte nicht aussteigen, er wollte nicht fahren.

»Wenn dieser Wosebiski bestätigen kann, dass du Tina nicht umgebracht hast ...«, wandte er ein.

»Was dann?«

»Dann ist es egal, ob die Polizei unsere Verbindung herausfindet oder kennt.«

»Und wenn Wosebiski nichts gesehen hat, oder nichts sagen will, ist es besser, du trittst gar nicht erst in Erscheinung. Es ist auch gut möglich, dass ich ein wenig nachhelfen muss. Das ... solltest du nicht ... Du weißt schon.«

Gereon schwieg wieder eine Weile. »Ich warte hier auf dich. Wenn es gut läuft, fahren wir zur Polizei. Wenn nicht, bringe ich dich zurück zur Laube.«

»Nein, Gereon, du hast genug für mich getan. Ich zieh das alleine durch. Wenn was schief geht, hörst du noch früh genug von mir. Okay?«

Nach einer Ewigkeit nickte er. »Ruf an, hörst du?«

Ich nickte, schwang mich aus dem Wagen und warf die Tür zu. Ein Dutzend Autos kam, und ich wartete, bevor ich den ersten Teil der Straße überqueren konnte. Gereon startete den Motor, winkte und fuhr los. Ich hob die Hand zum Gruß und starrte ihm eine Weile nach. Der Wagen, der direkt vor uns geparkt hatte, startete ebenfalls und fuhr davon. Mich beschlich ein ungutes Gefühl. Ich schüttelte mich, konzentrierte mich wieder auf die Straße und hastete zwischen zwei vorbeibrausenden Autos über die Straße.

Wosebiski war die vierte Klingel links. Ich schellte. Kurz darauf schellte ich Sturm. Doch nichts passierte. Er war nicht zu Hause. Auch gut.

Ich klingelte wahllos bei den Nachbarn und rief »Paketsendung«, als sich der Erste meldete. Der Türöffner summte, und ich betrat den Flur. Zum Glück hatte der freundliche Bewohner nicht bedacht, dass heute Sonntag war. Oder es war ihm egal, wer so ins Haus kam.

Ich wartete eine Minute, bis es wieder ganz still wurde. Dann schlich ich durch ein muffiges Treppenhaus von Wohnung zu Wohnung. Im Erdgeschoss gab es rechts und links je eine Wohnungstür. Hier wohnte Wosebiski nicht. Zumindest standen an den Türen die Namen Rechjelink und Woi. Also stieg ich die Treppen hoch und suchte Etage für Etage ab. Im vierten Stock wurde ich fündig. Mit Tesafilm war ein Zettel über die Klingel geklebt: *Wosebiski.*

Ich sah mich um: Im Treppenhaus war niemand und die Wohnung gegenüber hatte keinen Türspion. Keiner konnte mich beobachten.

Die Tür war alt und schwach. Ich drückte ein paar Mal kräftig, und der Holzrahmen splitterte leise. »Wie nachlässig gesichert, Herr Wosebiski«, murmelte ich. Vorsichtig betrat ich die Wohnung, in der seit Tagen keiner mehr die Fenster geöffnet haben konnte.

* * *

»Das Vögelchen scheint ausgeflogen zu sein«, knurrte Lohmeier.

»Wir sind zu spät gekommen«, sagte Menz und erntete einen bösen Blick seines Chefs.

»Schnelldenker heute, was, Menz?«

Der Kommissar sah sich um. Toastbrot und Aufschnitt, getragene Wäsche und eine Wolldecke lagen herum. Ansonsten war die Hütte karg aber ordentlich. Ein Holztisch mit Holzbank und zwei Stühlen standen in der Mitte des Raums. Es gab noch eine Miniküche, die aus Spüle, Herd und Kühlschrank bestand, sowie ein kleines Bad mit Dusche. Hier konnte man eine Zeitlang wohnen, ohne dass man sich nach draußen begeben musste.

Lohmeier öffnete den Kühlschrank. So gut wie leer. Butter, eine H-Milch, eine Packung Eier, sowie eine Packung Schnittkäse.

Über der Spüle hing ein Küchenschrank. Der Kommissar öffnete ihn und fand links Kaffeepulver, Zucker, ein paar Dosensuppen, eine Pfanne und einen Kochtopf. Rechts standen ein paar Teller, zwei Becher und drei Gläser. Einige Messer, Gabel und Löffel lagen auch herum.

Hübsch ist was anderes, dachte er und sah sich nach seinem Kollegen um, der aus dem kleinen Fenster in den Garten schaute.

»Wem gehört die Bude?«, wollte Lohmeier wissen.

»Der Besitzer ist ein gewisser Gereon Börner. Der Mann ist Geistlicher!«

»Na und? Geistlicher, Kleingärtner, Oberlehrer, was soll's. Herz hätte bei jedem einbrechen können.«

Menz schüttelte heftig den Kopf und strahlte über beide Wangen. »Ist er aber nicht!«

»Richtig bemerkt. Er ist *hier* eingebrochen. Das können wir alle sehen.«

»Nein, Chef. Das meine ich anders.« Er rückte sich die NYPD-Kappe zurecht. »Ersten ist er nicht eingebrochen ...«

»Der Mann ist Detektiv, Menz. Der weiß, wie man so ein Schloss öffnet, ohne es kaputt zu machen«, unterbrach ihn Lohmeier ungeduldig.

»Ja, aber ich will doch nur sagen ...«

»Keinen Scheiß «, mahnte Lohmeier.

»Sie kannten sich«, warf Menz schnell dazwischen, bevor der Kommissar ihm wieder über den Mund fahren konnte.

»Was meinen Sie damit?«

»Herz und Börner kannten sich, oder kennen sich vielmehr immer noch.«

»Woher?«

»Börner ist Geistlicher und verkehrt in verschiedenen Zuchthäusern.«

Lohmeier lachte. »Wo verkehrt er? In Zuchthäusern? Der Mann ist Knastpope. Ja, und?«

»Im Zuchthaus haben sich Alexander Herz und Gereon

Börner kennen gelernt. Das habe ich gerade telefonisch vom Gefängnisdirektor erfahren.« Er wedelte mit seinem Handy.

Lohmeier kratzte sich am Kopf. Wenn sich die beiden kannten, ließ das nur einen Schluss zu: »Sie meinen, Herz ist nicht so ganz zufällig ausgerechnet in dieser Hütte gelandet?«

Sein Assistent nickte eifrig.

»Börner hat ihm vielleicht sogar den Schlüssel gegeben.«

»Ja.«

»Wann soll er dazu gekommen sein? Etwa nach dem Mord an Bettina Söderlin?«

»Genau. Vielleicht hat Herz auf der Flucht Börner angerufen und um Hilfe gebeten.«

»Warum sollte Börner so dumm sein und einen flüchtigen Mörder schützen?« Lohmeier setzte sich demonstrativ falsch herum auf einen der beiden Holzstühle und sah seinen Kollegen bohrend an.

»Weil er gestern Abend noch gar nicht wissen konnte, dass Herz seine Freundin umgebracht hatte«, erklärte Menz.

»Dann sollten wir dringend mal diesen Börner aufsuchen. Haben Sie seine Adresse?«

Menz nickte stolz.

»Hier.« Er deutete auf sein Handy. »Alles drin.«

Lohmeier erhob sich und klopfte ihm auf die Schulter. »Sie überraschen mich Menz, Sie überraschen mich! Besuchen wir diesen Börner ...!«

* * *

Ich schloss die Tür leise hinter mir, soweit das bei dem kaputten Rahmen möglich war, und schlich durch einen kleinen Hausflur. Rechts konnte ich in eine verschlissene aber aufgeräumte Küche sehen. Auf einem viereckigen Tisch lag die Post etlicher Tage. Der Wasserhahn tropfte.

Zur Rechten gab es ein kleines Bad mit Fenster nach hinten zum Hof. 70er-Jahre-Fliesen in rot-braunem Fantasiemuster und ein PVC-Boden, der sich löste. Ich schlich weiter. Die Tür vorne rechts war angelehnt. Links ging es in ein einfaches Schlafzimmer. Eine Matratze lag parallel zum Fenster auf dem Boden, ein Kleiderschrank aus Sperrholz stand neben der Tür.

Ich wandte mich nach rechts. Hier musste das Wohnzimmer sein. Vorsichtig schob ich die Tür auf.

Mir stockte der Atem. Neben einem schäbigen Sofa lag ein Mann rücklings ausgestreckt auf einem alten Teppich. In seiner Brust waren drei Löcher, aus denen vor einiger Zeit viel Blut gequollen war. Das Gesicht war zu Seite gekippt, sodass ich es nicht vollständig sehen konnte. Doch ich war mir auch so sicher: Es war Wosebiski – und er war tot. Ich prüfte trotzdem seinen Puls. Da war keiner. Aber sein Körper war noch warm. Man hatte ihn erst vor Kurzem umgelegt.

Ich sah mich in dem Zimmer um. Am Fenster stand ein alter Schreibtisch. Auf ihm war das Chaos ausgebrochen. Alles schien durchwühlt worden zu sein. Auch am Boden lagen Blätter, einige davon waren blutverschmiert. Eine Blutspur führte zu Wosebiski. Das machte mich stutzig. Hatte der Detektiv im Todeskampf etwas auf seinem Schreibtisch gesucht, es gefunden und war dann tot zusammengebrochen?

Ich sah mir den Toten genauer an. Er hielt die rechte Hand krampfhaft geschlossen.

Es knackte laut, als ich den einen oder anderen Finger brach, und mir wurde ein wenig schlecht. Aber ich tröstete mich damit, dass er es mir nicht mehr übel nehmen würde. Und es lohnte sich. Es war ein Schließfachschlüssel, wahrscheinlich von einem Fach am Bahnhof.

Was immer Wosebiski dort versteckte, es war ihm so viel wert gewesen, dass er die letzten Atemzüge seines Lebens dafür hergegeben hatte.

Vorsichtig verließ ich den Schauplatz des Verbrechens und gab dabei Acht, keine großen Spuren zu hinterlassen. Vor allem wischte ich mit einem Taschentuch tüchtig ab, was ich angefasst hatte: die Wohnzimmer- und die Haustür. Dann stieg ich so leise und so schnell wie möglich die Treppe hinab und eilte aus dem Haus.

Die Papiertücher, mit denen ich meine Fingerabdrücke abgewischt hatte, warf ich später in einen kleinen Bach. Jetzt konnte keine Spurensicherung mehr etwas damit anfangen.

Während ich auf die U-Bahn wartete, hörte und sah ich einen Streifenwagen aus Richtung Innenstadt heranbrausen. Als ich in die U-Bahn zum Bahnhof stieg, hielten die Streifenpolizisten gerade vor Wosebiskis Haus. Hatte ein Nachbar die Polizei gerufen, weil er die Schüsse gehört hatte? Oder war ich beobachtet worden, als ich in Wosebiskis Wohnung eindrang? Egal.

Ich atmete tief durch. Irgendwer gab sich reichlich Mühe, mir alle Chancen zu nehmen, meine Unschuld zu beweisen. Die Frage nach dem Wer schien mir offensichtlich: der Vampir. Oder hatte der Tod von Wosebiski vielleicht nichts mit den anderen Morden zu tun?

Ich lehnte mich zurück und sah, wie die Philipshalle vorbeischoss und wie wir kurz darauf tatsächlich in den »Untergrund« fuhren. Nur noch ein paar Stationen bis zum Bahnhof. Vielleicht würde mir der Inhalt des Schließfachs die Augen öffnen.

Als die U-Bahn in den Hauptbahnhof fuhr, drängte die Mehrheit der Fahrgäste zum Ausgang. Ich reihte mich in den Strom der Passagiere ein und ließ mich treiben, sobald die

Türen sich öffneten. Die Menge schob mich den Bahnsteig entlang zu den Rolltreppen, hinauf ins Erdgeschoss. Hier verteilten wir uns, einige stürmten zum Ausgang, andere stiegen die Treppen zu den Zuggleisen hinauf, wieder andere betraten die Cafés, Fast-Food-Ketten oder Zeitschriftenläden. Ich schlenderte Richtung Infostand, bog dann rechts ab zu den Schließfächern. Die Nummer 45 lag zu meiner Linken.

Mein neues Handy klingelte. Ohne drauf zu sehen, nahm ich ab. Wer außer Gereon hätte es sein können.

»Yep.«

»Herr Herz?«

Ich zuckte zusammen. Diese Frauenstimme kam mir bekannt vor. Für einen Augenblick dachte ich, es wäre Tina. Doch das war Quatsch.

»Wer sind Sie?«

»Claudia Cordeli.«

Ich schluckte.

»Wie kommen Sie an diese Nummer?«

»Keine Sorge, Herr Börner und ich sind alte Freunde, und er war so freundlich und hat sie mir gegeben, da Sie in ernsten Schwierigkeiten stecken. Wir müssen doch zusammenhalten.«

Ach was? Ich war irritiert. Gereon! Woher kannte er Claudia Cordeli? Doch nur aus meinen Erzählungen, dachte ich bisher.

»Wir sollten uns auf der Stelle treffen, Herr Herz. Sie haben mir mit meinem gestohlenen Liebermann geholfen. Ich habe vielleicht eine Möglichkeit, Ihnen aus der Patsche zu helfen.«

»Sie haben keine Vorstellung, wie tief ich drin stecke!«

Ich konnte noch immer nicht klar denken. Irgendetwas stimmte hier nicht.

»Wo sind Sie?«

»In der Altstadt«, log ich, ohne zu wissen, warum. Mir war danach.

»Können Sie zur *Rheinterrasse* rauskommen?«

Himmel, ausgerechnet. Ich begann zu schwitzen, nur schon bei dem Gedanken an letzte Nacht.

»Ist gerade schlecht. Kann ich Sie zurückrufen.«

»Nein, Herr Herz. Es ist wirklich wichtig. Ich weiß, wer Melanie Langener und Bettina Söderlin umgebracht hat. Ich kann es sogar beweisen. Aber dafür brauche ich Ihre Hilfe. Und zwar, bevor die Beweise nichts mehr wert sind und der wahre Mörder verschwindet.«

Ich dachte fieberhaft nach, konnte mich aber nicht konzentrieren. »Okay. Gut. Ich kann in einer halben Stunde da sein.«

»Machen Sie eine Viertelstunde daraus!«

Sie legte auf, bevor ich sie noch nach ihrer Beziehung zu Gereon fragen konnte. Egal, das spielte keine Rolle.

Sie konnte meine Unschuld beweisen! Unglaublich. Ich war erleichtert und verwirrt zugleich. Wie war das alles zustande gekommen? Was hatte Claudia Cordeli Wichtiges entdeckt? Ich brannte darauf, sie zu treffen. Eilig marschierte ich zum Ausgang in Richtung Taxistand. Dabei fiel mir der Schließfachschlüssel von Wosebiski wieder ein.

Ich blieb stehen. Da ich schon mal hier war, konnte ich das Fach auch gleich ausräumen, dachte ich und machte wieder kehrt. Ich lief so schnell ich konnte zu den Schließfächern.

Der Gang mit der Nummer 45 war leer. Ohne Probleme ließ sich das Fach öffnen. Zuerst dachte ich, es sei leer. Dann entdeckte ich hinten im Dunklen ein kleines, flaches Büchlein. Ich griff danach und blätterte es flüchtig durch. Wosebiskis Aufzeichnungen. Eine Art Logbuch oder Tagebuch des Detektivs. Ich steckte es schnell in meine Hosentasche und machte mich auf den Weg zum Taxistand.

Dort war nicht viel los. Ich ließ mich direkt auf den bequemen Rücksitz einer E-Klasse fallen.

»Zur *Rheinterrasse*«, wies ich den türkisch aussehenden Fahrer an. Er nickte und fuhr los. Ich spürte, wie mir die Nervosität die Kehle zuschnürte. In ein paar Minuten würde ich ... ja was? Die Beweise gegen den wahren Mörder in der Hand halten? Den Namen des Mörders erfahren? Egal, Hauptsache meine Unschuld konnte bewiesen werden, und das Schwein, das meine kleine Tina ermordet hatte, würde büßen müssen.

Ich rutschte nervös auf dem Sitz herum. Die Fahrt dauerte mir schon viel zu lange. Wie kam es eigentlich, dass Claudia Cordeli Börner kannte? Das hatte er mir gegenüber gar nicht erwähnt. Ich griff zu meinem Handy, um Gereon zu fragen.

Es klingelte lange, dann wurde abgehoben.

»Hallo?«

Das war nicht Gereon!

* * *

Schon zum zweiten Mal hämmerte der Kommissar gegen die Wohnungstür von Gereon Börner. Niemand öffnete. Vereinzelt gingen im Haus Türen auf und wieder zu. »Ruhe da unten«, schrie ein Nachbar den Hausflur hinunter.

»Sollen mich doch alle mal ...«, murmelte Lohmeier. »Menz, suchen Sie den Hausmeister. Wir gehen in diese Wohnung.«

»Begründung?«

»Wir sind die Polizei. Wir wollen da rein. Wir gehen da rein. Ist nur noch die Frage: Schloss kaputt oder nicht?«

Lohmeiers Kollege zuckte mit den Schultern und stieg die Treppen hinab ins Erdgeschoss. Dort hatte er beim Reinkommen das Schild *Hausmeister* gesehen.

Der Kommissar lief derweil vor der Wohnungstür auf und ab. Das dauerte ihm alles zu lange. Er hatte es im Urin. Etwas stimmte nicht. Auf der Straße parkte ein blauer Mercedes. *Christ sein heißt, Realist sein* klebte am Kofferraum. Lohmeier war überzeugt, dass es der Wagen von Börner war. Also war der Geistliche zu Hause. Warum machte er nicht auf? Fürchtete er sich vor der Polizei? Oder gab es einen anderen Grund?

Menz kam mit einem dicklichen Mann die Treppe rauf, dessen Haar die rote Kopfhaut nur spärlich bedeckte.

Der Kommissar zückte seinen Ausweis und deutete auf die Tür: »Aufmachen!«

»Na hören Sie mal. Brauchen Sie da keinen Durchsuchungsbefehl?«

Lohmeiers Schlagadern wurden dicker. Er durfte jetzt keine Zeit verlieren. »Aufmachen!«

»Hey, so einfach lass ich mich nicht herumkommandieren! Hab schließlich auch Rechte.«

Lohmeier atmete ein paar Mal heftig ein und aus. Sein Gesicht wurde rosafarben. »Aufmachen, habe ich gesagt.«

Als der Hausmeister etwas erwidern wollte, brüllte der Kommissar seinen Kollegen an. »Nehmen Sie den Pappenheimer in Gewahrsam, Menz. Auf der Stelle!«

Menz zuckte, der Hausmeister zuckte. Dann war es eine Weile still. Nur Lohmeiers Schnaufen war zu hören.

»Okay, okay«, beschwichtigte der Mann. »Ist sicher Gefahr im Verzug oder so. Kennt man ja. Machen die im Fernsehen andauernd!« Er zog einen Schlüsselbund aus der blauen Latzhose und hantierte an Börners Schloss. Kurz darauf stand die Tür offen.

»Sie bleiben hier. Ist wie im Fernsehen. Sie kennen das ja!«, blaffte Lohmeier den Hausmeister an, dann stürmte er voraus in die Wohnung und rief: »Herr Börner, Kriminalpolizei. Wir kommen rein.«

Wenige Sekunden später stand der Kommissar in der Küche und biss die Zähne aufeinander. Noch bevor auch Menz den Raum betreten konnte, fluchte sein Chef jedoch aus vollem Hals: »Verdammte Scheiße! Dieses Arschloch, wenn ich den in die Finger kriege, mache ich ihn persönlich einen Kopf kürzer.«

Menz sah einen Mann auf den Küchenfliesen liegen. Er hatte ein Loch in der Brust. Außerdem sah es so aus, als wäre auch eine Kugel ins Knie gegangen.

Folter, schoss es Menz durch den Kopf. Während Lohmeier noch tobte, rief sein Kollege nacheinander die Spurensicherung, die Staatsanwaltschaft und die Gerichtsmedizin an. Dann starrten beide eine Weile schweigend auf den Toten.

»Meinen Sie, es war Herz?«, wollte Menz wissen.

»Wer denn sonst?«, gab sein Chef zurück.

»Warum sollte er das getan haben?«

»Um einen Mitwisser zu töten. Sicher hat Börner rausbekommen, dass Herz der Vampir ist. Doch statt die Polizei zu rufen, wird er wohl versucht haben, dem Irren ins Gewissen zu reden. Natürlich ohne Erfolg. Der hat sich wahrscheinlich über die Dummheit des Popen totgelacht und ihn dann erschossen.«

Plötzlich bewegte sich die Leiche. Menz tat vor Schreck einen Satz, Lohmeiers Augen weiteten sich. »Er lebt noch«, rief er verwundert und schalt sich einen Idioten, weil er vergessen hatte, den Puls des Opfers zu überprüfen.

Menz fummelte nervös nach seinem Handy und rannte auf den Gang. »Schnell einen Krankenwagen. Männliches Opfer mit Schussverletzung in Brust und Knie.« Er gab noch die Adresse durch und kehrte in die Küche zurück, in der Lohmeier neben dem vermeintlich Toten kniete und dessen Handgelenk abtastete.

Irgendwo klingelte ein Handy. Sie sahen sich an.

Lohmeier entdeckte ein Handy auf dem Küchentisch. Das musste Börner gehören. Er ging ran. »Hallo?«

* * *

»Wer ist da, bitte?«, fragte ich überrascht.

»Sie haben doch mich angerufen«, sagte eine unfreundliche Stimme, die mir bekannt vorkam. Nur wusste ich nicht, woher. Hatte ich mich verwählt?

»Ich wollte mit Gereon sprechen«, sagte ich.

»Am Apparat.«

»Sie sind nicht Gereon Börner!«, schoss es nur so aus mir heraus.

»Und wer sind Sie?«, blaffte mich die Stimme an. Einen Moment war es still. »Sind Sie das, Herz?«

Herr im Himmel! Ich hatte die Stimme auch wiedererkannt. Die Art, wie er verächtlich meinen Namen nannte. Lohmeier!

Im ersten Moment wollte ich auflegen und das Handy aus dem Fenster werfen. Doch mein Instinkt hielt mich zurück.

»Geben Sie mir Gereon«, verlangte ich.

»Guter Witz, du Arschloch.«, knallte es mir entgegen.

»Haben Sie ihn verhaftet?«

Ich hörte den Kommissar stöhnen.

»Nein.«

»Dann geben Sie mir Gereon.«

»Erst wenn Sie mir sagen, wo sie sind.«

»Am Flughafen«, log ich. »Und jetzt geben Sie mir Gereon.«

Ich merkte, wie er die Sprachmuschel abdeckte und jemandem etwas zuflüsterte. Sie würden wohl versuchen, mich zu orten.

»Geben Sie mir Gereon!«

»Woher weiß ich, dass Sie nicht lügen!«

Er hielt mich absichtlich hin. Ich legte auf und schaltete das Handy aus. So konnten sie maximal erfahren, dass ich in der Innenstadt war. Um Gereon musste ich mich später kümmern.

Das Taxi bog von der Immermannstraße auf die Hofgartenstraße ab und bremste scharf.

»Stau«, sagte mein Chauffeur. »Scheiß Baustelle! Kann dauern.« Er zuckte mit den Schultern, als er mein verzweifeltes Gesicht sah. Von nun ging es im Schneckentemo voran.

Entnervt rutschte ich hin und her. Ich schaltete mein Handy wieder ein, auch auf die Gefahr hin, dass mich die Polizei vorübergehend orten würde. Ich suchte die Liste der angenommen Anrufe. Da war sie, die Nummer von Claudia Cordeli. Ich wählte.

»Hallo.«

»Alex hier«, sagte ich. Meinen vollen Namen zu nennen, schien mir zu gefährlich. Möglicherweise hatte man die Bevölkerung schon aufgefordert, nach mir zu suchen. Und wenn der Taxifahrer dazugehörte, wäre alles verloren.

»Herr Herz?«

»Ja, ich stecke im Stau. Bin so schnell wie möglich bei Ihnen. Bis gleich.« Ich legte auf.

Mir fiel Wosebiskis Notizbuch ein. Ich fing an zu blättern. Einen Moment später war ich in die Lektüre vertieft. Kurze Zeit darauf wurde mir schlecht. Und es kam nicht von der Autofahrt. Wie auch, bei dem Schneckentempo?

Ich zitterte und bekam Schüttelfrost. Meine Zähne klapperten und der Fahrer schaute besorgt in den Rückspiegel.

»Ist Ihnen nicht gut?«

»Alles ... alles okay«, stammelte ich. Dabei drehte sich alles um mich herum. Wosebiski hatte haarklein aufgeschrieben, was er wann und wo für wen gemacht hatte. Alles. Minutiös. Dieses Buch öffnete mir buchstäblich die Augen.

Nur nützte mir das nichts, solange Lohmeier mir keine Chance gab, meine Unschuld zu beweisen. Das Buch alleine würde nichts nützen, da sich nicht mehr einwandfrei beweisen ließ, dass es auch tatsächlich von Wosebiski war.

Ich war baff. Der Vampir war genial vorgegangen. Alles deutete auf mich. Ich bat den Taxifahrer, rechts ranzufahren, öffnete die Tür und stolperte hinaus. Auf dem Bürgersteig fiel ich auf die Knie und übergab mich. Mehrmals. Dann hockte ich eine Weile dort und tat nichts. Einatmen, ausatmen, einatmen.

Der Fahrer stieg halb besorgt halb verärgert aus.

»Zu viel gesoffen, oder was? So lass ich Sie nicht mehr in mein Taxi.«

Ich kramte ein paar Geldscheine hervor, die mir Gereon kürzlich zugesteckt hatte, und gab ihm 20 Euro. »Stimmt so.«

Den Rest der Strecke würde ich zu Fuß gehen. Ich hoffte darauf, dass Claudia Cordeli warten würde.

»Mein Gott, da sind Sie ja endlich«, rief mir Frau Cordeli schon von Weitem zu. Als sie näher kam, stockte sie. »Sie sehen übel aus!«

»Ich fühle mich auch übel. Die Flucht vor der Polizei ist kein Spaß«, sagte ich.

»Das glaube ich. Aber bald ist es vorbei. Ich habe gute Neuigkeiten. Kommen Sie.« Sie winkte mir, ihr zu folgen. Wir gingen um die *Rheinterrasse* herum hinten an den Rhein.

»Kommen Sie«, sagte Cordeli und stieg den Abhang hinunter.

»Ich kann nicht. Warum sind wir überhaupt hier?«

»Weil da unten der Beweis liegt, der Sie entlastet.«

»Was ist das für ein Beweis?«

»Kommen Sie, wir haben keine Zeit zu verlieren.«

Widerwillig folgte ich ihr zu der Stelle, an der ich noch vor nicht ganz 24 Stunden Tinas Kopf in meinen Händen gehalten hatte. Tränen schossen mir in die Augen. Ich konnte nichts sagen.

Wir standen beide eine Weile regungslos dort und sahen auf die Kreidespuren, welche die Polizei um die Leiche von Tina herumgezeichnet hatte.

»Was wollen Sie mir zeigen?«, fragte ich.

Der Elektroschocker traf mich völlig unvorbereitet. Ein brennender Schmerz schoss durch meinen Körper. Alle Muskeln versagten. Ich glitt zu Boden.

»Was tun Sie da?«, stammelte ich.

Sie trat mir in die Seite.

»Ich erledige den Vampir auf frischer Tat.«

»Wieso?«

»Ganz einfach. Sie sind der Vampir. Sie haben mich hierher gelockt und wollten auch mich umbringen, nachdem sie Melanie Langener und meine Stieftochter Bettina umgebracht haben.«

»Ihre Stieftochter?«

»Das hat die kleine Schlampe Ihnen wohl nicht erzählt? Ich nehme ihr das nicht übel. Im Gegenteil! Und jetzt lassen Sie einer trauernden Stiefmutter ihre Rache im Affekt.«

»Aber das ergibt doch keinen Sinn«, stöhnte ich und versuchte, mich aufzurappeln. »Ich bin nicht der Täter. Ich habe Bettina geliebt.«

»Das interessiert die Polizei einen Dreck, Herz!«

Erneut streckte sie mich mit diesem Höllending nieder. Ich lag da mit halb offenem Mund auf dem Bauch, und der Speichel tropfte heraus.

»Dass Sie unschuldig sind, Herz, spielt bald keine Rolle mehr.«

Ich stöhnte: »Sie sind der Vampir? *Sie* haben Ihre eigene Stieftochter umgebracht? Warum?«

»Um meine leibliche Tochter zu retten!«

Ich erinnerte mich an das Foto, dass ich im Breidenbacher Hof aufgehoben hatte, als Cordeli die Tasche heruntergefallen war.

»Sie leidet unter einer schweren Krankheit. Aber in den USA habe ich ein paar Ärzte gefunden, die ihr helfen wollen. Doch dafür brauche ich Geld, sehr viel Geld. Geld, über das ich in ein paar Wochen nicht mehr verfügen kann, weil Bettina dann 19 Jahre alt wird und selbst über das Erbe ihres Vaters entscheiden kann. Und wie Sie sich sicher denken können, hat sie für mich und meine Tochter nicht viel übrig.«

»Ich verstehe das nicht. Bettina hätte Ihnen das Geld für die Behandlung doch sicher gegeben.« Ich glotzte sie an, so gut es ging.

»Wohl kaum. Vor sieben Jahren ist mein Mann, der Vater von Bettina, auf mysteriöse Weise verstorben«, sie lachte leise.

»Sie haben auch Ihren Ex-Mann auf dem Gewissen«, fragte ich entsetzt.

Cordeli verzog abfällig den Mund. »Der Schlappschwanz! Es waren doch seine verfluchten Gene, die aus unserem Kind einen Krüppel gemacht hatten. Als die Kleine auf die Welt kam, wollte er sie natürlich nicht mehr. Er wollte mich sogar zwingen, das arme Ding zur Adoption freizugeben! So ein Schwein. Da habe ich mich eben gewehrt. Doch leider hat er sein ganzes Vermögen nicht wie zuvor versprochen mir, sondern seiner Tochter aus der ersten Ehe vermacht. Dieses kleine Biest hat nicht einen Augenblick geglaubt, dass ihr Papa eines natürlichen Todes gestorben sei. Seit jenem Tag hat sie mich gemieden, wo sie nur konnte. Sie hat mir das Leben zur Hölle gemacht. Was glauben Sie, wie gerne sie mir den Geldhahn zugedreht hätte! Und dann: Was wäre denn aus meiner Kleinen geworden?«

Ich stöhnte auf und versuchte vergeblich, mich zu bewegen. Mir schossen die Tränen in die Augen. Tina musste wegen Geld sterben!

Claudia Cordeli lachte. »Ja, und damit es aussah wie die Tat eines Irren, musste ich zuerst Melanie töten und die Bissspuren hinterlassen, so als ob es ein Perverser wäre. Die Polizei musste um jeden Preis auf eine falsche Fährte gelockt werden, verstehen Sie?«

Ich nickte apathisch.

»Bis zu jenem Abend hatte ich noch keinen konkreten Plan. Nur dass Wosebiski meine Stieftochter beschattete. Das war alles. Dann kamen glücklicherweise Sie ins Spiel. Das perfekte Opfer, der perfekte Täter. Deshalb habe ich Bettina ausgeschaltet und Ihnen von ihrem Handy eine SMS geschickt. Natürlich sind Sie treu und brav gekommen wie ein Köter. Es war ein Leichtes, die Polizei vom gleichen Handy aus anzurufen und in Panik zu flüstern, ich wäre Bettina und ein Alex Herz würde mich gerade umbringen. Was glauben Sie wohl, warum die Polizei so schnell vor Ort war?« Sie schmunzelte begeistert über ihre eigene Raffinesse und kramte in ihrer Handtasche. Zum Vorschein kamen weiße Latex-Handschuhe, die sie sich geübt überzog. Ein erneuter Griff in die Tasche brachte einen Revolver hervor. Ich erstarrte. Das war meiner, beziehungsweise, der meines Vaters. Ein Erbstück, dass ich in einer Schublade im Büro aufbewahrte.

Sie lächelte mich an: »Aber keine Angst. Ich werde Sie damit nicht erschießen. Die Polizei soll diese Waffe später bei Ihnen finden.

»Warum ... das ganze ... Theater?«, stammelte ich.

»Mit dem Revolver? Damit die Polizei glaubt, Sie hätten nicht nur die beiden Mädchen getötet, sondern auch die Herren Wosebiski und Börner.«

»Nein! Gereon?«, jammerte ich.

»Ein notwendiges Übel. Ich war gerade aus Wosebiskis Wohnung gekommen und in meinen Wagen eingestiegen, da sah ich, wie Sie hinter mir auf den Parkplatz fuhren. Schneller als ich dachte waren sie auf der richtigen Fährte. Nach Ihrer leider geglückten Flucht vor der Polizei stand ich unter Druck. Zwar war die Polizei überzeugt, dass Sie der Vampir waren. Mir war jedoch klar, dass Sie alles daransetzen würden, den wahren Mörder zu finden. Ich musste improvisieren, da ich keine Chance hatte, Kontakt zu Ihnen aufzunehmen. Ich folgte ihrem Freund und bat ihn höflich um Ihre neue Telefonnummer Ihres neuen Fluchthandys ...«

»... um mich zur *Rheinterrasse* locken zu können«, stöhnte ich.

»Sie werden verstehen, dass ich ihn als Zeugen unmöglich dulden konnte.«

Ich verstand nur zu gut. »Aber warum die ganze Farce mit dem Auftrag, Ihr Bild zu suchen?«

»Nachdem Wosebiski Nachforschungen über Ihre Vergangenheit angestellt hatte, Ihre Zeit im Knast, die Vorgeschichte, die Zeitungsberichte über Sie und Ihren damaligen Bekannten Narkov, schienen Sie mir ideal. Und wie recht ich hatte! Sie haben das Bild gefunden. Leider nützte mir das bisher nicht viel. Aber der Gutachter hat mir Hoffnung gemacht. Vielleicht gibt es doch einen Weg ...«

»Wosebiski musste auch sterben?«

»Das dumme Arschloch bekam Gewissensbisse und wollte der Polizei tatsächlich stecken, dass Sie nicht der Täter sind.

Er hatte Ihnen ja unbedingt auf eigene Faust nachgehen müssen, dieser Dummkopf.«

»Was geschieht jetzt?«

»Gleich verpasse ich Ihnen noch eine tödliche Ladung Strom – Notwehr – und dann rufe ich die Polizei.« Sie fing wieder an zu lachen.

Auch ich stimmte langsam mit ein. Es war mehr ein Lallen denn ein Lachen. Aber während ich immer lauter wurde, wurde sie immer leiser. Sie blickte mich verstört an, so als ob ich nicht mehr alle Tassen im Schrank hätte.

Ich nestelte mühsam ein Handy aus der Hosentasche.

»Was soll das, Herz? Meinen Sie, ich würde Sie mit dem Ding telefonieren lassen?«

Ich grinste so gut es ging.

»Das brauchen Sie nicht, ich werde schon seit einer halben Stunde angerufen ...« Dann wurde ich ohnmächtig.

15. Kapitel

Als ich das Bewusstsein zurückerlangte, fand ich mich auf einer Sanitäterbahre wieder. Neben mir erkannte ich das Gesicht von Kommissar Lohmeier, der mir zulächelte.

»Na, endlich wach?«

Ich sah ihn an. »Haben Sie alles mitbekommen?«

Er klopfte mir leicht auf den Arm. »Keine Sorge. Der Empfang war schlecht, aber es hat gereicht. Lieber hätte ich sie natürlich richtig verkabelt ...«

»Nur, dass Sie mich danach nicht mehr hätten gehen lassen«, ergänzte ich.

»War eine Schnapsidee von Ihnen, diesem Weibsbild ungeschützt entgegenzutreten. Immerhin hat sie einige Morde auf dem Gewissen.«

Ich lächelte. »Dank Ihres Einfalls mit dem Telefon habe ich mich recht sicher gefühlt. Danke für die Chance.«

Er drückte meinen Arm und sagte leise: »Ich habe zu danken. Und es tut mir aufrichtig leid, was ich zwischenzeitlich zu Ihnen gesagt habe. Falls Sie Hilfe brauchen ...«

»Ich weiß, wo ich Sie finde ...«

»Und noch was, Herz! Gereon Börner lebt!«

Ich presste die Lippen aufeinander und fühlte, wie sich Tränen lösten.

Er nickte mir noch einmal zu und überließ mich den Sanitätern. Mir war fast alles egal. Gereon lebte zumindest, die Polizei war von Cordelis Schuld überzeugt und würde mich in Ruhe lassen. Ebenfalls in Ruhe lassen würde mich wahrscheinlich auch die Schlägerbande, die mir Narkov auf den Hals gehetzt hatte. Mussten die nach der Keile, die sie am

Burgplatz bezogen hatten, doch annehmen, dass ich handgreifliche Freunde hatte. Blieb noch Narkov. Den würden ein paar Rocker nicht abschrecken. Ich musste weiter auf der Hut sein. Außerdem hatte ich es ihm ja selbst noch nicht heimgezahlt.

Immerhin kannte ich dank der Cordeli seinen Schwachpunkt: die Gier. Er war unvorsichtig geworden und hatte Kunden gefälschte Bilder verkauft. Zumindest war anzunehmen, dass die Cordeli nicht die einzige Geschädigte gewesen war. Also brauchte ich demnächst nur die anderen betrogenen Kunden ausfindig machen und sie auf Narkov hetzen. Der konnte schließlich nicht bei allen einbrechen und die gefälschten Bilder klauen lassen. Ich lächelte zufrieden, denn das schien mir ein guter Plan.

Zwei Sanitäter schoben mich auf der Bahre in den Rettungswagen. Ich sah in die Baumkronen der am Rhein stehenden Pappeln. Der Wind fuhr durch die Bäume, und es raschelte im Blätterwerk wie Röcke im Regen. Und während mir unvermittelt *Es fällt mir schwer, ohne dich zu leben* aus Unheiligs *Geboren, um zu leben* einfiel, blutete mein Herz vor Sehnsucht nach Tina.

KBV KRIMINALROMAN

Die Krimi-Cops

UMGELEGT

Taschenbuch, 300 Seiten
ISBN 978-3-942446-06-8
9,90 EURO

Kriminalhauptkommissar »Struller« Struhlmann ist ratlos. Niemand scheint die unbekannte, hübsche Tote zu vermissen, die in einem Container am Düsseldorfer Rheinufer ermordet aufgefunden wurde. Sein Ex-Praktikant Jensen, derzeit eigentlich im Urlaub, hat ebenfalls alle Hände voll zu tun. Er soll den Schwiegersohn in spe eines tschechischen Kollegen suchen, der nach einem ausgedehnten Altstadtbummel nicht wieder zu seiner Verlobten zurückgekehrt ist. Als die beiden Ermittler bei ihren Nachforschungen in einem Tabledance-Laden übereinander stolpern, zeichnet sich ab, dass beide Fälle etwas miteinander zu tun haben könnten. Gemeinsam führt sie nun eine rasante, temporeiche Mörderjagd ins Düsseldorfer Rotlichtmilieu, in vornehme Tennisclubs, auf wilde Stripteasepartys und in exklusive Schönheitssalons, zu Oma Jensen nach Herongen und bis ins ferne Prag.
Als die beiden Ermittler schließlich erfahren, wem sie diesmal auf der Spur sind, macht das die Sache weder einfacher noch ungefährlicher … ganz im Gegenteil!

»Sie schufen einen urkomischen, respektlosen Krimi voller Slapstick, Spannung und einem Panoptikum lebensechter Charaktere. Die sechs »Grünen« treffen voll ins Schwarze.« (Ruhr Nachrichten zu »Stückwerk«)

KBV KRIMINALROMAN

Klaus Stickelbroeck

FISCHFUTTER

Taschenbuch, 273 Seiten
ISBN 978-3-940077-83-7
9,50 EURO

Wasser war nie Hartmanns Element. Sein neuer Fall aber führt den Privatdetektiv in den Düsseldorfer Hafen. Und da gibt es jede Menge Wasser!

Mitten in der Nacht steht unerwartet Egon Budde, die Düsseldorfer Fußballlegende, vor seiner Wohnungstür. Hartmanns ehemaliger Trainer ist mächtig unter die Räder gekommen und wohnt im Pfeiler der alten Hammer Eisenbahnbrücke. Jetzt ist er auf der Flucht, denn er hat einen Mord beobachtet, den ausgerechnet Polizisten begangen haben sollen.
Hartmann glaubt ihm nicht, aber dann wird bei der Fähre in Kaiserswerth eine männliche Leiche aus dem Rhein gefischt, und er beginnt nachzuforschen.
Er merkt sehr schnell, dass der Hafen eine kleine, fremde Welt für sich ist. Das tiefe, trübe Wasser in den Hafenbecken ist dabei nicht einmal das Schlimmste …

»… da immer für ausreichend Spannung und gelegentlich sogar ein schier atemloses Tempo für viel gute Unterhaltung sorgen, macht die Lektüre Spaß und begeistert. Ein packender, mitreißender Roman, der zwar unter anderem vom Lokalkolorit lebt, aber nicht nur Leser aus Düsseldorf und Umgebung anziehen dürfte.«
(media-mania.de)

Petra Busch (Hg.)

MÖRDCHEN FÜRS ÖRTCHEN

Taschenbuch, 316 Seiten
ISBN 978-3-942446-09-9
9,90 EURO

Langeweile ist Scheiße. Auch bei der Klo-Lektüre.
Tödliche Sitzungen in Japan, anrüchige Geschäfte auf deutschen Autobahnen, mörderische Hinterlassenschaften auf der Luxusyacht, in römischen Latrinen, teuflischen Herzhäuschen und göttlichen Nachttöpfen, im Kaufhaus, Kuhstall, Dixi-Klo, in der Hundertwassertoilette, im Katzenklo, in der Zugtoilette des ICE zwischen Kassel-Wilhelmshöhe und Frankfurt Hbf, in der »Field Station«, dem sechssitzigen Plumpsklo der University of Pennsylvania, im japanischen Erlebinsklo in dem auch gleich Blutzucker- Alkoholgehalt gemessen werden …
Über vierzig deutschsprachige Krimigrößen setzen Beschwernissen und Peinlichkeiten nun endlich ein Ende: Rund ums Örtchen morden Susanne Mischke, Thomas Kastura, Gisbert Haefs, Jutta Profijt, Nina George, Gunter Gerlach, Tatjana Kruse, Uta-Maria Heim, Ralf Kramp, Regula Venske, Judith Merchant und viele mehr. Mal schreiben sie böse, mal witzig-skurril, die eine im Sitzen, der andere im Stehen – aber immer kurzweilig: Denn bekanntlich greift der geschäftige Leser gerade hinter verschlossenen Türen gern zur kleinen Spannungslektüre – zum »Mördchen fürs Örtchen.«

KBV KRIMINALROMAN

KBV KRIMINALROMAN

F. G. Klimmek

ASCHE UND STAUB

Taschenbuch, 350 Seiten

ISBN 978-3-942446-26-6

9,90 EURO

Karl-Heinz Schmidt, der deutsche Frührentner und Amateurdetektiv mit dem dicken Bauch und den dünnen Haaren, wird an seinem Zweitwohnsitz in Holland von seiner Vergangenheit eingeholt. Ein Foto, das ihn beim Verscharren einer Leiche zeigt, ist das Druckmittel, mit dem er dazu gebracht wird, einen scheinbar harmlosen Auftrag auszuführen. Er soll bloß mit fremdem Geld ganz legal eine eher unbedeutende Ikone ankaufen, die aus dem Sperrgebiet von Tschernobyl stammende »Schwarze Madonna von Illintsi«. Als ihm diese vor der Nase weg gestohlen wird, sein Auftraggeber aber überraschend gelassen bleibt, wäre er nicht Karl-Heinz Schmidt, wenn er bei der Aktion nicht von einem brisanten Hintergrund ausginge. Und als die ersten Leichen den Weg von Ost nach West pflastern, nimmt Schmidt selber die Ermittlungen auf, die ihn über das Ruhrgebiet und München zurück in die Niederlande führen. Er vermutet den ganz großen Deal, den illegalen Plutoniumhandel - und täuscht sich gewaltig. Denn der Stoff, hinter dem alle her sind, ist bei weitem gefährlicher. Vor allem für Schmidt selber, der alle Register ziehen muss, wenn er nicht so enden will wie die sieben zu Asche und Staub verbrannten Leichen, mit denen vor mehr als dreißig Jahren alles begann.

»Für Leser, die mehr wollen als flachbrüstige Schilderungen von Provinz-Soziotypen, ein Genuss.«
(Westfälischer Anzeiger zu »Schnee von gestern«)